세상 속
이야기들

즐거운지식 **3**

세 상 에 서   헤 엄 치 기

세상 속
이야기들

주 봉 지음

이담
Books

이 책은 일년 전에 출간되었던 <세상속 뒤집어 보기>의 증보판에 해당되는데, 당초 29개의 주제에 11개를 추가하여 총 40개의 주제로 이루어져 있다.

전체는 다시 6개의 부로 구성되어 있는데, 제1부에서는 우리 사회에서 흔히 관찰될 수 있는 문제나 쟁점들에 관한 15개의 주제들을 다루었다. 제2부에서는 최근 우리 사회의 메가트렌드라고도 할 수 있는 사회의 여성지배화현상과 노령화문제에 관해 4개의 주제를 중심으로 필자 나름대로의 의견을 피력하였다. 어느 사회든 그 사회의 생산주체는 기업이고 기업이 원만히 발전해야 그 사회 전체의 경제도 제대로 발전할 수 있다는 점에서 기업과 관련한 주제 5개를 선택하여 다루었는데 그것이 제3부를 이루고 있다.

제4부와 제6부에서는 내 개인생활과 내 신상이라는 다소 민감한 문제들을 다루고 있다는 점에서 앞서의 사회적인 주제들과 구분된다. 이들을 여기서 다룰 것이냐를 두고 몇 번이고 망설였으나 이것이 마지막 습작이 될지도 모른다는 절박감 때문에 용기를 내었다. 그리고 제5부에서는 삶과 죽음 그리고 결혼이라는 인간 본연에 관한 주제들을 내 나름대로의 세속적 관점에서 다루고 있다.

책이란 독자들에게 무언가 정보, 지식, 흥미, 감동, 통찰과 같은 것을 제공해 주는 등 그야말로 '읽을거리'가 되어야만 한다고 보는데, 이 책이 과연 이들 요건 가운데 어느 것을 충족시켜줄 수 있을지 걱정이 앞선다. 지난 30여 년간 나름대로의 지적인 생활을 하는 가운데, 그리고 최근 우리 사회에서 보고 느낀 것들 중 대충 생각나는 것들을 선택하여 지면에 담아보려고 애를 썼다. 그러나 본시 남들처럼 갖가지 미사여구들을 총동원하고 그럴듯한 논리로 독자들을 매료시키고 감동시키는 재주가 없는 터라 내가 봐도 낯설고 밋밋한 신작로를 홀로 걸어가는 것만큼이나 재미가 없어 보이는데, 독자들은 어떻게 생각할지 궁금하다.

　그렇다 해도 이 나의 자그마한 습작은 보잘 것 없고 굴곡 많았던 내 지난 삶, 아픔과 상처로 얼룩진 내 과거, 또 그로 인해 필연적으로 맞이한 현실의 어려움을 어루만지고 보듬어주어 조금이나마 평상심을 되찾게 한 청량제가 되지 않았나 하는 생각으로 위안을 삼고자 한다. 때로는 오랫동안 몸담았던 직장에서 물러나 아직도 채 익숙지 못한 전원생활의 무료함과 한가함이 몰고 오는 고독과 외로움을 이런 잡글로나마 잠시 달랠 수 있었다는 점도 이 책이 나에게 제공해준 소득이라고 할 수 있겠다.

특히 마지막의 주제 38~40은 어떻게 보면 나 혼자만의 가슴속 깊숙이 묻어두고 싶었거나 차마 남에게까지 펼쳐보이기가 쑥스러운 내 신상에 관한 주제들이다.

주제 40은 5년전 내 곁을 홀연히 떠나간 내 늦둥이 딸에 대한 그리움을 못 이겨 '또 하나의 만남'이란 주제로 편지 형식을 빌려 쓴 것이다. 분명히 지금은 저 머나먼 하늘나라에 먼저 가고 없는 내 딸은 내 삶과 희망의 전부였던 것이 사실이다. 오늘의 나(그리고 우리 형제자매들)를 있게 한 어머니를 추모하고 또 그의 크나큰 은혜를 차마 잊을 수 없어 우리 가족들을 대표(?)하여 주제 38에서 언급한 것이 '어머니 예찬'이다. 주제 39는 어느 가을 저녁노을 아래서 내 지나간 삶의 족적들을 돌이켜보며 후회스러운 내 인생의 가을걷이에 관해 간략히 노래한 것이다.

번거롭기도 하고 또 추가비용까지 무릅써 가며 이 증보판의 출간을 기꺼이 허락해주신 한국학술정보(주)의 채종준 사장님과 출판사업부의 강태우 팀장님 그리고 김수영 대리님 모두에게 이 자리를 빌어 감사의 마음을 전하는 바이다.

2009년 4월
저자 드림

▌목차 ▌

제1부 **우리 사회에서 생각나는 것들__11**

01 돈, 돈, 돈이 최고? • 13
02 삼천만 원짜리 상품권? • 20
03 오늘의 쾌락문화, 이대로 좋은가 • 25
04 패션이 뭐기에 • 34
05 가짜가 판을 친다 • 42
06 우리 가족문화의 현주소 • 50
07 캥거루와 사슴 • 58
08 우리의 소득과 소비성향 • 65
09 젊은이들이여, 눈을 크게 뜨고 세계를 보라 • 73
10 군복무 가점제는 필요하다 • 80
11 출세의 조건 • 86
12 학점을 세탁한다? • 94
13 환자도 소비자다 • 100
14 선거운동도 마케팅이다 • 108
15 조승희 사건의 교훈 • 119

제2부 여인천하, 노인천하 • 127

16 여인천하 시대 • 129
17 남편들이여 일어나라 • 137
18 노년은 축복인가 저주인가 • 146
19 경로표 유감 • 154

제3부 우리 기업의 문제들 • 163

20 기업도 인간이다 • 165
21 요즘의 광고, 무엇이 문제인가 • 172
22 소비자는 정말 왕인가? • 180
23 큰 것이 아름답다? • 186
24 반기업정서, 이대로 좋은가? • 193

제4부 전원 이야기 • 203

　25 전원에서 살리라 • 205
　26 농사짓기 • 215
　27 닭 이야기 • 223
　28 써니의 죽음 • 231
　29 산이 거기 있기에 • 239
　30 김 사장의 하루 • 245

제5부 가을의 문턱에서 • 251

　31 결혼의 의미 • 253
　32 고향땅을 되돌아보며 • 262
　33 현대의 삶은 셀링의 연속이다 • 271
　34 인생은 짧고 조직은 길다 • 280
　35 우리 모두는 공동운명체? • 287
　36 삶과 죽음—그 세속적 의미 • 293
　37 정년퇴임을 맞으며 • 303
　38 어머니 예찬 • 314
　39 가을의 문턱에서 • 324
　40 또 하나의 만남 • 333

제1부

우리 사회에서
생각나는 것들

01
돈, 돈, 돈이 최고?

우리 속담에도 "돈에 침 뱉는 사람 없다."라는 말이 있지만, 요즘 우리 사회는 모두가 마치 신기루를 쫓듯이 너 나 없이 돈을 쫓아다니느라 온통 정신이 없는 듯이 보인다. 크게는 국가들 간의 분쟁이나 국내의 각종 사회정치적 갈등에서, 작게는 개인들 간의 불화에 이르기까지의 모든 문제의 배후에는 반드시 돈이 얽혀있다.

최근에는 심지어 어린이들까지도 '돈이면 최고'라는 의식에 사로잡혀 '돈 많은 사람을 최고'로 생각하는 경향이 있는 듯하다. 초등학생들까지도 처음 만나면 아파트 평수부터 물어본다고 한다. 구정 때 세배한 어린이들에게 천 원짜리 한 장씩만을 주어 보라. 그들의 표정은 "이것도 돈이라고 주나?" 하는 기색이 분명할 것이다. 차라리 안 주니만 못하다. 우리는 변변치 못한 혼수나 지참금을 갖고 시집간 신부가 남편이나 시집식구들로부터 구박을 받다 못해 시집을 뛰쳐나오곤 하는 신문기사를 심심치 않게 접한다. 우리나라에서 '로또' 복권은 스테디셀러다. 미국의 부호 워렌버핏과 빌게이츠는 모르는 사람이 없다. 모두 돈과 관련되어 있다.

　사실 '돈'이란 화폐경제하에서 하나의 교환수단에 불과하다. 물론 그것은 물질적인 것 대부분을 구매하기 위한 수단이 되기 때문에 특히 물질적 욕구가 강렬한 사람들에게는 중요한 욕구충족의 수단 아니 더 나아가 행복달성의 수단이 되고 있다는 것은 분명하다. 돈만 있으면 좋은 집, 비싼 외제차(가령 벤츠나 '페라리'와 같은), 값비싼 해외여행과 하와이 별장, 값비싼 옷과 장신구류 등 도대체 무엇이든 구매가 가능하지 않은가. 돈만 많이 갖고 있으면 심지어 클레오파트라처럼 코 큰 외국미녀들까지도 돈 앞에는 맥을 못 추고 서둘러 한국행 비행기를 마다하지 않을 테니 한번 실험해 보라.

　이렇듯 돈은 비단 개인들만의 욕구충족을 위한 수단이 되고 있는 것은 아니다. 세계는 최근 '친디아'라 해서 중국과 인도의 경제를 두려운 눈초리로 보고 있다. 그 이유는 무엇보다도 그들이 엄청난 외화를 보유하고 있어 국제적으로 가공할 만한 구매력을 지니고 있기 때문인데, 그런 '외화'라는 것도 바로 '돈'이 아니던가.

　우리는 어느 한 국가의 경제수준을 재는 척도로서 그 나라 국민들의 연평균 소득인 1인당 GDP를 보고 있는데 이 역시 바로 돈이 아니고 무엇인가. 개인소득을 2만 불이니 5만 불이니 하며 달러로 나타내고 있지 않은가. 평균 개인들의 재산(GDP)이 많아 보라. 세계의 내로라하는 다국적 기업들이 경쟁적으로 그 국가에서 장사해

돈 벌려고 혈안이 되어 있을 게 틀림없다. 하물며 한 국가의 재정이나 공공기관의 살림살이에서 '돈'이 얼마나 중요시되겠는가.

모든 공사(公私)단체의 행정이나 관리가 곧 예산(돈)을 통해 이루어지기 때문이다. 한때 미국의 뉴욕 시가 부도위기에 몰린 적이 있는데, 이는 곧 시 예산(돈)이 바닥이 났었기 때문이다. 마찬가지로 어떠한 기업이든 모두가 이익(돈)을 먹고 살며 그것이 없으면 곧 사멸하고 만다. 개인들처럼 파산신청이나 구걸행위로 살아나갈 수는 없는 것이 기업이다.

그 국가의 경제흐름은 곧 돈(M1과 M2)의 흐름을 통해 파악될 수 있는 것과 똑같이 사기업의 건전성 여부도 수익성과 운전자본의 유무에 의해 결정된다. 심지어 개인범죄에서도 계좌추적(돈의 흐름을 조사)은 범인 여부를 판가름하는 중요한 수단이 되고 있지 않은가.

그렇다. 개인에 있어서든 집단에 있어서든 분명히 돈은 필요불가결한 것이다. 그러나 요즘 국내에서는 돈, 돈 하며 너무 그에 몰두하고 있으며 그러한 배금주의가 도에 지나쳐 마침내 범죄, 폭력, 횡령, 부조리 등 각종 사회적 해악(害惡)의 근원이 되고 있음을 알 수가 있다. 한마디로 모두가 돈 앞에는 사족을 못 쓴다.

요즘의 일간지들을 한번 펼쳐들고 큰 타이틀만이라도 훑어보라. 김○○의 사기 및 주가조작사건, 대통령의 당선 축하금 수수의혹 사건, 신○○의 학력위조사건 등에서부터 어느 패륜아의 친모살해 사건, 보험금을 노린 어느 못된 부인의 남편독살사건, 부자지간 혹은 형제지간의 무수한 소송사건 등에 이르기까지 모두가 결국은

'돈'과 관련된 것들이 아닌가. 그야말로 '쩐의 전쟁판'이다.

　오만상을 찌푸리고 있던 부인에게 돈 몇만 원만 손에 쥐여주어 보라. 당장 얼굴에 화색이 돌고 멋대가리 없던 여자가 갑자기 '여우'가 되어 껴안고 빨고 난리를 칠 테니. 얼마전 '꽃보다 남자'라는 드라마가 유행한 바 있다. 돈이 소재다. 남편들도 돈에 관한 한 예외는 아닐 것이다. 어느 심리학자가 부잣집 아이와 가난한 집 아이 둘에게 똑같은 동전을 그리게 한 실험을 한 적이 있었다. 놀랍게도 가난한 집 아이가 그려놓은 동전이 부잣집 아이의 것보다 몇 배나 더 컸다는 것이다. 돈에 대한 욕구가 결국 그 아이로 하여금 그것을 실제보다 훨씬 더 크게 지각하도록 만들었다는 것이다.

　돈의 위력을 알 수 있는 것이 어디 이런 예로만 그치겠는가. 결혼식에 참석하여 얼마짜리 축의금봉투를 내밀었는가, 어린애 돌잔치에 몇 돈짜리 금반지를 갖고 왔는가, 집들이에 얼마짜리 세제를 들고 왔는가가 곧 그 사람의 인격을 평가하는 기준이 된 지 오래지 않았는가. 교회를 가보라. 주일헌금, 십일조를 얼마 했느냐 하는 것은 그 사람의 교회생활에 지대한 영향을 미치게 됨을 알 것이다. 돈의 막강한 힘은 신부집에 간 함지기에도, 목욕탕의 때밀이에게도, 술집의 여종업들에게서도 실감하고 있지 않은가. 우리 아버지들의 가정 내 위상이 퇴락하기 시작한 것도 결국은 경제권이 부인에게 이전되고부터임을 잊지 말아야 한다. 요즘 아버지들의 월급이 과연 누구의 통장으로 들어가고 있는가.

　이 세상에는 오직 돈 하나 때문에 죽게 되거나 목숨을 건진 사람이 얼마나 많은지 우리 모두는 잘 알고 있지 않은가. 또 돈 때문에 출세한 사람, 돈 때문에 좋은 대학을 나와 좋은 직장을 구한 사람에서 돈 때문에 타락하거나 실직한 사람에 이르기까지 돈에 얽힌 사연이 얼마나 많은가.

그러나 결국 돈이란 우리의 행복을 위한 수단이지 그 자체가 목적은 될 수 없다. 그런데도 그것을 유일한 목적으로 착각하고 있는 사람이 얼마나 많은가. 행복이란 우리 인간들이 추구하는 궁극적인 최상의 가치다. 그러나 그런 행복을 얻는 데는 건강, 가정화목, 직업, 부부금실 등 무수한 수단들이 있을 수 있으며 돈 역시 그런 무수한 수단 가운데 오직 하나에 불과하다. 그런데도 우리 대부분은 '돈이면 그만'이라는 착각을 하며 살아갈 때가 많다.

세계에서 인구 65만에 불과한 아주 작고 가난한 히말라야산맥의 부탄을 보라. 이 나라 국민들은 비록 소득수준이 1,200여 불에 불과할 만큼 낮아 간난하게 살면서도 이른바 행복지수는 세계 8위이다. 반면 개인소득 2만 불인 우리나라의 행복지수는 102위라는 초라한 모습을 보이고 있다는 사실을 알고 있는가. 이는 부(돈)가 곧 행복을 의미하지는 않으며 또 부의 정도가 반드시 행복의 정도와 비례하지도 않음을 나타내고 있는 것이 아닌가. 미국, 일본, 영국 등 소득수준이 높은 선진국 국민들의 행복지수가 생각만큼 그다지 높지 않다는 조사결과로도 반증되고 있지 않은가.

개인들로 말하면 돈 많은 부자가 반드시 행복하지 않다는 사실과도 일맥상통한다. 그 많은 재산, 그 많은 돈을 관리하느라 행복할 시간이 어디 있겠는가. 또 그런 돈을 호시탐탐 노리고 있는 사람들이 주변에는 얼마나 많겠는가. 미국 복권 역사상 최대의 복권에 당첨되어 벼락부자가 된 어느 운 좋던 사람이 몇 년 후가 지난 요즘에는 약물중독자요 빈털터리의 불행한 가난뱅이로 전락했다는 기사를 보지 못했는가. 불가(佛家)에서는 '무소유'가 곧 행복이라고 보고 있지 않은가. 그 이유를 우리는 되씹어볼 필요가 있다.

'행복'의 사전적 의미는 "욕구가 충족되어 충분한 만족과 기쁨을 느끼는 상태"를 일컫는다. 인간이 추구하는 욕구에는 생리적인 것, 사회적인 것이라는 낮은 수준의 것에서부터 자아실현과 같은 고차원적인 것에 이르기까지 무수한 종류가 있을 수 있다. 그러한 무수한 욕구들이 어찌 돈으로만 모두 충족될 수가 있겠는가. 물론 돈을 산더미처럼 앞에 쌓아두고 희희낙락하며 마냥 행복감을 느끼는 사람도 있을지는 모르나 몇이나 되겠는가. 모 재벌 총수가 사망한 후 그가 생전에 쓰던 방을 살펴보니 초라할 데 그지없었다고 하는 걸 보면 '돈벌이' 그 자체를 최고의 가치로 삼고 사는 사람이 전혀 없는 것은 아닌 것 같다.

최근 그와 같이 돈이 숭배의 대상이 된 데는 물질주의라는 사회 전체의 풍조도 무시할 수는 없을 것이다. 얼마나 배웠고 얼마나 올바르게 살고 있으며 얼마나 의롭고 덕을 베풀며 사느냐가 아니라 얼마짜리 아파트, 승용차, 가구, 보석을 지니고 있고 은행예금을 얼마나 갖고 있느냐에 따라 사람의 인격을 평가하고 있는 요즘의 세태에서 돈에 초연한다는 것이 결코 쉬운 일은 아닐 것이다. 더구나 물질적인 것은 물론이고 교육, 레저, 스포츠, 오락, 문화 등 온갖 정신적인 것에도 돈이 필요한 것이 요즘의 현실 아닌가.

자연히 로또복권이 잘 팔릴 수밖에 없고 증권회사의 객장이 잔뜩 돈독에 오른 사람들로 붐빌 수밖에 없지 않은가. 그러니까 자연히 오직 돈 하나 때문에 부모, 형제, 친구, 남편을 죽이고 하는 등의 아노미현상이 만연되지 않겠는가. 사회 전체가 마치 돈의 노예들로 북적거리는 무정부상태를 이루고 있지 않은가. 진정한 행복이 아니라 '행복'이라는 허울 좋은 포장지에 싸인 돈만을 쫓고 있는 우리들 자신은 도대체 지금 어디에 서 있으며 어디로 가고 있는지나 알고 있는가.

동남아의 저 인도네시아나 말레이시아 사람들의 살아가는 모습을 한번 가보라. 그들은 비록 가난하게 살면서도 항상 즐거운 표정들이다. 도둑질도 모른다. 어쩌다 가족이 차에 치어 죽었어도 '운명'이려니 하고 태연하다. 어찌 이들이 행복하지 않겠는가. 이제 우리도 웬만큼 살게 되었으니 돈타령 좀 그만 하고 '흘러가는 구름처럼 스쳐가는 바람처럼' 불쌍한 이웃 좀 도와가면서 여유 있고 즐겁게 살 수는 없을까. 인생은 어차피 공수래공수거가 아닌가. 구태여 수십억짜리의 아파트에서 값비싼 자동차 몰며 수억 원짜리 골프회원권 주머니에 넣고 거드름 피며 산다고 반드시 행복한 것은 아니지 않은가.

부탄 사람들의 행복지수가 그토록 높은 것은 그들의 낙천주의에 있었다는 조사결과를 우리도 한번 곱씹어볼 필요가 있지 않을까. 오직 '돈'만 쫓던 미국 월가금융회사들의 경영자들이 이제는 실직하여 이력서 들고 중국이나 홍콩의 금융가를 기웃거리고 있는 저 처참한 모습들을 보고 있는가.

02
삼천만 원짜리 상품권?

　얼마 전 모 백화점이 무려 3천만 원짜리 상품권을 판매한다는 기사가 신문에 난 적이 있었다. 1천5백만 원짜리도 같이 판매했다고 하는데 불과 며칠 사이에 적잖은 매수가 판매되었다 해서 세인들을 놀라게 한 적이 있다. 또 그 훨씬 전에는 이른바 '페라리'라고 하는 세계 최고급의 승용차 역시 며칠 사이에 우리나라에의 배정분 모두가 팔려나가 당초 한 대도 팔리지 않을 것이라는 독일 메이커 측의 우려를 무색게 한 일이 있었다고 한다.

　이 얼마나 놀라운 일인가. 불과 1, 2억짜리도 아니고 십수억 원씩이나 한다는 자동차를 사는 사람이 하나도 아니고 그렇게 여러 명이나 있다니. 아니 그건 캐디락 리무진이 흔히 장례용으로 사용되는 경우와 같이 외빈접대용이나 사업상 부득이하게 필요할 때가 있어서 그렇다 치고 3천만 원짜리 상품권은 쉽게 이해가 가는가.

'아, 우리나라도 이제 그만큼 잘살게 되었구나.' 하는 감탄사가 나오다가도 어딘지 모르게 석연치 않다는 생각이 든다. 보통 10만 원이나 20만 원짜리에 익숙한 우리에게 난데없이 3천만 원짜리라니 이건 좀 너무하지 않은가. 그런 상식을 뛰어넘는 고액의 상품권을 구입해가는 사람들은 도대체 어떤 사람들이며 과연 누구에게 주려고 사는 것일까. 반대로 그런 엄청난 상품권을 받게 되는 사람들은 과연 어디서 무얼 하는 사람들인가. 또 그런 상식을 뛰어넘는 상품권을 갑자기 판다고 하는 백화점은 어떤 상업적 목적을 갖고 있는가. 이런 질문들이 꼬리에 꼬리를 물고 일어나는 것은 당연하다.

우선 그런 상품권을 구입해가는 목적이 과연 무엇일까부터 한번 생각해보기로 하자. 재벌 총수가 새로 갓 태어난 사랑하는 손주에게 기념으로 주기 위해? 성공한 자영업자가 조강지처에게 줄 설 선물로? 아니면 저 강남 땅부자가 애첩에게 줄 선물로? 재벌 CEO가 아들의 대학합격 축하용으로? 도대체 어느 것 하나도 확신이 안 선다. 그런 목적이라면 그에 상응하는 자기앞 수표로 끊어주든지 아니면 통장에 넣어 도장과 함께 건네주는 게 옳지 구태여 상품권의 형태를 취할 필요가 없지 않은가. 게다가 상품권이란 액면 전부가 현금화되지 못하고 그중 일부를 반드시 해당 백화점 물품을 구입해야만 되지 않는가. 그러면 3천만 원의 상품권을 구입하는 목적이 다른 좀 떳떳하지 못한 데 있는 것이 아닐까 하는 생각을 지울 수가 없다. 다시 말하면 돈의 행방을 추적하기 힘들게 하고 수령자의 신분 확인이 곤란하도록 하는 그런 목적 말이다.

돈이 떳떳하지 못하게 쓰인다는 것은 곧 그것이 부정하게 사용될 개연성을 지니고 있는 것이 아닐지. 이를테면, 인사청탁의 대가로 상사에게 줄 뇌물이라든가 공사수주의 대가로 발주자 임원에게 주는 리베이트.. 그것도 아니면 얼마 전 모 그룹 사장과 같이 사업상 또는 후에 자신의 비리가 노출된 것에 대비해 정관계나 검찰에 미리 들어두는 '보험용'의 뇌물이 그 용도일 수도 있지 않을까. 어디 그뿐이겠는가. 상거래 관계에서, 정치적 입신을 위해, 취업알선이나 정관계 요로에 다리가 필요해서 지금 이 순간에도 그런 부정과 불법행위는 끊임없이 자행되고 있는 것이 우리나라의 현실이다. 오죽하면 우리의 국가청렴도가 우리보다 훨씬 못사는 저 동남아 몇몇 국가들만도 못하다고 하는가. 따지고 보면 우리가 좀 남보다 잘살게 된 것은 마치 떳떳하지 못한 방법으로 돈 벌어 잘살고 있는 개인이 있는 것과 마찬가지로 사람들 대부분이 온갖 부정과 비리로 돈 번 결과의 측면이 있다고 말한다면 아주 틀린 말이 되는가.

삼천만 원이란 요즘 웬만한 월급쟁이 연봉에 해당하고, 길거리에서 좌판 벌여놓고 장사하는 영세상인들이 평생을 모아도 만져보기 힘든 거액이 아닌가. 군고구마 장수가 아니 군밤장수가 일당 크게 잡아 3만 원을 번다고 치면 10년을 쓰지 않고 꼬박 모아야만 하는 돈이 아닌가. 그런 큰돈을 아무렇지도 않게 이 사람 저 사람에게 인심 쓰듯 나눠줄 수 있다니 가히 놀랄 만한 일이다.

게다가 요즘이 어느 때인가. 세계 금융위기의 여파로 우리나라도 경제적으로 미증유의 어려움에 처해 있지 않은가. 매일같이 실업자들은 쏟아져 나오지, 생활고로 스스로 목을 매는 가장들이 속출하는가 하면 부도 직전에 몰린 자영업자가 어려움을 이기지 못하고 아파트 옥상에서 떨어져 자살하는 사건 등 모두가 암울한 소식들만이 들리는 때가 아닌가. 그렇다고 가까운 기일 내에 경제가 나아진다는 보장도 없고 정부 차원에서 뾰족한 실업대책이 있는 것도 아니다.

이런 어려운 때에 백화점이 마치 기다리기라도 했다는 듯이 자랑스럽게 그런 상식에 어긋나는 상품권을 판다고 선전하고 나선다는 것은 사회적 지탄을 받아도 마땅하다는 생각이 든다. 모두가 어려운 때에 이를테면 저가품목을 새로이 개발하여 판매한다든가 채용인원을 늘려 실업자문제에 호응하는 정책을 편다든가 아니면 불우이웃돕기나 사원봉사활동과 같은 것을 강화하는 것이 오히려 바람직하지 않을까. 그렇게 하는 것이 당해 기업의 대외 이미지를 개선시키는 데도 좋고 장기적으로 고객들의 애고를 확대시켜 주어 미래수요의 증대에도 도움이 된다고 생각한다.

사는 사람이 있는데 우리가 무슨 죄가 있느냐고 항변할 수도 있다. 기업이란 수요를 따라가게 마련이기 때문에 3천만 원이 아니라 그보다 더한 3억짜리인들 못 팔 이유가 없다고 말할지도 모른다. 또 남이 하지 않는 그런 깜짝쇼를 통해 아마 기업 이미지의 제고에도 얼마간 도움이 될 수도 있을 것이다. 아니면 회사 VIP고객들의 관리 차원에서도 이따금 그런 특별한 행사를 벌이는 것이 회사에 유리할 수도 있을지 모른다. 또 백화점 측에서 당장의 현금화보라는 또 다른 이점도 있을 것이다.

그러나 기업은 하나의 경제적인 제도임과 동시에 하나의 사회적인 제도란 사실을 기억해둘 필요가 있다. 아무리 경제적 아니면 회사 경영적 차원에서 정당시 되는 정책이나 기업활동이라 해도 그것이 사회적 지탄의 대상이 되는 것이라면 과감히 중지하는 게 바람직할 것이다. 기업이 하나의 사회적 제도인 이상 그것은 그 사회의 보편적 가치의 테두리 내에서 활동할 필요가 있고 또 그렇게 하는 것이 바로 기업의 사회적 책임이기도 하다.

가진 자와 못 가진 자 간 위화감을 조성하고 은연중에 부정행위를 조장할 가능성이 있는 행위가 사회적으로 책임 있는 행위로 볼 수는 없지 않은가. 건전한 소비문화에 도움이 안 되고 과소비를 부추길 수도 있는 그런 기업활동을 또 경제살리기에 혈안이 되어 있는 국가시책과는 반대되는 그런 기업활동을 반드시 사회적으로 책임 있는 행위로만 볼 수는 없지 않은가.

더구나 오늘날의 대기업이란 것이 설령 법률상으로는 민간기업이라 해도 실제적으로는 공기업에 가깝다. 고용, 사회복지, 물가수준, 사람들의 가치형성 등 어느 면에서나 공공성이 높다는 것이다. 대기업의 경우 오늘날 사회적, 경제적, 정치적 파워가 그만큼 막강함을 의미하고 그것은 다시 그에 상응하는 사회적 책임으로 견제되지 않으면 안 됨을 의미한다.

얼마 전 10만 원권 지폐의 발행이 정부에 의해 무기한 보류된 이유가 과연 무엇이었는지를 한번 되새겨볼 필요가 있지 않을까?

03
오늘의 쾌락문화, 이대로 좋은가

"프랑스인들은 1년의 반을 다가오는 휴가에 관해 얘기하며 보내고, 나머지 반은 지난 휴가를 추억하며 보낸다"라는 말이 있다. 실제로 미국, 일본 등 요즘 잘사는 나라 사람들은 일하기 위해 노는 것이 아니라 마치 놀기 위해 일하는 것으로 착각하리만큼 온갖 쾌락(快樂)에 젖어 있음을 볼 수가 있다.

그러나 선진국들의 그러한 쾌락풍조는 그들의 경제가 하늘 높은 줄 모르고 치솟던 이미 지난 1970년대 초부터 시작되지 않았나 생각된다. 혹자는 그러한 경향을 이른바 4S(Sweet life, Soft life, Social life, Safety life)로 요약하기도 한 바 있다. 즉 당시 사람들의 라이프스타일이 쾌락, 여가, 사교, 안전으로 특징지을 수 있다는 것인데, 그러한 라이프 스타일은 오늘날까지도 그대로 이어져 오고 있다. 그들의 그러한 소비행태는 비행기회사들의 "Fly now, Pay later"

(지금 비행기를 타고 돈은 다음에 내도 좋습니다)라는 소비를 자극하는 광고캠페인에서, 아니면 "Tea, Coffee, or Me?"(차나 커피를 원하시는지 아니면 저를 원하시는지요?)라는 선정적인 영화제목에서도 잘 나타나 있다.

인생을 마냥 즐기자는 것이다. 이동수단인 차가 있고 시간이 있고 돈이 있고 즐길 곳과 같이 즐길 사람이 있는데 무슨 걱정이냐는 것이다. 그렇다. 그들은 예나 지금이나 그토록 열심히 일해 왔으니 그렇게 즐길 자격이 있고 또 그럴 여유도 있다. 개인소득을 보라. 현재 우리나라의 1인당 국민소득이 2만 불이라 해도 그들은 그 2~3배나 되는 소득으로 풍요를 누리고 있지 않은가. 그러다 보니 자연히 물질주의나 지나친 쾌락주의와 같은 그다지 달갑지 않은 사상이 초래되기도 하였다. 그러나 그들 사회는 그러한 비(非)지성을 큰 무리 없이 흡수할 수 있으리만큼 성숙해 있다는 사실을 결코 간과해서는 안 된다.

오늘의 우리는 어떤가. 한마디로 그들의 열심히 일하는 바람직한 문화는 잊은 채 흥청망청 쓰며 노는 문화만 배운 듯하여 안타깝기 짝이 없다. 자동차산업 하나만 두고 보더라도 우리의 생산성은 고작 미국의 60%, 일본의 70%에 그치면서도 임금수준은 거의 일본에 육박해 있음이 그걸 반증하지 않는가. 그런데도 적다고 더 달라고 아우성들이니 한심하다. '귀족노조'란 말이 왜 생겨났겠는가? 남들처럼 좋은 주거환경에서 좋은 차 몰며 여유롭게 살려니 그걸 충당하기 위한 돈의 공급에 비해 그 수요가 더 많을 수밖에.

문제는 오늘날 우리나라 전체의 라이프 스타일이 비단 이들에만 국한되어 있지 않다는 데 있다. 그런 왜곡된 라이프 스타일은 우리의 실질적인 소득수준과는 거의 상관이 없는 듯하며, 심지어 도농(都農) 간에도 큰 차이가 없는 듯이 보인다.

한 조사에 의하면 우리 국민들의 상위 10%의 평균재산이 12억 5천만 원으로서 하위 10%에 비해 무려 7.6배에 달하고 있어 소득분배가 심히 왜곡되어 있다고 한다. 그래도 놀고 쓰는 데서는 빈부의 차이 없이 평준화(?)되어 있는 듯하다. 적어도 겉보기에는 TV나 인터넷 등의 정보통신기술의 발달 및 보편화와 더불어 교통수단의 발달이 그렇게 만들지 않았는가 생각된다. 오늘날 잘사는 서울 사람들이 아니 세계의 잘사는 나라의 사람들이 어떤 주거환경에서 어떤 가구를 들여놓고 어떤 차를 몰고 어떤 레저활동을 하며 살고 있느냐 하는 것은 어디에 살고 있든 누구나 곧장 온라인 베이스로 알 수 있는 사회가 되지 않았는가.

더욱이 요즘 우리나라는 전국이 1일 생활권에 속해 있어 시간과 공간의 장벽이 거의 없어지지 않았는가. 사회적·심리적 장벽은 모르지만. 그러니 쾌락주의라는 유행병(?)이 급속히 번져 전국 곳곳에 만연해 있어 없는 사람일수록 그에 대한 면역력이 약해 그 병에 한번 걸리게 되면 혹독하게 앓지 않으면 그 부작용으로 크나큰 비극에 이르는 경우도 흔히 볼 수 있다. 요즘 시골에서는 '외제차 몰고 논에 물 대러 간다'는 우스갯소리까지 있으니 과소비유행병이 얼마나 전국을 휩쓸고 있는지 가히 짐작할 만하지 않은가.

행정도시니 기업도시니 하여 온 나라를 부동산투기장으로 부추겨 놓은 과거 정부의 잘못된 정책도 그에 한몫을 한 측면도 있기는 하지만 쾌락주의 열풍은 쓰라린 결과를 낳게 마련. 좋은 집, 좋은 차 타고 명품 걸치고 해외여행 다니며 우쭐대고 살려니 더 많은 돈이 필요하게 마련이고 빤한 수입만으로는 도저히 그런 욕망을 채울 수 없다 보니 갖가지 불법, 부정, 비행 등 비윤리적·반사회적인 방법을 동원할 수밖에 없지 않은가. 다시 말해서 개인들의 욕망수준과 그것을 충족시키기 위한 사회적으로 인정된 수단 간에는 너무나 큰 갭이 존재하고 있다는 것이다.

사회학자 리스맨에 의하면 산업사회가 고도로 발전하게 되면 이른바 타인지향형사회가 되어 개인들의 가치, 행위규범, 행동양식을 집안의 가족이나 사회의 어른들이 아닌 이웃, 동료, 동류그룹에서 찾게 된다고 한다. 즉 집안 어른들의 가르침이나 사회윤리가 아니라 바로 주위의 다른 사람들이 어떻게 일하고, 돈을 쓰며, 놀고, 행동하느냐가 개인들 행동의 중요한 준거점구실을 하게 된다는 것이다. 자연히 남의 소비행동과 라이프 스타일을 모방하게 되고 남에게의 과시욕구가 그들의 행동을 지배하게 마련이다.

주 5일 동안 마지못해 직장 나간 후 금요일 저녁부터는 정신이 없다. 골프채 차에 싣고 차 점검하며 떠날 채비하느라 바쁘고 차 타고 어딘가로 떠나 먹고 마시고 놀 준비하느라 여념이 없다. 주말만 되면 서울을 비롯해 도시근교가 교통 혼잡으로 온통 난리를 치른다. 인천공항과 김포공항을 한번 가보라. 형형색색의 옷을 차려입고 여행가방을 드르륵거리며 끌고 다니며 카운터며 매점이며 공항출입구를 오가는 모습들은 마치 오늘 이렇게 놀지 않으면 당장 내일 지구에 종말이라도 다가와 다시는 놀 수 없게라도 될 것처럼 야단법석들이 아닌가. 아무리 '삶이란 욕망을 좇는 노마드(유

목민)'라고는 하지만 너무 지나치지 않은가. 그들 중 하나를 붙들고 "당신 뭐가 그렇게 바쁘시오?"라고 한번 질문해보라. 누구 하나 제대로 대답할 수 있는가.

왜 그렇게 일주일 내내 동분서주 뛰어다니는지 본인도 잘 모른다. 오직 관능적 욕망에만 눈이 어두워 이성을 잃고 이리저리 방황하고 있지 않은가. 인생의 목적은 곧 행복이 아니던가. 돈 벌어 놀고 먹고 마시는 등 모든 것은 결국 행복한 삶을 위한 수단일 뿐 그 목적은 아니지 않은가. 그들의 얼굴을 한번 보라. 행복은커녕 피곤한 기색만 역력하지 않은가. 주일 내내 직장 일에 쫓겨 피곤하고 주말은 놀러 다니느라 피곤하니 그럴 수밖에.

어디 그뿐인가. 즐기고 노는 데 정신을 쏟다 보니 부모에 대한 공경도 자녀 낳아 오순도순 기르는 재미도 잃을 수밖에. TONK족은 무엇이고 DINK족은 또 무엇인가. 부모 모셔 같이 살고 자녀들 낳아 기르는 것이 혹 3D업종으로 전락한 것은 아닌지 궁금하다.

저출산이 초래하는 사회경제적인 문제는 그만두고라도 결혼해 애 낳아 기르는 것은 극히 당연하면서도 자연스러운 일이다. 또 그건 신이 우리 인간에게 내려주신 축복이며 그렇게 내 피를 이어 간다는 것은 자연법칙을 지키는 것이고 동시에 하느님에 대한 순종의 미덕이라고 보지 않는가. 또 본인들은 놀러 다니느라 정신이 없으면서 늙은 부모님 모시는 일에는 왜 관심이 없는가. 그대들은 하늘에서 떨어졌는가 아니면 땅에서 솟아났는가.

동물의 세계에서도 자신들을 낳아 정성껏 길러준 늙은 어미를 끝까지 보호하고 돌보고 있는 새끼들을 볼 수 있거늘 하물며 만물의 영장이라고 하는 인간들이 부모를 그렇게 내팽개칠 수가 있단 말인가. 자식이 부모를 끝까지 돌보는 것은 당연한 자식 된 도리요 의무이며 또 그 역시 새끼 낳아 길러 종족을 이어가는 것만큼이나 자연의 질서에 순응하는 일이 아니던가.

그런데 요즘 매스컴의 뉴스를 한번 보라. 자식들이 부모를 안 모시려 서로 미루다 끝내는 굶어 돌아가시게 하질 않나, 부모재산에 눈이 멀어 부모를 살해하는 패륜아들도 흔히 볼 수 있고, 자식들의 냉대에 못 견디고 아파트 옥상에서 뛰어내리는 사건도 있는가 하면 병들고 늙은 부모를 홀로 내버려두어 사망 후 한 달여나 지나서 이웃에 의해 발견되는 불상사 등 이루 헤아릴 수가 없지 않은가. 어쩌다 우리는 이 지경에 이르게 되었는가.

'아들은 도둑, 며느리는 바람잡이, 손자는 좀도둑, 딸은 예쁜 도둑, 사위는 장물아비'라는 요즘 세간의 우스갯말이 결코 웃어넘길 말로만 들리지 않는 것은 무슨 연유인가. 비록 우스갯소리라고는 하지만 아들딸 더 나아가 며느리, 사위 심지어는 손자까지 모두 '도둑'으로 간주한다는 것은 이 얼마나 아이로니컬한 일인가. 자식들한테 절대 재산 미리 물려주지 말라는 요즘 나이 많은 부모들 사이에 회자되고 있는 말은 왜 나왔다고 보는가.

따지고 보면 요즘의 '놀자주의'는 나이 많은 부모들로부터 전승되어 온 것일 수도 있다. "노세 노세 젊어서 노세. 늙어지면 못 노나니~." 우리 민족은 예부터 놀기 좋아하고 신명 많기로 널리 알려져 있는 것도 사실이다. 비록 쌀독에 쌀 떨어져 굶을지언정 처마 끝 툇마루에 앉아 막걸리 한잔 마시며 유유자적하는 여유가 있었으며 가난에 찌들어 살면서도 소 몰며 밭갈이할 때 절로 흥겨운 노랫가락이 나오는 것이 우리 민족이 아니었던가. 그러나 우리 선조들의 놀이문화는 요즘의 노는 풍조와는 분명한 차이가 있었다. 또 선진국 사람들의 노는 문화와도 차이가 있음은 두말할 나위가 없다.

지난 IMF사태 때 샴페인을 너무 일찍 터뜨렸다는 자성의 소리가 많았던 것을 누구나 기억할 것이다. 또 외국에서는 우리나라가 아시아의 네 마리 용 가운데 하나가 아니라 이제는 지렁이에 불과하다는 조롱을 듣는 수모를 겪은 바 있는데, 이제 사는 형편이 좀 나아진 듯하다 해서 또다시 샴페인을 터뜨리려 하고는 있지 않은지. 우리의 할머니, 할아버지들은 일할 때든 놀 때든 분수를 지켰고 낳아 길러주신 부모님의 은공을 하늘같이 알지 않았던가.

자식사랑은 또 얼마나 끔찍했었는가. 또 집안은 어른들을 중심으로 한 치의 흔들림 없이 질서와 위계가 엄격히 지켜지는 가운데 가정의 화목과 형제자매들 간의 우애를 제일의 덕목으로 삼고 있었다는 것을 우리는 잘 알고 있지 않은가. 요즘의 우리는 우리 선조들이 우리에게 가르쳐주신 아름다운 삼강오륜의 문화도, 서양의 합리주의나 실용주의와 같은 친산업적인 문화도 찾아볼 수 없고 오직 감성적 욕망의 충족에만 정신이 팔려 있는 듯함을 부인하지는 못할 것이다.

물론 지금 이 순간에도 도서관에서 또는 산업현장에서 내일의 꿈을 실현하기 위해 책이나 실험용 기계와 싸우고 있는 젊은이들이 얼마든지 있는 것은 사실이고 또 바로 그들이 있기 때문에 우리나라가 오늘날 이만큼이나마 이루어놓은 것은 부인할 수 없다.

그러나 우리 대부분은 그렇지 못한 것이 문제다. 좀 더 허리띠를 졸라매고 앞으로 매진해야만 한다. '이만큼 왔으니 이제 좀…….' 하는 생각은 하지 말라. 지금도 우리는 걷고 있는 동안 저 선진국들은 물론 브릭스(BRICS)국가들까지도 뛰고 있지 않은가.

못살던 브라질에도 밀려 경제력이 이젠 세계 13위로 내려앉았는가 하면 국가경쟁력은 28위에서 32위로 뒷걸음질치고 있음을 알지 못하는가. 어찌 잘못 뽑은 대통령들만 탓하고 있을 때인가. 대학을 졸업한 고급인력 10명 중 4명은 일자리를 찾지 못하고 시름에 차 있고, 노사분규에 저생산성으로 시달리는 기업들은 속속 생산기지를 외국으로 옮겨가고 있으며, 정부의 경제 및 부동산정책의 실패로 인한 빈부격차는 더욱 심해서 사회적 위화감은 더욱 악화되어가고 있고, 북한은 심심하면 핵무기로 남한을 불바다로 만든다고 위협하고 있는 등 어느 것 하나 기분 좋은 일이 없지 않은가.

그런데도 오늘 우리는 마냥 즐기고 있다. 남이 그렇게 하고 사회 전체가 그런 풍조다 보니 그 이유도 모른 채 그냥 들떠 먹고 노는 데 정신이 팔려 있다. 더 늦기 전에 이쯤 해서 현재 우리는 어디에 서서 무얼 하고 있고 어디로 가야 하는지를 재점검해보아야만 하지 않는가. 얼마 전 친기업적 대통령을 뽑아 경제발전에 박차를 가하게 된 것은 만시지탄의 감은 있지만 불행 중 다행이다.

군사부(君師父)가 아니라 국사부(國師父)일체의 가르침을 되새겨, 우리의 사회와 날 가르쳐주신 스승 그리고 날 낳아 길러주신 부모님에 대해 어떻게 해야 되는지, 나의 삶의 참된 의미는 무엇이고 사회에서 가정에서의 나의 존재의미는 어떠해야만 하는지를 진지하게 다시 생각해볼 필요가 있지 않을까.

인생이 결코 긴 것은 아니지만 그렇다고 허겁지겁 먹고 노는 데만 정신을 팔아야만 할 만큼 짧은 것도 아니다. 쾌락이 곧 우리에게 행복을 의미하지 않듯이 그것이 삶의 참된 목적도 아니지 않은가. 우리에게는 아직 '소비가 미덕'일 수 없고 더 밝은 미래를 위해 '저축이 미덕'이어야만 한다. 젊은이들이여 잠시 숨을 고르고, 허리띠를 졸라맨 후 힘차게 미래를 향해 달려가자. 우리의 할머니, 할아버지들이 우리들에게 그동안 가르쳐주신 소중한 삶의 지혜들을 가슴에 되새기며!

04
패션이 뭐기에

요즘은 바야흐로 패션시대다. 모든 게 1회용이요 패션주기는 채 1년을 못 간다. 여성들의 의상, 액세서리가 그렇고 휴대전화가 그렇다. 어디 그뿐이겠는가. 남성들의 양복이나 구두, 모자도 그 유행이 1, 2년을 못 가고 바뀌며 그런 유행주기는 점차 짧아지고 있는 추세다. 자동차의 모델들을 한번 보라. 그 기본 스타일은 모르지만 이른바 페이스(face)는 1년 단위로 바뀌고(lift)있지 않은가.

유행 따라 모든 것이 수시로 바뀐다. 심지어 건축양식이나 음악도 르네상스풍이니 바로크풍이니 하여 그 주기는 좀 길긴 하지만 바뀌고 있지 않은가. 마치 유행가도 발라드풍이니 뭐니 해서 수시로 그 시대와 사회조류에 따라 유행이 바뀌듯이 말이다. 심지어는 젊은이들의 배우자 선택 시 선호하는 직업유형도 유행 따라 그때그때 바뀌고 있지 않은가.

패션(fashion)이란 독특한 예술 혹은 제품의 구성이나 표현이 일정 기간 여러 사람들에 의해 차례로 받아들여지고 구매되는 현상을 말한다. 즉 그것은 예술이나 제품의 특정 디자인이나 스타일이 주어진 사회에서 널리 보급되어가는 현상을 일컫는다. 인간은 본래 남들을 따라가려 하는 '추종주의자'지만 때로는 전통에서 다소 벗어나 남과 차별화하고 싶어 하는 내재적 습성을 지니고 있다. 그러니까 유행은 사회학적·심리학적 요인에 근거를 두고 발생하게 된다.

즉 처음에는 몇몇 강한 유별화 욕구를 지닌 사람들이 특정 스타일을 자아표현 욕구를 충족시키기 위해 활용하기 시작하면 서서히 다른 사람들도 그것을 모방하게 되고 마침내 그 지역사회의 모든 사람들이 그것을 받아들이게 된다. 그러나 언젠가는 그에 싫증을 느껴 사람들로부터 외면을 당하기 시작하면서 그 주기도 막을 내리게 되고, 이제는 또 다른 스타일이 인기를 얻어 유행하기 시작하는 등의 순환과정을 반복하게 된다는 것이다.

당해 유행주기가 얼마나 지속되느냐 하는 것은 주어진 디자인이나 스타일이 그 사회의 규범이나 가치와 얼마나 부합되며 개개인들의 본연의 욕구를 얼마나 오랫동안 충족시켜 주고 있느냐에 따라 때로는 길 수도 있고 반짝유행(fad)처럼 극히 짧을 수도 있다.

또 그것이 흐르는 방향은 종전에는 고급의상처럼 전통적으로 상위의 사회경제적 계층에서부터 하위로 흘러가는 패턴을 보였으나 요즘과 같이 소득수준이 한 단계 레벨업되어 있는 사회에서는 반드시 그렇지도 않다고 한다. 위에서 아래로, 때로는 아래서 위로 혹은 수평적·사행적으로 그 방향과 속도는 주어진 대상과 그 사회의 정보통신이나 IT기술의 보급 정도에 따라 각기 다를 수 있다는 것이다. 물론 패션은 고급의상에서부터 건축양식이나 표현예술에 이르기까지 광범위하고 다양한 분야에서 찾을 수 있겠고 또 유형재는 물론 일하거나 놀고 운동하는 양식 등과 관련된 무형재까지 모두 포함될 것이다.

그러나 여기서는 주로 상업성을 띤 기업의 '계획적 진부화'활동에 의한 것으로만 한정하기로 하자. 즉 의상, 휴대전화, 자동차 등의 분야에서와 같이 패션재로만 논의를 국한시켜 보자는 것이다.

인간은 남과의 동조욕구도 지니고 있지만 동시에 남과 차별화함으로써 자아를 표현하려는 욕구도 지니고 있다. 그러다 보니 남보다더 좋은 것, 더 새로운 것, 더 멋있는 것, 보다 색다른 것, 더 부유한 것으로 보이는 것을 꾸준히 추구하게 마련이다. 인간의 이러한차별화욕구에 부응하고 동시에 기업도 이익창출과 경쟁력강화수단으로 흔히 이용되고 있는 것이 이른바 계획적 진부화전략이다.

즉 그것은 기능이나 성능에 있어서는 아무런 문제가 없는 제품을 업그레이드 혹은 리모델링함으로써 단지 스타일상만으로 기존 제품을 진부화(구식화)시켜 차별화욕구를 지닌 소비자들과 값싼 기존 모델을 선호하는 소비자층을 모두 만족시켜 주자는 것이다. 또 그것은 그렇게 함으로써 회사도 그동안 잠재해 있던 신규수요를자극하여 추가이익을 창출할 수 있다는 소위 호혜적 원칙에 기반을 두고 있다는 것이다.

그런 호혜적 논리는 자동차, 가전제품, 휴대전화는 물론이고 의상, 액세서리 등 소비자 측에서 추구하는 패션어블한 모든 제품에 적용될 수 있다는 것이다. 회사는 추가이익을 챙겨서 좋고 소비자들 역시 자아표현과 부를 과시하기 위한 수단으로서 이보다 더 좋은 것이 어디 있느냐 하는 것이다. "누이 좋고 매부 좋고". 그러니까 요즘의 유행은 일부 호기심 많고 차별화욕구가 강한 소비자들 측에서 시작되었다기보다는 기업의 적극적인 상품전략의 일환으로 출발한 경우가 더 많음을 알 수 있다. 자동차를 보라. 기본 기능은 그대로 둔 채 그 모델은 매번 바뀌고 있지 않은가. 몇 년 전까지만 해도 모델 하나로 5~7년은 거뜬히 버티지 않았는가. '포니2'가 그랬고 '스텔라'가 그랬지 않았는가. 그런 모델변경은 최근 특히 휴대전화, DMB, MP3 등 젊은 층들을 주요 소비층으로 한 IT제품 분야일수록 더욱 심함을 볼 수 있다.

'10인 10색'이란 말이 있지 않은가. TV, 냉장고, 에어컨 등 가전제품 분야라고 예외는 아니다. 여성들의 의상은 어떤가. 2~3년 전의 옷만 해도 구식이 되어 걸쳐 입고 나가려고 하지를 않는다. 누가, '시대에 뒤떨어진', '새 옷 살 돈도 없는 가난뱅이' 소리를 들으려 하겠는가. 요즘 우리나라 여성들의 옷장을 보라. 마치 여느 세탁소의 죽 걸어놓은 옷걸이와 다를 게 뭐가 있는가. 누가 의상을 내구재라 했는가, 모두가 1회용의 소모품들이 아니고 무엇인가. 적어도 국내 여성들에게는 말이다.

언젠가 대학생들 수업시간 중에 휴대전화를 2년 이상 쓰고 있는 사람은 손을 들어보라고 한 적이 있다. 놀라지 말라. 약 50명 정도 되는 학생들 중에 단 한 사람도 없었다면 믿겠는가. 대부분이 산지 6개월 내지 1년 미만이었다. 누가 휴대전화를 내구재라 하겠는

가. 1회용의 소모품이 아닌가, 적어도 요즘 우리나라의 청소년들에게는 말이다.

요즘 나오는 자동차, 휴대전화, 디카를 한번 보라. 5년 전의 것과 기능이나 성능상에 무슨 차이가 있던가. 매년 바뀌는 여성들의 의상은 말해야 무엇 하겠는가. 그래서 그런 패션이 사회적·경제적으로 과연 합당성이 있느냐 하는 문제가 등장한 것이다. 더구나 여성의류는 인체(人体)를 대상으로 하는 것이니 윤리적인 문제도 있지 않느냐 하는 것이다. 몇몇 돈에 눈이 먼 의류디자이너들 아니면 옷감 팔아 돈만 벌려는 섬유회사들의 농간 때문에 유행이라는 것이 생기지 않았느냐 하는 비난도 있을 수 있다.

기능적 수명은 아직도 멀었는데 심리적·의식적 수명을 의도적·계획적으로 단축화시키는 것은 분명 경제적 낭비라는 비판에서 피해갈 수 없다. 더구나 가진 자와 못 가진 자 간의 위화감을 조성시킨다는 사회적 비난도 면할 수 없을 것이다.

결국은 모두가 사회를 불필요한 소비, 과시소비의 열기로 몰아넣어 물질만능주의라는 부정적 가치와 청소년범죄의 만연이라는 사회적 병리를 악화시키는 결과를 초래하고 있지 않은가. 물론 기업 간 경쟁이란 자본주의의 본질이요 선택의 자유란 민주주의의 요체이긴 하지만, 기능이나 성능상의 하등 개선이 뒤따르지 않는 단순한 스타일상의 변화만으로 소비자들을 현혹시키는 데는 분명히 사회경제적으로는 물론 기업 윤리적으로도 문제가 없다고 할 수는 없지 않은가.

그러면 사회경제적·윤리적 문제를 최소화하는 가운데 기업·소비자 모두를 만족시키는 방법은 없는가. 다시 말해서 기업 측에서는 기술혁신을 촉진시키고 소비자들 측에서도 건전한 소비문화를 조성하도록 하기 위해서는 과연 어떤 대책이 필요한가.

결론적으로 말해 이 문제를 해결하기 위한 열쇠는 어디까지나 바로 당해 유행상품의 소비자들에게 쥐어져 있다는 것이다. 소비자들의 차별화욕구나 과시소비욕구를 억제하기 위한 법률적·행정적 조치라는 것이 있을 수 없는 것과 똑같이 회사나 디자이너들이 패션쇼를 열지 못하게 한다든가 자동차 모델변경을 금지시킨다는 것이 자유경제체제하에서는 불가능함을 우리 모두는 잘 알고 있다.

요즘 유행의 발원지는 대체로 기업들인 경우가 많다. 그러나 기업들이 아무리 신모델이니 최신 유행품이니 하며 소비자들을 유혹한다 해도 그것을 구매하는 자는 역시 소비자들이기 때문에, 소비자들이 구매해주지 않는 한 '불필요한' 유행품은 등장할 여지가 없는 것이다.

기능이나 성능상의 변화가 없는 단순한 스타일이나 외형상의 변화만 보고 돈 더 주고 구매하는 소비자들이 있다고 하면 그들은 분명히 '비합리적인' 충동구매자들이다. 이들이 비합리적인 것은 가격, 품질, 성능, 편의, 기능 등 이른바 합리적 요인들에 대한 이른바 신중한 고려 없이 기업들의 과장·허위광고나 몇몇 과시소비자들을 따라 부화뇌동하는 무모한 사람들임에 틀림이 없기 때문이다.

물론 관련 기업들의 끈질긴 회유성 광고와 주변 인물들의 부추김 속에서 낙락장송 할 소비자들이 과연 몇이나 될 것이냐 하는 말도 있을 수가 있다. 더구나 유행의상과 같은 경우에는 반드시 어떤 합리적이고 경제적인 요인들만이 아닌 심리적·상징적인 요인들도 관련되어 있지 않느냐 하는 주장도 있을 수가 있다. 또 특히 우리나라 사람들의 경우 '그동안 못 먹고 못살아 왔으니, 이제 좀 나도 남들처럼 쓰고 보자.' 하는 일종의 보상심리도 작용했을 가능성도 있다.

그래서 필요한 것이 '소비자의식개혁'운동과 같은 범사회적인 캠페인이 아닌가 한다. 그것은 아마 신문이나 방송 아니면 인터넷과 같은 보급성이 높은 대중매체들 측에서 주관하는 것이 효과적일 것이다. 요즘 모 신문사가 주관하는 '거실 책장 만들기' 운동이나 스쿨업그레이드 운동이 얼마나 효과적으로 전개되고 있는가를 한번 보면 알 수 있다. 물론 각종 NGO집단들이 앞장서서 캠페인을 전개하는 것도 중요하다. 그 사회의 이른바 오피니언 리더들을 내세우는 것도 생각해볼 수 있다.

어떻게든 '건전소비'라는 조그마한 물줄기가 사회제방의 어느 한 구석에서라도 흘러나오도록 하면 결국 과소비와 낭비라는 그동안 쌓인 제방은 조금씩 허물어지게 마련이다. 수요가 없는데 공급이 있을 수 있겠는가. 기업 측에서의 자성과 그러한 캠페인에의 적극적인 참여도 물론 중요하겠지만 수요를 좇아 살아가야만 하는 기업의 내재적 속성을 마냥 탓하고만 있을 수는 없지 않은가. '세계에서 가장 사치스럽게 옷 입는다'는 국내 여성들이 지니고 있는 오래된 오명을 이제 벗을 때도 되지 않았는가.

도대체 디카나 휴대전화 등 IT제품을 우리나라 소비자들처럼 자주 바꾸는 사람들이 이 세계에 또 어디 있단 말인가. 이제 "친구 따라 강남 가는 것"은 더 이상 그만두고 나대로의 합리적·경제적 소비자로 돌아올 때도 되지 않았는가. 우리들은 단순히 거대한 하나의 물고기 떼나 하늘을 나는 기러기 떼처럼 소위 집단지능(group intelligence)에 따라 궁중 속에 함몰되어 남 따라 이리저리 움직이는 무기력한 개체들은 아니지 않은가.

05
가짜가 판을 친다

    얼마 전 신 모라는 미모의 여자가 가짜 박사학위를 갖고 대학교수로 임용되는 등 큰 물의를 일으킨 것을 기억할 것이다. 가짜 박사학위가 문제시되자 모든 대학들이며 각종 사설학원들이 재직하고 있는 교수나 선생 및 영어강사들의 학위를 조회해보는 등 한바탕 소란을 피운 적이 있다. 심지어는 예비신랑·신부들마저 학위에 대한 진위를 확인하느라 온 나라가 떠들썩했고 그런 가짜 학위에 대한 경계와 확인조사는 그 후 더욱 강화되기에 이르렀으며 '실제로' 학위문제로 현직에서 해고된 사례도 적잖다고 한다.

    그러면 도대체 가짜란 무엇이고 왜 그런 것이 판을 치게 되었는가? 가짜는 특히 어떤 분야에서 횡행하고 있으며 왜 특히 우리나라에서 가짜가 그토록 성행하는가? 더 나아가 가짜행위의 효과는 어떻고 가짜가 전혀 없는 '진짜' 사회란 것이 과연 있을 수 있는가? 또 각 개인이나 기관들이 가짜에 속아 피해를 최소화하기 위해서는 어떤 전략이 필요한가?

요즘 우리나라에서와 같이 가짜가 판을 치고 가짜로 인한 피해가 곳곳에서 발생하는 때에, 이들 물음에 대한 답을 한번 음미해보는 것은 우리들 자신의 삶의 질을 개선하기 위해서라도 가치 있는 일이 아닐까 생각된다.

곰곰이 생각해보면 가짜가 일어나는 분야는 크게 물적, 인적, 기타 등 세 가지가 있을 것으로 본다. 아마 가장 일반적이면서도 그 발원지가 되고 있는 가짜는 물적(物的)인 것이 아닌가 한다. 가짜 명품, 가짜 보석, 가짜 명화, 가짜 조각품, 가짜 브랜드 등 물적 분야에서의 가짜는 그 유형에 있어 이루 헤아릴 수가 없을 만큼 많다. 특히 진품의 경제적 가치가 높다든가 그에 대한 수요가 높을수록 가짜가 성행하게 되는데, 그것을 규제하기 위한 그 사회의 법률적·행정적 조치와도 밀접한 관련이 있다. 한마디로 그런 것이 미흡한 저개발국가일수록 가짜 물건들이 판을 치게 마련이다.

우리나라를 보자. 가짜 한우고기, 가짜 비아그라 그리고 각종 가짜 수입브랜드 등 하나같이 수요가 높고 정부의 행정적 손길이 채 미치기 힘든 분야들이 아닌가. 이들 물적인 가짜가 갖는 또 하나의 특징은 거개가 상거래의 대상이 되고 있는 것들이며 그러한 것들일수록 그 진품의 경제적·심리적 가치가 크게 인식되고 있다는 것이다. 가짜 명품, 가짜 명화, 가짜 보석 등 모두가 값비싼 진품의 모조품들에 속하며 또 그것을 소지한 사람들의 자아를 강화시켜 주는 기능을 하는 것들이 아닌가.

인적(人的)인 가짜로 넘어가 보자. 앞서의 신 모 여자의 경우는 당연히 인적인 가짜에 속한다. 물론 '학위증'이라는 그 자체는 물적인 것이지만 그것이 자신(人)에게 귀속된다고 주장하고 있었기 때문에 인적 가짜에 해당된다. 가짜 학력을 갖고 취업해 있는 영어·학원 강사는 물론이고 허위학력으로 예비신랑 혹은 예비신부를 속인 사람들도 모두 마찬가지다. 어디 그뿐인가. 옛날 이씨 조선 때 '양반증'을 돈 주고 사들인 '가짜양반'에서부터 자유당 시절의 '가짜 이강석'에 이르기까지 인적 가짜는 그 역사도 꽤 오래되었다.

그러나 요즘의 가짜는 가짜 판검사니 가짜 청와대 사정비서관이니, 가짜 경찰관, 가짜 신문기자 등 '진품'일수록 막강한 권력을 행사할 수 있는 위치에 있는 사람일 때가 많다. 물론 모든 인적인 가짜가 그런 것은 아니다. 가짜 대학생이나 가짜 경로와 같이 눈앞의 조그마한 이익만을 위해 가짜행세를 하는 경우도 있다. 이때는 물론 사회적인 부정적 효과 역시 극히 미미하기 때문에 세인의 큰 관심을 끌지 못한다. 그러나 한때 대통령 한 사람 잘못 뽑은 덕에 5년 동안 온통 나라를 들쑤셔놓고 온 국민들이 고통과 스트레스 속에서 살았던 기억이 나지만, 정치적 후보자를 선택할 경우에는 가짜 선택의 값을 혹독하게 치를 각오를 해야만 한다.

그런가 하면 사회통념상 보편화되어 있거나 관행상 당연시되어 있는 가짜도 있는데, 그것이 위의 분류에서 '기타'에 해당된다. 일종의 선의의 가짜이다. 옛 우리 속담에 "거짓말도 잘만 하면 논 다섯 마지기보다 낫다"라는 말이 있지 않은가. 여기에는 물론 인적인 것과 물적인 것 모두가 포함되어 있다. 이에 해당하는 것으로는 가짜 이빨(의치), 가짜 보석(이미테이션), 가짜 머리(가발), 가짜 다리(의족), 가짜 눈(의안) 등 우리 몸의 일부를 이루고 있거나 몸에 걸치는 액세서리류에서 많이 볼 수 있다. 엄격히 따지면 여성들의 일상이 되고 있는 화장이나 머리염색을 비롯하여 가짜 빨간 입술, 가짜 눈썹, 가짜 검은머리, 가짜 흠 없는 얼굴 등 모두가 가짜 천지가 아닌가. '성형미인'은 가짜 인간의 극치를 이룬다. 가짜 보석으로 된 각종 이미테이션 액세서리는 공인된 가짜이면서 물적인 것에 해당한다.

다소 그 취지가 애매하기는 하지만 교통위반을 줄이기 위한 '가짜 감시카메라', '가짜 교통경찰'도 물적인 것에 해당된다. 이들 선의의 가짜들이 지니고 있는 공통된 특징은 그것이 사회적으로 관행화되어 있거나 적어도 용인되고 있다는 것과 처음부터 그로 인해 남에게 해를 입히려는 의도는 없고 또 실제로 피해를 입는 경우가 거의 없는 '공인된 가짜'라는 점이다. 따라서 이상의 가짜들은 흔히 사회적 비난의 대상이 되고 있는 앞서 두 유형의 가짜와는 본질적으로 다르며 부정적 의미로 사용되지도 않는다. 가짜 감시카메라가 과속운전을 억제하는 데 얼마나 효과가 있는지 한번 생각해보라. 다시 말해 여기서의 초점은 전자의 두 유형에 두고 있다는 것이다.

그러면 사람들은 가짜를 통해 과연 무엇을 노리고 있으며 또 특히 어떤 분야에서 가짜가 판을 치게 되는가. 사람들이 가짜를 선호하는 이유는 가짜 명품의 경우와 같이 판매자 측에서의 경제적

이득, 구매자 측에서의 돈 적게 들이고 얻으려는 자아강화 내지 사회적 신분과시욕구가 작용한 때문이 아닐까. 그러나 앞서 신 모 여성과 같이 가짜 학위나 가짜 증명서를 이용하는 경우에는 법적 으로는 단지 공문서 위조나 업무방해에 그치고 말지 모르나 그런 것을 이용해 취득한 가짜 신분은 무수한 사람들에게 피해를 줄 수 있는 악질적인 것이기 때문에 시급히 사회적·제도적 안전망의 구 축이 필요하다.

가짜 교수가 수많은 학생들을 상대로 엉터리 강의를 하고 가짜 학원선생이 천진난만한 많은 어린 학생들에게 엉터리수업을 시킨 다고 한번 생각해보라. 또 가짜 명약은 심지어 무고한 사람들의 건강과 생명까지 위협하게 되며 가짜 외제화장품이나 가짜 건강식 품과 같은 것도 피해의 범위가 큰 것은 마찬가지다. 그런가 하면 가짜 학위의 신랑이나 가짜 명가 출신의 신부, 가짜 명화와 같은 것은 그 피해의 범위가 매우 한정되어 있다.

이렇듯 대체로 가짜는 흔히 '짝퉁'(me-too product)이라고 불리는 가짜 브랜드와 같이 특히 진품의 경제적 가치가 높고 소지자의 사 회적 신분에 영향을 줄 수 있는 분야일수록 보다 성행하게 된다. 또 진품인지 여부의 판단이 곤란하고 진품의 복제가 용이할수록 가짜가 판을 치게 된다. 아니면 가짜 학위의 경우와 같이 장기간 을 두고 조회과정을 거쳐야만 확인되거나 쉽게 확인하는 것이 기 술적으로 곤란할 때도 가짜의 발생확률을 높여준다. 가짜 명화나 가짜 서화와 같이 심지어 전문가도 쉽게 판별하기 곤란한 경우도 있지 않은가.

이들 가짜는 가짜를 진품으로 오인하고 거래한 상대방에게 막대한 경제적·심리적 손실을 안겨주는 외에도 사람들 간의 불신풍조를 일으키고 대인 간 신뢰에 악영향을 주는 등 사회적으로도 갖가지 좋지 못한 결과를 초래한다는 문제점을 지니고 있다. 그러므로 가짜는 그것이 크건 작건 아니면 물적인 것이든 인적인 것이든을 막론하고 비도덕적인 것이면 사회악에 속한다. 문제는 어떻게 하면 이들 가짜를 원천적으로 봉쇄하든가 아니면 최소화시켜 사람들의 피해를 줄임으로써 건전사회를 이룩하도록 하느냐에 있다.

이는 국가공권력과 개인들의 주의력이라는 두 가지 측면에서 접근해야만 할 것으로 본다. 가짜 상표니 가짜 학위니 가짜 신분 등 공익성이 높은 것은 당연히 법적·제도적·행정적 조치로 예방 및 적발 조치해야만 할 것이다. 그렇지 않고 개인들 간의 거래나 공익성이 낮은 경우에는 당해 개인들이 각 사안별로 가짜 판별법을 개발해야만 하지 않을까. 어떤 대상이든 그것이 사람이든 물적이든 막론하고 갖가지 속성을 지니고 있게 마련이고 그들 속성은 곧 '진품확인'을 위한 중요한 단서로 활용될 수가 있다는 것이다.

아주 특별한 경우를 제외하고는 '진짜'와 '똑같은' 가짜란 있을 수가 없지 않은가. 만일 그런 것이 있다면 그것은 이미 가짜가 아니고 진짜로 보아도 아무 문제가 없지 않은가. 가짜 증명서의 경우에는 당해 증명서에 대한 기술적 검사 외에 당해 인물에 대한 심층면접도 진품 여부를 결정하기 위한 한 가지 방법일 테고, 가짜 브랜드는 진품의 각 속성에 대한 사전지식이 중요한 판별기준이 될 것이다. 그 외 가짜 보석, 가짜 명화, 가짜 한우, 가짜 신토

붙이와 같이 판별을 위해서는 반드시 전문가의 판단에 의존해야만 할 경우도 있을 것이다.

그렇다고 해서 우리 사회에서 가짜를 완전히 없앨 수가 있을까. 그렇게는 보지 않는다. 가짜도 결국은 수요와 공급의 법칙을 따르기 마련이기 때문에, 사람들이 가짜를 찾는 한 항상 공급은 있게 마련이다. 특히 우리나라에서 그에 대한 수요가 많은 이유는 어디에 있다고 보는가. 그에는 문화적인 이유도 분명히 작용하고 있을 것으로 생각한다. 체면을 중시하고 허례허식을 좋아하는 등의 유교 문화 말이다. 자연히 가짜 명품을 걸치고 가짜 보석을 달고 다니며 그것도 부족해 고급외제승용차 렌트해 몰고 다니며 '가짜 부자', '가짜 신분' 행세를 하게 마련 아닌가.

또 하나의 이유는 현대사회란 어차피 사람들 간의 상적 거래로 특징지어져 있고 그 과정에서 거래를 유리하게 하기 위해 얼마간의 허위·과장, 오도적인 묘사는 피할 수 없고 이는 곧 정도의 차이는 있을지 모르나 가짜의 출현을 촉진하게 된다는 것이다. 예비 신랑·신부가 상대에게 자신의 약점을 진술하게 고백하는 경우가 얼마나 있으며 집 팔려고 내놓은 사람이 그 집에 혹 난방이 문제가 있어도 그걸 매수인에게 솔직히 얘기하는 경우를 보았는가. 하물며 회사와 개인 소비자들 간의 상거래에서야 어떨지 짐작하고도 남지 않는가.

현대에 살고 있는 우리 모두는 분명히 가짜가 활개치고 있는 그런 사회 속에 살고 있다. 그러나 다른 가짜들을 탓하기 전에 나 자신도 혹 가짜 행세를 한 적은 없는지 한번 돌이켜볼 필요가 있지 않을까. 각자 가짜 판별법을 개발해 피해를 최소화하려는 노력도 중요하지만 부지불식간에 '가짜 지식인', '가짜 배운 사람', '가짜 부자', '가짜 솔직한 사람', '가짜 좋은 가문 출신' 등으로 남에게 조금이나마 피해를 준 일은 없는지 반성해 보아야만 하지 않을지. 어떻게 보면 위선자, 이중인격자도 모두 가짜 인격체에 속한다. 사회가 복잡해 질수로 그만큼 '진짜' 인격체를 찾아보기가 힘들어진 것도 사실이다.

이러한 기본적인 문제부터 바로잡는다면 우리 사회도 지금보다 훨씬 더 밝고 건전한 살기 좋은 사회가 되지 않을까 하고 한번 생각해본다.

06
우리 가족문화의 현주소

최근 우리의 가족문화와 관련하여 한 재미있는 통계가 나온 적이 있다. 즉 따로 사는 부모와 자식들 간 만남의 횟수는 부모의 소득과 정비례(상관계수 0.729)하고 있었다는 것이다. 실은 부모의 소득이 적을수록 보다 많은 돌봄이 필요하기 때문에 보다 빈번한 만남이 있어야만 하는데도 오히려 그 반대였다고 하며, 또 이는 OECD의 여러 국가들과도 크게 대조되었다고 한다.

급속한 산업화과정을 겪으면서 우리의 가족문화는 현재 심각한 위기에 처해 있다고 볼 수 있다. 부(父)와 모(母), 그리고 부모와 자녀들 간 문화적 통합성이 심히 결여되어 있지 않을 뿐만 아니라 그들 특히 자녀들 문화의 정체성도 심하게 훼손되어 있는 양상을 띠고 있다.

아침저녁 밥상을 앞에 두고 부모자식들 온 식구가 한데 모여 오순도순 정담을 나누던 정겹던 옛 모습은 이제 온데간데없고 간혹 홈드라마에서나 볼 수 있게 되었다. 더구나 생활구조의 변화로 심지어 남편과 아내 사이에도 부부간의 온정은 찾아볼 수 없게 되었고 단지 돈 벌어다 주는 사람과 살림하는 사람이라는 무미건조한 기능적인 관계만으로 전락한 감이 든다. 요즘의 자녀들은 또 어떤가? 전철 안에서든 자신들의 방에서든 심지어 아파트 엘리베이터 안에서까지 귀에는 무언가를 꽂은 채 휴대전화 키만 열심히 눌러대고 있는 모습을 흔히 볼 수 있는데, 과연 그런 가운데 단 한 번만이라도 정다운 가족들과 교신하는 것을 본 적이 있는가.

대낮 점심시간대에 서울 교외의 좀 깨끗하다 싶은 음식점을 한번 찾아가 보라. 어디 아주머니들 천국이란 곳이 따로 있겠는가. 물론 남편들은 그들 나름대로 돈 버느라 자녀들은 공부하느라 동석하기가 힘들었을지도 모른다. 그러나 온 가족이 한데 모일 수 있는 저녁시간대에 패밀리 레스토랑에 가 봐도 싱글 아닌 싱글족들로 대부분의 좌석이 꽉 차 있음을 볼 수가 있다.

보다 심한 예를 한번 찾아보기로 하자. 며느리와의 갈등을 이기지 못한 나머지 아파트 옥상에서 떨어져 자살하는 늙은 시어머니, 지하 독방에서 자식들로부터 버림받고 시름시름 앓다가 돌아가신 후 몇 개월 이상이나 방치된 후 뒤늦게 이웃에 의해 발견된 독거 할아버지, 돈 주지 않는다고 아버지를 흉기로 때려 숨지게 한 패륜아, 아버지가 버릇 고친다고 손 좀 대었다 해서 같이 주먹다짐을 벌인 못된 아들, 시어머니 머리채를 쥐어틀어 내팽개친 악독한 며느리, 유산을 더 많이 차지하겠다고 법정싸움을 벌이고 있는 꼴

사나운 형제들, 남편의 혹은 부인의 보험금이 탐이나 남편을 혹은 부인을 독살한 간담이 서늘한 사건들…… 이루 헤아릴 수가 없지 않은가. 도대체 어쩌다가 이 지경까지 왔는가. 물론 아직도 대부분의 가족들은 정상적인 가족관계를 유지하고 있는 건 사실이지만 분명 전에는 볼 수 없었던 심각한 도덕적 파괴현상이 우리 주변 곳곳에서 일어나고 있는 것은 부인할 수 없지 않은가.

사실, 가족이란 우리 개개인 모두가 속해 있는 가장 기본적인 사회집단으로서 우리에게 경제적 복지는 물론 정서적 안정을 제공해 주는 등 우리 삶의 알파요 오메가가 아닌가. 또 우리는 처음 태어난 후 그 사회에서 원만히 살아가는 데 중요한 기본적 가치, 규범, 행위표준들을 바로 가족들로부터 배운다. 따라서 그 사회 전체의 가족문화가 어떠하냐 하는 것은 곧 그 사회 구성원들인 개개인들의 평생의 삶은 물론 그들 사회 전체의 건전한 발전을 위해서도 매우 중요할 수밖에 없다. 수신제가(修身齊家)가 먼저 원만히 이루어져야만 사회와 나라를 위한 일을 할 자격이 생기지 않는가.

물론 오늘날 청소년들이 성장하면서 예전과는 달리 가족들보다는 친구, 동료집단, 이웃 등 외부인들과의 접촉이 많아지면서 가치나 행위규범도 그들에 의해 보다 큰 영향을 받고 있는 것이 사실이다. 그래서 오늘날과 같은 산업화된 사회를 이른바 타인지향형사회(other-directed society)라고 부른다. 그렇다 해도 개인들의 사회화에 가장 장기적이고 포괄적이며 강력한 영향을 미치는 것은 바로 가족인 것으로 알려져 있다. 어릴 적의 가정교육이 자녀들의 장래에 얼마나 커다란 영향을 미치고 있느냐 하는 것은 매일같이 우리들 스스로가 주변에서 너무나 자주 목격하고 있지 않은가.

요즘 우리 가족문화의 변화상은 이러한 부정적 현상들 외에 그 역할, 지배 혹은 의사결정구조라는 측면에서도 살펴볼 수가 있다. 물론 이들 변화가 위에서 열거한 각양의 아노미(anomie)현상들을 초래하는 데 기여했다는 직접적인 증거는 찾을 수 없겠지만 전혀 무관하다고도 할 수는 없을 것이다. 한마디로 핵가족화 추세와 여성들의 취업 내지 사회활동이 점차 증대하면서 가정 내에서의 역할은 물론 사회 전체에서 여성들의 위상이 급속히 상승하게 되었고 그것은 다시 가족 내 가족들의 역할구조와 권력구조에도 긍정적이든 부정적이든 큰 변화를 야기하기에 이르렀다는 것이다.

전통적으로 우리나라는 남편이 가장으로서 가정에서 지배적인 위치를 차지한 가운데, 남편은 가족의 장기계획, 예산, 행동양식 등의 과업적 역할 그리고 부인은 자녀교육, 음식준비, 가정살림 등의 사회적 역할을 하는 등 부부간에 뚜렷한 역할분담이 이루어져 있었다. 그리고 가족 내 의사결정도 엄격히 가부장적이어서 대부분이 아버지에 의해 주도되었던 것이 사실이다. 물론 이는 핵가족화가 보편화된 이후의 일이고 전통적인 대가족체제하에서는 당연히 최상위의 할아버지와 할머니에게 주도권이 주어져 있어 아버지와 어머니라는 위치도 장래 가정을 이끌어갈 후계자의 신분에 불과하였다.

핵가족화된 오늘날 확대가족체제하에서나 볼 수 있는 그러한 가족 내 지배구조란 극히 일부의 농촌 지역을 제외하고는 찾아보기 힘들 것이다. 즉 오늘날 우리 가족들의 지배구조란 제도적으로만 가장인 아버지에게 주도권이 주어져 있을 뿐 의식적이든 기능적이든 모든 권력의 중심이 부인에게 치우쳐 있음을 부인할 수가 없다. 예전 같으면 부인의 고유한 역할이었던 집안청소, 아이돌보기, 세탁하기와 같은 가정 내적인 일까지도 남편이 도맡아 하는 경우가 있는가 하면(특히 신세대부부들의 경우) '복부인'이니 '치맛바람'이니 하는 등의 말에서 함축되어 있듯이 비표현적인 역할까지도 부인이 도맡아 하는 경우가 허다함을 알 수 있다.

이제 남편들은 옛날 '전성기' 때 누렸던 중심인물로서의 가장이라는 영광스럽던 위치에서 지금은 한낱 주변인물의 하나로 전락한 비운을 맛보지 않을 수 없게 되지 않았는가. 이건 분명히 남편들 스스로가 선택한 운명은 아닐 것이다. 오늘날 남편의 위상과 역할에 대한 사회적 편견과 일부 부인들의 왜곡된 인식은 아버지를 대하는 자녀들이라고 크게 다르지 않음을 알 수 있다.

요즘 자녀들이 아버지와 마주 대하는 시간이 하루 평균 1시간도 채 안 된다는 조사결과도 있지 않은가. 그것 역시도 아버지가 스스로 선택한 결과는 아니지 않은가. 직업상 그렇게 된 경우는 있을지 모르지만. 부인의 가족 내 역할범위가 상대적으로 확대되고 결정의 주도권이 강화되는 만큼 남편의 위상은 그에 반비례적으로 축소될 수밖에 없지 않은가. '고개 숙인 남편'이 아니라 아예 '허리 굽힌 남편'으로 그 위상이 더욱더 악화일로에 있지는 않은가. 어디 유독 IMF 때문만으로 돌릴 일인가.

부부유별이니 부자유친이니 하는 우리나라 전통적 오륜의 미덕은 다 어디로 갔단 말인가.

그렇게 된 원인은 과연 어디에 있는가? 이에 답할 수만 있다면 옛날 그처럼 아름답던 가족문화적 전통을 되찾아옴과 아울러 사회 전체의 건전화를 위한 방안을 강구할 수 있게 되지 않을까. 그러나 그러한 원인을 정확히 찾아낸다는 것이 어디 쉬운 일이겠는가. 여러 있을 수 있는 요인들이 서로 복잡하게 뒤얽혀 있어 어느 요인들이 서로 인과관계에 있는지를 명확히 구분하기가 용이하지 않기 때문이다. 그렇다 해도 몇 가지 가설적인 요인들은 생각해볼 수 있지 않을까.

우선 해방 후 서구문물의 무차별적인 유입이 특히 해방 후 세대들의 가치체계에 커다란 혼란을 주지 않았나 생각된다. 해방 후 향락주의, 개인주의, 물질주의, 배금사상과 같은 결코 바람직하지만은 않은 근대적 가치에 무방비로 노출된 젊은 층들이 은연중 우리의 전통적 가치(특히 유교사상에 뿌리를 둔)를 무시하고 서구적 가치를 무조건 따르는 성향을 갖게 되었을 것이라는 것이다.

그다음 급속한 산업화, 도시화, 대중화, 정보화로 말미암아 사회 전체가 급속히 비인간화되어 가고 있다는 것이다.

어디 그뿐인가. 오늘날 정부, 기업 등 대규모 조직들 속에서 활동하고 있는 인간들도 점차 마치 기계부품처럼 규격화되어가고 있고, 도시 속의 거대한 빌딩들과 아파트단지 등 생활공간도 비인간화되어 거기에 개성이니 휴머니즘이니 하는 것들이 개입할 여지는 이미 사라진 지 오래지 않은가. 게다가 인터넷의 보편화로 사람들 간의 커뮤니케이션마저 점차 기계화, 비인간화됨으로써 마치 사회 전체가 거대하고 복잡하게 구조화된 기계 속을 무수한 크고 작은 자동인형들이 무표정한 얼굴로 서로 맡은 역할만 기계적으로 수행하고 있는 그런 양상을 연상케 하지 않는가.

그런 기계적 활동이 초래된 데는 물론 대중매체의 역할도 한몫을 하고 있을 것이다. 그와 같이 정신적으로 황폐화된 비인간적 사회에서 가족해체, 살인강도, 청소년범죄 등 무슨 일인들 일어나지 않겠는가.

끝으로 교육당국의 장기간에 걸쳐온 인성교육을 등한시한 교육정책에도 그 원인이 있을 것이다. 특히 어릴 때의 인성교육은 어린이들의 건전한 인격의 형성에 매우 중요하기 때문에 그것은 가정교육 외에도 정규교육과정에서 매우 중요하게 다루어져야만 하는데도 지금까지의 교육정책은 그에 실패하였다는 것이다. 입시 위주의 암기식 교육만 강조되는 살벌한 교육환경 속에서 청소년들의 인성이 어떻게 발달할 수 있단 말인가. 더구나 요즘은 전체 사회가 온갖 폭력, 부정, 비리, 범죄로 들끓고 있고 그런 척박한 환경 속에서 살아가야만 하는 것이 오늘날의 어린 청소년들이 아닌가.

이제 우리 모두는 옛날의 그 아름답던 가족문화를 상상하며 단지 감상에만 젖어 있을 수만은 없다. 아버지도 어머니도 모두 그들의 의식이 바뀌어야만 하지만 가장 시급한 것이 어린 자녀들에 대한 교육이다. 머리가 이미 굳어버려 어쩔 수 없는 기성세대는 모르지만 그들만은 얼마든지 개선이 가능하고 또 그럴 시간적 여유도 있지 않은가. 어릴 때부터 인성교육이 강조된 교육정책은 물론이고 청소년교육에 좋지 못한 영향을 주는 각종 매체에 대한 사회적 감시활동 내지 강력한 제재를 위한 법률적, 제도적 장치도 필요할 것이다. 차제에 사회 각 분야에서의 무차별적인 평등주의가 반드시 각종 제도적, 법률적 조치로 뒷받침되어야만 하느냐 하는 것이 건전한 가족문화의 창달을 통한 건전사회의 건설에 필요한 것인가도 다시 한번 더 생각해볼 필요가 있지 않은가.

이미 땅에 떨어진 지 오래된 '가엾은' 우리 남편들, 아버지들의 권위와 가장으로서의 권한을 되찾아주는 데서부터 건전한 문화의 창달과 사회개혁이 출발하는 것이 올바른 순서가 아닌가. 여성들 아니 어머니들의 사회참여는 바람직하고 장려되어야만 하며 또 오늘날 국내에서 여성들의 사회참여가 두드러진 현상 중의 하나가 되고 있는 것은 사실이다. 그렇다고 그것이 반드시 가정 내 여성들의 전통적인 위상과 역할까지 바꾸어야 함을 의미하지 않는 것은 아니지 않은가.

'평등주의'란 인격상의 평등을 의미하는 것이지 가정 내 전통적인 역할 내지 신체구조적 차이에 기인된 태생적인 능력상의 차이까지 무시하라는 것은 아니지 않은가. 남편들이 다시 고개를 들고 일어날 때 부인도 자녀들도 남편을 그리고 아버지를 귀히 여기고 든든한 버팀목으로 의지하는 가운데 가정도 사회 전체도 보다 건전해지고 행복해질 수 있지 않은가.

07
캥거루와 사슴

(케이스 A)
"얘, 아들아!"
"네?"
"정원 잔디 좀 깎을 수 있니?"
"네?"
"론모우어로 정원 잔디 좀 깎으라고."
"싫어요."
"뭐? 싫다고?"
"이 집은 아버지 집인데, 왜 내가 깎아야 해요?"
"그만둬라."

(케이스 B)
"길동아!"
"네?"
"예초기로 정원 잔디 좀 깎아라."
"알았어요. 숙제 해놓고 깎을게요."
"잔디부터 깎고 숙제하지 그래."
"알았어요, 아빠."

심리학자들에 따르면 자식은 부모에게 도구적, 심리적, 경제적, 사회적 가치를 제공한다고 한다. 그러나 그 반대도 성립하지 않을까. 정도의 차이는 있을지언정 부모도 자식에게는 도구적, 심리적, 경제적, 사회적 가치의 대상이 되고 있지 않다고는 할 수 없을 것이다.

위의 예는 미국(케이스 A)과 우리나라(케이스 B) 부자간의 관계의 한 측면을 상징적으로 보여주고 있다. 물론 미국인들의 모든 부자간의 관계가 그와 같이 개인주의적이라는 것도 아니며 우리나라의 모든 부자간의 관계가 그와 같이 순종적이며 주종관계로만 되어 있다는 것도 아니다. 그러나 미국이나 서양 여러 나라의 문화는 분명 개인주의에 토대를 두고 있기 때문에 가족들 간의 관계도 사무적·개인주의적인 측면이 많은 게 사실이며 위의 예도 필자가 직접 목격한 실화임을 밝혀둔다.

미국에서는 이미 9학년(우리나라 고1)쯤 되면서부터 아르바이트로 용돈을 스스로 벌게 하는 등 부모들은 어릴 적부터 독립심을 길러주려 하고 자녀들도 의례히 그러려니 한다. 그러니까 아직은 어린 나이에도 '네 집 내 집'을 따지며 그 관리의 책임소재까지도 분명히 하려는 것은 당연하지 않은가.

그래서 우리나라의 자녀들이 '캥거루'라고 한다면 서양의 자녀들은 '사슴'에 해당된다. 캥거루는 새끼가 독립할 때까지 어미의 앞주머니 속에서 보호를 받으며 지낸다. 반면에 사슴은 태어난 지 2~3시간이면 걷기 시작을 하고 생후 2~3개월이면 스스로 풀을 뜯는 등 거의 독립적으로 행동한다. 이처럼 두 종류의 짐승이 얼굴만 서로 비슷할 뿐 성장과정에서의 어미와 새끼 간의 관계는 전혀 다르다.

요즘 우리나라의 많은 자녀들이 그런 '캥거루'족에 속해 있다는 것은 우리들에게 여러 가지를 시사한다. 물론 일본에도 부모에게 기생충처럼 붙어사는 '패러사이트 싱글'(parasite single)족이라는 것이 있기는 하지만 요즘의 우리나라에서 특히 두드러진 듯하다. 이를 계기로 부모와 자식 간의 관계의 본질에 관해 다시 음미해보는 것도 전혀 무의미하지는 않을 것 같다.

발생학적으로 본다면 자식은 정자와 난자가 3억 대 1이라는 치열한 경쟁을 거쳐 결합되어 태어난다. 이 얼마나 놀라운 사실인가. 하나의 난자를 두고 3억 마리의 정자가 서로 경쟁을 하다니. 그렇다고 그 어려운 만남이 반드시 하나의 소중한 생명체로까지 발전한다는 보장도 없다. '만남'에 실패하기도 하지만 그 만남이 아무런 의미 없이 끝날 때도 많다고 한다. 우리 주변에는 얼마나 많은 불임부부들이 있는가. 또 그것이 성공하여 하나의 귀중한 생명체가 태어난다 해도 부모가 어떤 생명체(자식)를 갖게 되느냐 하는 데는 무수한 변수들이 관련되어 있다.

정자와 난자의 결합시점에서의 부모의 건강상태, 정신상태, 분위기나 둘 간의 심적 몰입수준과 같은 것들이 모두 영향을 미친다. 하루 중의 시간이나 그 시점에서의 일기나 계절과 같은 변수들이 복합적으로 작용함으로써 정자와 난자의 '건강상태'나 질(質)이 영향을 받게 되고 이는 다시 태어날 생명체에게까지 영향을 미치게 됨은 상식적으로도 당연하지 않은가.

기본적으로는 부모의 유전인자(DNA)에 의해 생명체의 외양이나 소질(素質)이 결정되겠지만 그 자식의 지능수준이라든가 성격, 체질이나 건강상태 등 모든 것이 그러한 무수한 변수들에 의해 영향을 받게 된다. 흔히 성교에 앞서 또는 그 과정에서 하느님께 간절히 기도하라든가 임신 중의 태교의 중요성에 관해서 우리는 무수히 들어오지 않았던가. 따라서 어떤 자식이 태어나느냐 하는 것은 부모의 유전인자 외에도 무수한 변수가 관련되어 있기 때문에 부모의 선택권도 그만큼 크게 제약될 수밖에 없다. 어느 부모인들 잘생기고 머리 좋은 자식을 갖고 싶지 않겠는가. 어느 부모가 머리 나쁜 자식 아니 선천성 장애아를 낳아 평생 고생하며 살고 싶어 하겠는가. 다시 말해서 태어날 생명체에 관해 부모가 임의적으로 할 수 있는 일이란 극히 한정되어 있다는 것이다.

이를 다른 말로 나타낸다면 태어나는 생명체는 필연은 기껏해야 10%에 그치고 나머지는 우연의 결과가 아닐까 한다. 물론 모든 결과물을 하느님의 치밀한 계획에 의한 것으로 돌리는 종교적 입장도 있기는 하겠지만. 또 자식이 어떠한 지능, 성격, 외모와 같은 특성을 지니게 되느냐 하는 데는 프로이트, 다윈과 같이 진화론적 입장을 취하는 사람과 태생적인 것과 환경에 의한 요인들의 복합적인 결과로 보는 신프로이디언 견해가 오래전부터 대립되어 온 것이 사실이다.

후자의 견해를 따른다 해도 현재 그 '자식'이 지니고 있는 모든 속성들에 대해 전적으로 부모에게 책임을 지울 수는 없지 않은가, 마치 조각가가 그의 예술성을 발휘해 임의대로 조각품을 만들듯이 자신들이 원하는 대로 자식이라는 '예술품'을 만들어낼 수는 없다는 것이다. 그렇다고 부모들이 자식들에게 '낳아보니까 그냥 너 같은 애가 되더라.'라고 전혀 무책임한 말만을 해도 된다는 것은 아니다.

유전학적 요인은 물론 생후 마련해준 교육 및 성장환경과 애당초 부모의 통제력이 얼마만큼 미치는 정자와 난자 간의 결합환경에 관해서까지 책임을 면할 수는 없기 때문이다. 그래서 심리학자들은 개인들의 신체적 특성, 성격, 지적 능력과 같은 인간특성의 모든 것을 유전적 요인과 환경적 요인들의 함수로 보고 있다.

그러면 다시 현실로 돌아가 보자. 위의 캥거루족과 사슴족은 어디서 연유된 것인가. 자식이 부모를 폭행하고 심지어 살해까지 하는 패륜아는 왜 생기는 것이며 부모자식 간의 맞소송과 같은 반도덕적인 행동은 어디에 그 원인이 있는가. 자식이 부모를 원망하고 반대로 부모가 자식 낳은 것을 후회하는 경우는 과연 합당한 것인가.

내가 잘 아는 후배 한 사람으로부터 어느 날 재미있으면서도 황당한 이야기를 들은 적이 있다. 그 후배의 아들 하나는 아토피를 앓고 있어 사회생활에 남다른 어려움을 겪고 있었는데, 어느 날 그들 부모에게 '15억 원의 손해배상' 운운하더라는 것이다. 자신이 그렇게 고생하고 있는 것에 대한 평생의 치료비와 위자료 조로 그 정도는 내놓아야 한다는 것이 그 아들의 주장이란다. 물론 이 얘기를 전해준 후배 부부도 우스갯소리로 한 것이고 그 아들도 아마 농담 반 진담 반으로 주장한 것이리라.

부모의 입장에서는 아마 여태까지 낳아 고생하며 길러준 것만으로도 고마워해야 할 녀석이 손해배상이라니 이 무슨 적반하장인가라고 하며 억울해했을 수도 있다. 반면에 그 아들 녀석은 날 이런 모습으로 만들어 고생시키는 것은 전적으로 당신들 부모에게 그 책임이 있으니 15억 원이라는 손해배상액도 크게 생각해서 깎아준 것이라고 항변할지도 모른다. 이 경우 당해 부모의 구체적인 책임 한계를 따져보아야만 하겠지만 양쪽 모두 일리가 있는 주장이라 할 수 있다. 위에서 제시한 여러 가설에 비추어볼 때 그렇다.

캥거루족과 사슴족 스토리는 다분히 문화적 차이에서 기인된 것으로 볼 수 있다. 그렇다 해도 다 자란 과년한 자식들이 아직도 부모슬하를 얼씬거리며 캥거루 새끼처럼 무기력한 행태를 보인다고 한다면 그것은 부모와 자식 모두를 위해서도 결코 바람직하지는 않을 것이다. 물론 요즘 '애 안 낳기' 풍조를 타고 어느 자식이나 외동 아니면 막내로 응석 부리며 자라다 보니 생겨나게 된 자연적인 현상일 것이다.

그러나 하물며 새도 다 자라면 과감히 둥지를 박차고 날아가 제 살길을 찾는다고 하는데 만물의 영장이라는 인간이 그래서야 되겠는가. 사자와 같은 야생동물도 한번 보라. 얼마만큼 자라 스스로 사냥할 수가 있게 되면 냉정하리만큼 어미는 자식을 떼놓지 않는가.

그리고 요즘 자행되고 있는 부모자식 간의 각종 반가족적 비천륜적 행동들은 부모나 자식 어느 한쪽이라기보다는 그 사회 전체의 병리적 현상의 하나에 불과한 경우가 대부분이다. 그런 상황에서 자식의 패륜행위에 대해 부모가 무조건 자신들의 책임으로 돌리는 것도 옳지 않겠지만 부모의 미흡함에 대해 무조건 부모 탓으로만 돌리는 부모들 자신이나 자식들의 생각도 반드시 맞다고 만은 할 수 없을 것이다.

그런데도 우리 주변에서는 얼마나 많은 부모들이 이유 없이 자신들을 원망하는 자학(自虐)과 스스로 낳아 길러놓은 자식들에 대한 후회를 일삼고 있는가. 또 얼마나 많은 자식들이 부당하게 부모를 원망하고 심지어 학대 더 나아가 폭행이나 살해까지 하는 경우를 볼 수 있는가. 부모자식 간의 관계는 그 사회 전체 문화적 가치의 함수요 또 유전학적 요인들을 무시할 수는 없겠지만 그것은 혈육(血肉)이기에 천륜이 우선해야만 할 것이다.

부모가 자식을 아끼고 사랑하는 데 아무런 조건이 없듯이 자식이 부모를 따르고 공경하는 데 무슨 조건이 필요하겠는가. 부모는 자식을 존재케 하였고 자식은 부모의 분신이요 그들에게 도구적·경제적, 심리적, 사회적 만족을 제공해주고 있지 않은가.

그렇다고 해서 자식을 끝까지 품 안에 품고 어루만지면서 캥거루새끼를 만드는 것이 자식에 대한 부모의 참된 사랑이 아니지 않은가. 엄마 치마폭을 차마 떠나지 못하고 부모 곁을 맴돌고 있는 다 자란 '마마보이'도 반드시 부모에 대한 자식의 참된 공경심이라고는 할 수 없지 않은가. 때가 되면 마땅히 둥지를 떠나야 하는 것이 자식 된 도리요 또 아쉽지만 미련 없이 떠나보내야 하는 것이 부모의 참사랑이 아닌가. 또 그렇게 하는 것이 부모와 자식 피차를 위해 바람직한 것이며 그것은 동시에 하나의 자연법칙이기도 하지 않은가.

08
우리의 소득과 소비성향

최근 우리는 미국발 금융한파로 다소 고전하고는 있지만, 이른 바 2만 불 시대를 맞이하고 있어 불원간 선진국대열에 끼게 된다 하여 정치권을 비롯한 온 나라가 들뜬 분위기를 보이고 있는 듯하 다. 선진국의 개념을 단지 개인별 소득수준에만 둔다 하여도 뭔가 크게 착각하고 있지 않나 하는 생각이 든다. 도대체 언제 적의 선 진국들의 소득수준을 말하고 있는지 모르겠다. 생각건대 대부분 선 진국들의 개인소득이 3만 불 정도이고 우리나라가 1만 불 내외에 달했을 때를 생각하고 있는 모양인데, 오늘날의 선진국 수준은 소 득이 이미 4~5만 불 이상으로 상향조정된 지 오래되지 않았는가.

우리는 느린 소걸음을 걷고 있는데 선진국들은 저만큼 앞서 더 빨리 줄달음치고 있음을 왜 모르는가. 또 현재 우리의 개인소득이 2만 불까지 이르게 된 것도 지속적인 환율하락에 따른 것일 뿐 결코 자력(?)에 의한 것도 아니지 않은가. 불과 몇 년 전까지만 해도 겨우 1만 불을 상회하였던 초라한 중진국신세에 불과했었고 그동안 명목소득만 증가한 것일 뿐 우리들 생활형편이 갑자기 두 배로 나아진 것은 아니지 않은가. 지난 10여 년간 우리는 세계평균성장률에도 미치지 못했던 경제적 암울기를 맛보지 않았는가. 정치권이야 정치적인 이유로 그런다 치고 우리 일반 국민들은 왜 그다지도 들떠 있는지 이해가 가지 않는다.

누군가 삶은 욕망을 쫓는 노마드(유목민)라고는 했지만 어떻게 보면 마치 온 나라가 사치성 소비행태에 젖어 광란의 춤을 추고 있는 정신질환자들로 가득 찬 느낌을 받고 있지 않은가? 우리들 자신과 우리 주변을 한번 살펴보라.

아무리 오늘날을 저축이 아니라 소비가 미덕(美德)인 사회라고는 하지만 사치성 소비가 도를 넘은 지 오래되지 않았는가. 얼마 전 전년도 거래된 최고가의 아파트는 강남의 ××팰리스 102평이라고 하는데 거래대금이 무려 60억 원 가까이였다고 하며, 서울 삼성동의 무슨 파크 등 내로라하는 서울 대부분의 아파트가 30억~60억 원이라고 하니 서민들은 단지 입만 벌린 채 할 말을 잊고 말 것이다. 어디 그뿐인가. 한 대에 20억이 넘는 세계적으로도 초호화판의 독일제의 모 자동차모델이 불과 며칠 만에 국내 배정분이 모두 팔려 나갔다고 하는데, 그런 자동차 한 대를 사려면 평범한 월급쟁이가 월급을 한 푼도 쓰지 않고 평생 동안 모아도 부족한 그런 거액의 돈이 아닌가.

그런가 하면 요즘 서울에서는 '강남'의 적어도 20~30억 원 정도의 아파트에 살면서 수천만 원대의 명품을 걸치고 값비싼 외제차를 몰고 자녀들을 월 수백만 원씩 하는 족집게과외에 데려다주는 정도가 되어야만 행세를 할 수 있다고 한다. 어디 그뿐인가. 저녁상은 보통의 식품점에서는 구경도 할 수 없는 값비싼 국내외 유기농식품으로 고가의 이태리제 식탁 위에 차려진 식사를 해야만 사람취급을 받는다고 하니, 전직 모 대통령이 '강남사람들'을 그다지도 싫어했을 만도 하지 않은가.

'보통사람'들과는 전혀 별천지의 세계에서 살고 있으면서 수많은 사람들에게 질시의 대상이 되고 또 스트레스를 주고 있으니 말이다. 우리나라 사람들은 배고픈 것은 참아도 배 아픈 것은 못 참는다고 하지 않던가. 또 자녀들을 해외에 유학시키는 것은 이들 부유층들의 기본인데, 그것도 부의 정도와 안목에 따라 어느 나라로 보내느냐가 결정된다고 하니, '서울사람'이면 다 같은 서울사람이 아니듯이 '유학생'도 다 같은 유학생이 아닌 세상이 되었다. 그런 부류의 사람들일수록 부의 과시현상은 자녀들 결혼식장에서 절정을 이루게 된다. 최고급호텔의 연회석에서 수억대의 돈을 쏟아부으며 많게는 수천 명의 돈 많은 귀족하객들을 동원한다. 지출에 비해 축의금수입이 훨씬 더 많을 테니 그래도 남는 장사가 아니겠는가.

요즘 들어 국내에서 볼 수 있는 사치성의 비합리적 소비행태를 든다면 어디 그뿐이겠는가. 그러나 문제는 과연 그런 과소비행위의 근본 동기는 어디에 있으며 그것이 과연 그 사회구성원들 모두가 행복을 느낄 수 있는 건전사회를 위해 바람직한 것이냐에 있다. 자본주의사회에서 주어진 법과 제도 내에서 어떻게 돈을 벌어 어떻게 쓰느냐 하는 것은 전적으로 개인들에게 달려 있으며 또 그것이 자유경제체제의 본질이기도 하다. 또 아무리 자본주의라 하더라도 기회의 불균등, 지능적·신체적 능력의 불균등에서 초래되는 부의 불균등은 불가피한 것이 아닌가. 미국과 같은 선진국들을 보라. 할렘가에서 쓰레기통을 뒤지며 먹을 것을 찾는 불쌍한 극빈층이 있는가 하면 비버리힐즈의 수백억 원씩 나가는 호화주택에서 사치스럽게 살고 있는 사람도 있지 않은가 하는 반론도 있을 수 있다.

그러나 여기서 미국 등 선진국들의 호화생활자들은 옳고 우리나라에서의 그런 사람들은 나쁘다고 말하려는 것은 결코 아니다. 먼저 우리나라 대부분 사람들의 소득수준에 비추어 그러한 사치성소비가 사회적으로 더 나아가 미풍양속의 관점에서 반드시 바람직한 것이며, 또 그러한 소비동기는 과연 어디에서 찾을 수 있느냐 하는 것이다. 엄격히 말해 개인들의 소비행동은 소득수준에 상응한 것이어야만 하고 또 그럴 때 이른바 '합리적인 소비'라는 말을 쓴다.

그러니까 자신의 소비에 걸맞지 않은 과소비라든가 충동적 소비행위는 비합리적 소비에 해당한다. 다시 말해서 합리적 소비란 가격·품질·용도·성능을 꼼꼼히 따져 자신의 구매력과 소비수준에 맞는 소비행동을 일컫는데, 그러한 기준에 비추어볼 때 요즘 국내 소비자들 대부분이 비합리적 소비행동을 보이고 있다는 생각을 떨칠 수 없다는 것이다. 앞서 서울 강남의 일부 소비자들을 좀 비판적으로 예시하긴 하였지만 정도의 차이만 있을 뿐 국내 모든 소비자들 거의가 비슷한 소비행태를 보이고 있음을 알 수 있다.

왜 그럴까? 해방 후 서구에서 물밀듯이 들어온 물질주의사상 때문인가? 물론 그런 측면도 있을 것이다. 그러나 우리나라 사람들은 예부터 자신의 부와 신분을 남에게 과시하려는 욕구가 지나치게 강했던 듯하다. 따라서 남보다 더 값비싼 최고급의 명품가구들로 꾸며진 고급아파트에서 최고급의 명품의상을 걸치고 고가의 외제 승용차를 몰며 고급호텔의 헬스에서 사우나하고 값비싼 고급와인을 마셔야만 '사람대접'을 받는 것으로 알고 있다. 또 실제로도 그렇지 않은가. 물론 그것이 외국의 물질만능주의사상의 영향을 받은 데도 원인이 있겠지만, 다른 한편으로는 체면을 중시하는 우리나라 국민들의 고유한 전통적 가치에서도 기인된 것이 아닌가 싶다.

"내가 누군데? 적어도 이 정도의 아파트에서 이 정도의 고급 승용차를 타고 이 정도의 명품은 걸쳐야 하는 것 아냐?" 바로 이러한 허황된 사고가 우리 대부분의 의식 속에 잠재해 있지는 않은지 생각된다. 강남 아파트 값이 내릴 줄을 모르고 고급 외제 승용차의 수요가 나날이 증대하고 있는가 하면 세계적인 명품들이 앞 다투어 국내 백화점에 전문 코너를 개설하고, 해외여행객들이 나날이 증가하여 경상수지를 적자로 끌어내리고, 해외유학 자녀들의 교육비가 연간 수조 원에 달한다고 하는 등의 요즘의 언론보도들이 그것을 입증하고 있지 않은가. 아울러 우리나라 국민들의 가계부채가 해마다 증가하고 있다는 조사결과가 우리들이 얼마나 소득수준에 걸맞지 않는 불합리한 소비를 하고 있느냐하는 것을 단적으로 보여주고 있지 않은가.

물론 그러한 과분한 소비행태에는 판매(생산)자인 기업에도 일말의 책임이 있다. 고가의 명품들을 진열해 놓고 "이 정도는 입어야

남으로부터 대접" 운운하며 끊임없이 부추기고 있는가 하면 대중매체를 통해 집요하게 부르짖고 있는데 돈 좀 있는 사람이라면 어떻게 그런 유혹을 감히 뿌리칠 수가 있겠는가.

남들은 북적대는 은행창구의 사람들 속에서 초라하게 차례를 기다리고 서 있는데 홀로 마치 개선장군처럼 고급집기로 장식된 VIP룸 아니 VVIP룸으로 걸어 들어가는 쾌감을 누군들 마다하겠는가. 해외여행 시 비즈니스클래스와 이코노미클래스는 탑승순서와 탑승구에서부터 차이가 난다. 먼저 비즈니스석을 거쳐 초라한 이코노미석으로 들어갈 때의 기분은 어떠하겠는가? "빌어먹을 돈이 좋긴 좋구먼!" 하는 말이 절로 나오지 않는가.

비행기가 착륙하여 입국수속을 할 때에도 승무원들 외에 귀하신 VIP고객들께서는 검사도 받는 둥 마는 둥 무사통과다. 이젠 앞으로 돈 많아 세금 많이 낸 사람도 일자리 많이 창출한 기업들도 입국 시 그런 VIP 대접을 받게 한다고 하니 너무 심하다는 생각이 든다. 소비자들의 그러한 소비성향에 편승(?)해 국내 모 항공사는 1등석 수를 대폭 늘린다고 하는데 수요가 있는 곳에 공급이 있는데 무슨 말을 하겠는가. 이젠 VIP만으로는 '더 귀한' 고객들을 차별화시켜 주지 못하는 듯 VVIP 고객도 있고 언젠가는 트리플V가 탄생할 날도 머지않을 것이다.

종전의 '골드카드'만으로는 안 되고 '플래티넘 카드'라야만 돈 많은 고객들을 유혹할 수 있다는 것과 같은 맥락이 아닌가. 플래티넘 다음엔 또 무엇이 올 것인가. 요즘은 이른바 프리미엄세상이 아닌가. 자동차, 의상, 골프회원권, 호텔객실, 음식 심지어는 양주나 소주에 이르기까지. 국내 모 잘나가는 전자회사 등기이사들의 1인당 평균 연봉이 무려 130억 원 이상이나 된다는 신문기사를 읽은 기억이 난다. 장기인센티브의 성격이 있고 스톡옵션이 없어진 것이 그 이유라고는 하지만, 또 "내가 벌어 내가 주는데 무슨 할 말이 있느냐."라고 해도 할 말은 없지만, 우리 사회의 통념상 합당치 않다 함은 누구도 부인할 수는 없을 것이다.

수십조 원씩을 사회복지기금으로 선뜻 내놓은 미국의 워렌버핏이나 빌게이츠와 같은 자산가들을 지닌 사회가 부러울 뿐이다. 회사이익에 기여한 사람이 어디 등기이사들뿐이던가, 다른 종업원, 주주, 지역사회, 거래 중소업체 등 얼마든지 있지 않은가. 보통 월급쟁이 1억 원 연봉도 찾아보기 어려운데, 등기이사의 연봉이 수십억 원에서 130억 원에 이른다? 이들 이사는 단 하루 동안에 보통 샐러리맨들의 연봉을 벌어드리고 보통 노동자들의 일당의 무려 100배를 하루에 버는 사람들이다. 과연 슈퍼맨들이다. 최근 미국 월가 CEO들의 돈잔치가 구설수에 오르고 있는 이유를 되세겨 볼 필요가 있다.

이제 우리는 현재 우리가 어디에 서 있는가를 되새겨볼 필요가 있다. 못 가진 자들의 눈살을 찌푸려가며 아니 그들에게 말할 수 없는 자괴감이나 모멸감마저 줘가며 그렇게 흥청망청 호화판생활을 대놓고 해야만 하는가.

못 가진 자나 좀 덜 가진 자들도 마찬가지다. 꼭 소유와 소비의 양이 행복의 척도는 아니지 않은가. 왜 강남의 그 드높은 ××팰리스, ××파크를 선망하고 벤츠승용차만 부러워하며 무기력하게 살아가고 있는가. 이제는 본연의 '나'를 찾을 때도 되지 않았는가. 꼭 위만 쳐다보고 배 아파하는 나쁜 습성을 가져야만 하는가. 위에 있다고 아니 많이 가졌다고 반드시 행복한 것이 아니듯이 밑에서 적게 갖고 있다고 반드시 불행한 것은 아니지 않은가.

　아울러 정부도 회사도 사람들의 가치관에 나쁜 영향을 주는 정책이나 기업활동은 되도록 삼가야만 하지 않을까. 상대적 빈곤감을 조장함으로써 못 가진 자의 불행과 가진 자의 불안을 초래하여 사회 전체를 어둠 속으로 밀어 넣게 한 데는 일차적으로 정부에, 그 다음에는 기업에 각각 그 책임이 있지 않을까.

09
젊은이들이여, 눈을 크게 뜨고
세계를 보라

젊은이들이여, 그대들은 원대한 꿈과 희망을 안고 대학에 들어왔을 것이다. 아마 4월인 지금쯤이면 신입생들은 선배들의 가혹한 신고식도 끝났을 테고, 대학 분위기가 어떤 것인지 어렴풋하게나마 파악했을 게다. 선후배들 간의 관계, 동아리활동, 강의실분위기, 각종 미팅 혹은 봉사활동 등 고등학교에서는 도저히 생각지도 못했던 자유와 낭만 그리고 젊음의 쾌락을 조금쯤은 맛보았으리라 믿는다.

사실 여러분들은 고3까지는 마치 자동인형처럼 매일같이 도시락 몇 개씩 책가방 안에 쑤셔 넣고 집을 나와 학교와 학원만을 기계적으로 전전하며 거의 무의식적인 행동만을 반복했을 게다. 수능이다 내신이다 논술이다 각종 시험이다 하는 것들만 온종일 머릿속을 맴돌던 지겹고 고통스러웠던 긴 세월을 거쳐 그 어려운 관문들을 통과하여 마침내 오늘 이렇게 꿈과 낭만으로 가득 찬 상아탑의 일원이 되는 영광을 안게 된 것이 아닌가.

그러나 꿈에 그리던 대학입학이라는 설렘도 잠시 '취업'이라는 또 다른 괴물이 눈앞에 떡 버티고 서서 여러분을 짓눌러 주눅 들게 하고 있다. 취업, 이건 그토록 지금까지 괴롭혀 왔던 수능 못지않게 여러분들을 압박하고 맥 빠지게 할 것이 분명하다. '십장생'이니 '이태백'이니 하는 유행어가 왜 생겨났겠는가.

이건 분명히 비극임에 틀림없다. 어떻게든 대학만 들어가면 모든 것이 해결될 것으로 알고 여러분은 혼신의 노력을 다하여 여기까지 이르게 되지 않았는가. 그런데 그 꿈에 그리던 대학합격이라는 영광의 즐거움을 채 맛보기도 전에 취업이라는 또 다른 육중한 관문이 여러분을 기죽게 하고 있지 않은가. 산 넘어 또 다른 더 험하고 높은 산이 버티고 있을 줄이야. 그러나 여러분들을 더욱 맥 빠지게 하는 것은 아마 졸업한 선배들의 저조한 취업률이라는 암울한 현실일 것이다.

그것이 오늘 우리 젊은이들이 겪고 있는 현실이고 또 바로 여러분들도 불원간 직면해야만 하는 생각조차 하기 싫은 악몽임을 어찌하랴. 젊은이들이여, 그렇다고 꽃다운 젊은 나이에 마냥 털썩 주저앉아 있을 수만은 없지 않은가.

분연히 일어나 세계를 보라. 이젠 동서 간의 냉전체제가 끝난 지도 오래되었고 바야흐로 세계는 거대한 하나의 경제(a world economy), 거대한 하나의 노동시장(a job market)이 되어 있지 않았는가. 오늘날 이른바 글로벌 마인드란 비단 어느 한 국가 한 기업만의 생존 전략에 필요한 것으로 그치는 것이 아니고 바로 여러분들과 같은 희망과 꿈으로 가득 찬 젊은이들에게 필요시되는 마음가짐이 아닌가 한다. 미국도 좋고 일본도 좋다. 아니면 저 남태평양의 낙도도 좋다.

거대한 땅덩어리와 무수한 인구를 자랑하고 있는 인도와 중국이라면 더 좋을 수도 있다. 세계의 곳곳에 기회는 널려 있으며 바로 여러분들을 필요로 하고 있음을 왜 모르는가. 사막에서도 꽃을 피우고 있는 '두바이정신'을 여러분도 배울 필요가 있다. 비단 IT나 BT 분야에만 국한된 것은 결코 아니다. 취업이 아니라면 투자도 한 가지 대안일 수 있다. 찾는 자에게 길이 있고 두드리면 문은 반드시 열리게 되어 있다.

학점도 중요하지만 그에 눈이 가려 더 넓은 숲을 보지 못하는 우를 범하지는 마라. 취업이 거의 보장되고 있는 의대(의학전문대학원)도 좋고 로스쿨(법학전문대학원)도 좋다. 그렇지만 그들은 레드오션(red ocean)임을 왜 모르는가. 왜 거기에만 매달려 의학원서, 육법전서 들고 어둠침침한 고시촌만을 드나들며 아까운 젊음을 기약 없이 희생시키고만 있는가. 그게 그대들의 적성에 맞지 않는데도 단지 '장래가 보장된다'는 단 하나만의 이유로 그에 집착하고 있지는 않은지 모르겠다. 이제는 그곳도 거의 포화상태에 이르고 있다. 어디 기회가 거기에만 있는가.

눈을 크게 뜨고 세계를 한번 보라. 그래도 잘 보이지 않으면 배낭하나 둘러메고 세계의 이곳저곳을 한번 돌아다녀 보라. 여행도

하고 세계도 알 겸. 그들은 어떻게 일하고 어떻게 놀며 무엇을 먹고 어떤 스포츠를 즐기고 옷과 신발은 어떤 것을 걸치고 신고 있는지 살펴보라. 재미도 있고 기회도 있다. 우리도 요즘 우리 주변에서 여행 중인 외국 알바생들을 종종 만나고 있지 않은가. 여러분들이라고 다른 나라에 가서 못할 이유가 어디에 있는가. 책을 통한 간접경험도 물론 중요하다. 예부터 인생의 해답은 '독만권서, 행만리로'(讀萬卷書, 行萬里路)를 통해 얻어진다고 하지 않았는가? 글로벌 마인드를 지닌 '글로벌맨'이 되어야만 살아남을 수 있다.

늦었다 할 때가 빠른 법. 인생이 짧은 것은 분명하지만 그렇다고 그대들의 꿈을 마음 놓고 펼칠 시간마저 부족하리만큼 짧은 것도 아니지 않은가. 뭐가 그렇게 조급해서 안달을 하고 있는가. 물론 지금까지 피땀 흘려 공부시켜주신 부모 형제들의 크나큰 기대가 여러분들을 더할 수 없이 압박하고 있을 것이다. 또 주변의 이웃, 친구, 친지들의 예사롭지 않은 시선들도 그대들을 불안하게 하는 요인이 되고 있을 것이다. 그러나 그런 자질구레한 것에 너무 유념하지 말고 과감히 그대들의 페이스대로 힘차게 나가라. 준비하는 자에게 반드시 기회는 오게 마련이다. 지금 여러분들이 처한 환경이 반드시 그렇게 척박하지만은 아니지 않은가. 그대들보다 훨씬 더 못한 환경 속에서 희망 없이 나날을 보내고 있는 불행한 젊은이들이 세계에는 얼마나 많은가.

더구나 그대들의 주변에는 벤치마킹할 수 있는 좋은 대상들이 얼마나 많은가. UN사무총장 반기문 씨는 차치하고라도, 일본 요미우리의 이승엽, 뉴욕 양키의 박찬호, 맨체스터 유나이티드의 박지

성, 가수 '비'와 '보아', 가수며 PD인 박진영 이들 모두는 세계를 무대로 활동하고 있는 글로벌맨(global man)들이 아닌가. 어디 그뿐인가. LPGA의 수십 명에 이르는 한국낭자들을 보라. 얼마나 자랑스럽고 흐뭇한가. 피겨스케이터 김연아가 그러며, 탤런트 배용준, 영화배우 박중훈, 영화감독 심형래 이들 모두에게는 국내시장은 단지 그들이 대상으로 하고 있는 전체 세계시장의 일부에 불과하다.

이들은 다국적맨(multinational man) 아니 글로벌맨(global man)이다. 여기서 구태여 세계적인 지휘자 정명훈 씨라든가 설치미술가였던 고 백남준과 같은 예술가들까지 예로 들 생각은 없지만, 그 외에도 그대들이 벤치마킹할 국내 유명인물들은 얼마든지 있지 않은가. 그대들이라고 못 할 이유가 어디에 있는가. 세계시장에 진출하기 위해 반드시 유능한 골프선수일 필요도 없지만 노래와 춤에 남다른 재능을 가진 가수나 탤런트일 필요도 없다. 국제적인 변호사나 CPA면 더 좋지만 국제적인 언더라이터(underwriter) 아니 언더레이어(underlayer)는 어떻단 말인가. 세계에는 글로벌라이즈드 된 직업이 얼마나 많은가. 잘 모르면 지금 당장 인터넷에 들어가 보라. 그대들은 모두가 인터넷의 챔피언들이 아닌가.

지금 와서 누굴 탓하고 원망하겠는가. 대선과 총선 때만 되면 제일 먼저 밥상에 오르는 것이 '일자리창출'이니 '고용기회확대'니 아니면 '경제성장'이니 하는 달콤한 말들뿐이었는데, 그러기를 도대체 어느 정권 언제부터였는가. 이젠 그들의 사탕 발린 말에 귀기울일 필요도 없고 믿을 필요는 더욱 없다. TV를 켜든가 신문을 펼쳐보라. 지금 이 순간에도 우리들의 귀에 솔깃한 그런 말을 앵

무새처럼 반복하면서 순진한 그대들을 현혹시키고 있지 않은가. '이번에는 설마' 하며 우리는 무수한 나날들을 속아왔지 않은가.

원래 정치꾼들이란 그대들의 앞날을 더 나아가 국민들의 복리를 진정으로 생각하기보다는 표 한 장에 더 관심을 가진 사람들이 아닌가. 지금까지의 역사가 그것을 반증하고 있고 또 앞으로도 그럴 것이 확실하니 더 이상 그대들은 속지 않기를 바란다.

혹 운이 좋아 그야말로 하늘이 내려주신 전지전능한 자가 대통령이나 경제수장으로 당선될 경우라면 몰라도. 그들의 고용정책이 실패함으로써 취업난을 악화시키게 되면 그것은 바로 경제정책 전체의 실패를 의미한다. 경제가 성장해야만 고용기회도 늘어나고 사회복지증대를 위한 여력도 생기게 되는 것이 아닌가. 그러나 최근의 대통령들은 이른바 '분배'에만 역점을 둔 나머지 '성장'을 소홀히 함으로써 분배와 성장 모두 실패하지 않았는가. 고용기회는 성장과정에서 창출되게 되고 성장은 곧 기업들의 투자에서 기인되나 지금까지의 정부정책은 투자를 촉진하고 해외자본을 유인하기 위한 것이라기보다는 그것을 지나치게 규제함으로써 기업확장과 해외기업들의 국내투자 모두가 위축될 수밖에 없었다.

그렇다고 미국의 뉴딜정책과 같은 정부주도의 고용창출프로젝트가 실시될 것도 아니지 않은가. 경부운하프로젝트의 실행 여부도 아직은 불투명하지 않은가. 설상가상으로 이렇듯 정부규제의 심화, 노사관계의 악화, 국내인건비의 상승 등 기업환경이 날로 악화되면서 많은 회사들이 생산기지를 해외로 옮기게 되었고 그에 따라 산업공동화가 심화되어 국내 고용기회는 더욱 악화될 수밖에 없었지 않은가. 게다가 산업이 제조업이 아닌 서비스 중심으로 그 구조가 바뀌게 되고 생산활동 역시 자동화·기계화되면서 제조업분야에서의 인력수요도 그만큼 낮아지게 될 수밖에 없었다.

　정부가 좀 더 일찍이 산업구조의 변화에 따른 직업교육을 장기적이고 계획적으로 실시만 했던들 고용기회의 증대와 더불어 일부 산업이긴 하지만 인력난과 취업난이 동시에 발생하는 황당한 일은 예방할 수 있었지 않을까? 그러나 어쩌겠는가. 이것이 그대들에게 주어진 환경인 것을.

　젊은이들이여, 우유부단하며 그곳에 그냥 앉아 있지만 말고 어서 일어나 저 드넓은 세계를 보라, 저 밝게 빛나는 희망의 태양을 보라. 곳곳에 기회가 널려 있고 여기저기에 할 일이 훤히 눈에 보이지 않은가. 언제까지 정부의 잘못된 고용정책·산업정책의 희생물이 되어 좌절하고만 있을 것이며, 언제까지 정치꾼들의 감언이설에 '혹시나' 하고 귀 기울이는 어리석음을 반복하고만 있을 것인가. 현실은 여러분들의 통제범위 밖에 있어서 주어진 하나의 환경이요 극복해야만 할 여건이지 않은가. 그것을 스스로 통제할 수 있는 능력이 없다면 그것을 우회하거나 그에 적응하는 순발력을 발휘해야 하고 또 그런 사람에게 기회는 반드시 오게 마련이다.

　그대들은 정열에 찬 젊음과 명석한 두뇌를 모두 겸비한 선택된 사람들이 아닌가. 눈앞의 것에 매달려 현실에 안주하지 말고 저 밝게 빛나는 미래의 태양을 향해 힘찬 발걸음을 내디뎌라! 미국의 흑인인권운동가 고 마틴 루터 킹 목사의 유명한 말이 생각나지 않는가? "I have a dream!" "Dreams will come true!"

10
군복무 가점제는 필요하다

　대졸 남학생들에게 취업 시 군복모 가점제(加減制)를 시행할 것
이냐를 두고 한동안 찬반양론으로 나뉘어 논쟁이 이는 듯하더니
언제부터인가 슬그머니 없었던 일이 되어버리고 말았다. 여성정치
인들과 여성 사회단체의 격렬한 반대에 부딪혔기 때문이리라. 표를
의식한 일부 남성 정치인들의 소극적인 태도에도 그 원인이 있었
을 것으로 생각된다.

　모병제를 시행하고 있는 대부분의 다른 나라들과는 달리 남북이
아직도 대치상태에 있는 우리나라는 남성들의 군복무가 의무화되
어 있다. 일정한 교육과 체격조건을 갖추고 있는 건강한 남성이라
면 누구나 소정의 복무기간을 마치지 않으면 안 된다. 복무기간은
한때 근 3년까지 이르렀으나 현재는 24개월 정도로 크게 단축된

것으로 알려져 있다. 아직도 북한의 무력도발이 상존해 있는 우리나라의 현실에 비춰 그와 같은 병역의무는 지극히 당연한 것이 아닐 수 없다.

또 남성으로서 일정 기간 엄격한 훈련과정을 갖고 규칙적인 병영생활을 경험한다는 것은 체력을 단련시키고 인격을 도야하는 데도 도움이 됨은 물론 제대 후의 사회적응에도 매우 바람직한 것으로 알려져 있다. 또 병과에 따라서는 중장비, 정보통신, 건설, 기계수리 등 각종 교육과 자격증을 획득할 수가 있어 제대 후 취업에도 크게 도움이 될 것으로 생각된다.

그러나 현재 시행되고 있는 군복무제도와 관련하여 형평성문제를 제기하지 않을 수 없다.

우선 왜 하필 남성들만이 군복무의 의무를 져야만 하느냐이다. 원시 수렵시대 때는 남성들은 밖에 나가 사냥을 하고 여성들은 집안에 남아 힘이 덜 드는 아이 기르기나 집안 살림을 하는 등 엄격한 역할분담이 이루어졌었으며 그와 같은 역할분담은 오늘날까지도 그대로 전해 내려오고 있는 경향이 있다. 남편은 주로 외적, 과업적인 일을 맡고 부인은 내적, 사회적인 일에 전념하는 것이 그것이다. 다른 한편 그런 성적(性的) 전문화는 점차 퇴색되어 가고 있는 것도 또한 사실이다.

여성들의 사회활동이 점차 증가한 외에도 그동안 여성들 측에서의 지속적이고 집요한 남녀 성차별철폐운동과 여권신장운동에 그 원인이 있을 것으로 보인다. 또 페미니즘에 편승한 일부 남성들과 기회주의적인 몇몇 남성 정치인들의 노력도 있었을 것으로 생각된다.

요즘 가정 내에서 어떤 일이 벌어지고 있는지 한번 살펴보라. 아이보기, 청소하기, 빨래하기 등 전통적으로 여성들의 일로만 치부되던 일이 남성들에 의해 수행되고 있는가 하면 심지어 부엌살림마저 남편들의 몫이 되어버린 경우도 있다고 한다. 오죽하면 주부(主夫)라는 말이 다 등장할 정도인가. 그런 남성 주부들을 위한 가정용품이나 기저귀가방, 고무장갑, 요리학원까지 등장하였다고 하니 정말 그냥 웃어넘기기엔 어쩐지 찝찝한 생각이 든다. 최근 통계에 의하면 국내에 남성 주부들이 무려 14만 명에 이른다고 한다.

이젠 호적법도 바뀌어 자녀도 어머니 성을 선택적으로 가질 수가 있는가 하면 재산상속이나 심지어 종중회의에서도 여성들에게 똑같은 발언권이 주어지고 있으니 남성 위주의 시대와는 격세지감을 느끼지 않을 수가 없다. 어디 그뿐인가. 자칫 여성들을 잘못 대하다가는 성희롱이니 성차별행위자로 몰려 철창신세도 질 수가 있게 되었다. 일종의 여성 '성역화' 현상이다.

그것이 바람직한 현상인지는 모르지만 요즘 유니섹스니 모노섹스니 하여 의상, 장신구류, 머리 스타일, 화장품 등 모든 면에서 남녀 성구분이 없어지고 있는 것을 볼 수가 있다. 아니 이젠 남녀평등이 아니라 여성우월현상이 사회 곳곳에서 감지되고 있다. 판검사의 진출에서. 대학 전공 선택에서, 행정고시 합격생 수에서, 각 대학의 수석졸업생 수에서 여성들이 단연 남성들을 압도하고 있다. 머지않아 국회, 정관계, 산업계, 학계 등 사회의 모든 분야에서 여성들이 주도적인 역할을 하지 말라는 법이 어디 있는가. 또 심지어 앞으로 우리나라에서도 여성 대통령이 나올 가능성은 얼마든지 있다. 바야흐로 우리나라도 지금까지 여성들이 그다지도 외쳐대던 '여성상위시대'에 접어들었다 해도 과언이 아니다.

이와 같이 여성들이 가정에서나 사회에서 남성들과 대등한 지위에서 똑같은, 아니 경우에 따라서는 남성들을 능가하는 능력을 갖추고 똑같은 일을 하고 있는 판에 왜 병역의무를 유독 남성들에게만 지우고 있느냐 하는 데 대해 선뜻 확실한 대답을 할 수가 없지 않은가? 단지 여성과 남성 간에 해부학적 차이 외에 어떤 차이가 있단 말인가. 체력과 체격조건에 있어서의 차이는 훈련과정이나 입대 후 맡는 업무나 병과의 조정을 통해 얼마든지 극복될 수가 있지 않은가. 군업무 중에서도 간호, 통신, 의무, 취사, 사무처리 등 여성들에게 적합한 업무가 얼마든지 있다. 또 실제로 현제도 이런 분야 더 나아가서는 더 힘든 분야에서도 많은 여군(女軍)들이 아무 문제 없이 충실히 근무하고 있지 않은가.

"여성은 약하고 남성들은 강하니 적과 싸우는 군대생활은 반드시 남성들만이 해야 한다"라고 주장하는 것은 또 다른 마초이즘(machoism)이 아닌지. 여성들 역시 그토록 남녀평등을 주장해왔고 또 실제적이든 법적이든 그것이 모두 이루어진 지금 구태여 병역의무에서만은 고개를 돌리는 것은 이해하기 어렵다. 도대체 뚜렷한 명분이 없지 않은가.

아이를 낳아 길러야만 한다는 여성 특유의 장애요인이 있기는 하다. 그 문제도 요즘 여성들의 결혼연령이 보통 25~28세쯤이니까 그전에 복무를 마치면 되고 아니면 대체복무라는 것도 있으니까 그것이 여성들의 군복무에 큰 장애요인이라고는 할 수 없다.

그것도 부족하면 여성들의 복무기간을 조정해주는 방법도 또 하나의 대안이 될 수 있다.

이것은 절대 마초사상에서 나온 말이 아니다. 역설적으로 오히려 지금까지의 남녀평등사상이나 페미니스트들의 주장에 정당성을 부여해주기 위해서도 필요한 것이다. 역으로 한번 생각해보기로 하자. 가령 군복무 기간 내내 적지 않은 월급이 지급된다든가 군복무자들에게는 제대 후 취업 시 우선권을 준다든가 아니면 미국과 같이 장학혜택을 부여하지만 여성들은 약하니까 오직 남성들만 군복무가 가능하다고 한번 가정해보라. 아마 왜 군복무에서 여성들을 차별하느냐고 매일같이 촛불시위 하지 않는다고 누가 보장하겠는가.

그렇다면 왜 남성들만 아무 보상 없이 2~3년씩이나 군복무로 희생하는 불공정한 대접을 받아야만 하는가? 군복무를 마친 남성들에게는 취업이나 진학 시 희생한 기간에 상응하는 만큼의 가산점을 주든가 어떤 형태로든 보상이 따라야만 형평성의 원칙에도 맞다고 본다. 더구나 남성들이 입대하는 나이라는 게 두뇌회전이 가장 빠르고 자기계발을 위해서나 정기교육과정에 있어서 가장 중요한 황금기가 아닌가. 공부하다 말고 2, 3년씩이나 책을 놓고 있다고 한번 생각해보라. 당연히 군복무 기간 동안의 교육적, 경제적 기회비용이라는 것도 엄청날 수밖에 없다.

군복무 가점제의 시행과 관련하여 한 가지 부언해둘 점은, 그것은 남녀 구분하지 말고 군복무를 마치는 누구에게나 공통적으로 적용되게 되면 여성들 입장에서의 있을 수 있는 불평등논란도 자연히 없어지게 된다는 것이다.

군복무 가점제에 대해 반대하는 것은 더 이상 현실과도 맞지 않을 뿐 아니라 논리적으로도 타당성을 가질 수가 없다. 그것을 반대하는 데는 정치적인 이유 외에도 아마 '약한 것이 여성이니까' 하는 남성들의 시대착오적인 여성보호본능이 작용한 점도 분명히 있을 수 있다. 아니면 '지금까지 잘 지내왔는데 웬 난데없이 병역가점제야' 하는 긁어 부스럼 만들기 싫어하는 무사안일주의도 깔려 있을 것으로 여겨진다.

잘못된 제도는 바로잡아져야 하고 왜곡된 사고는 고쳐져야만 한다. 그래야만 우리 사회도 한 단계 더 발전할 수가 있고 사회정의의 실현이라는 측면에서도 바람직하다고 본다. 병역가점제가 시행되느냐의 여부와 그것이 어떻게 시행되느냐 하는 것은 별개의 문제이다. 과거의 타성에 젖어 무조건 반대만 하기보다는 어떻게 운영의 묘를 살려 남녀 모두로부터 환영을 받는 그런 이상적인 제도가 되도록 노력하느냐가 중요하다고 본다.

11
출세의 조건

이 세상 사람 누구나 출세를 원한다. 산사(山寺)를 찾아 불교에 입문하려 한다거나 수녀원에 들어가 세상을 등지려는 사람들을 제외하고는 누구나 출세를 원한다. 단순히 그것을 원하는 데 그치지 않고 때로는 목숨을 걸고 출세하려 발버둥을 친다. 내 출세를 위해 남을 중상모략 하는 건 예사고 심지어 폭행이나 살인과 같은 끔찍한 일도 쉽게 벌어진다.

사람들은 왜 그렇게 출세에 혈안이 되어 있을까. 아마 출세하면 돈, 권력, 명예 등 모든 것이 보장되고 남으로부터 존경과 부러움을 한몸에 받기 때문이리라. 요즘 도대체 출세해서 못 얻을 것이 어디 있는가. 값비싼 아파트며 고급 승용차는 기본이고 심지어 돈 많고 가문 좋은 명문가 규수까지도 아내로 맞이할 수가 있지 않은가.

그래서 누구나 출세하기 위해 온갖 수단과 방법을 가리지 않는다. 어떤 수단을 쓰든 일단 출세만 하면 그 과정이 설령 떳떳하지 못했다 해도 모든 게 정당시되고 있는 게 우리 사회다.

그런 수단이 목적을 정당시하는 경향은 우리나라의 경우 특히 정치계에서 흔히 찾아볼 수가 있다. 최근 들어 공직자들의 위법행위에 대한 처벌이 강화되긴 했다 해도 국회의원, 장관, 의회의원, 자치단체장 등 얼마나 많은 공직자들의 범법행위가 출세의 장벽에 가려 유야무야되고 있음을 우리는 잘 알고 있지 않은가. 그래서 "출세는 하고 볼 일이다."라는 냉소가 이 사회를 지배하고 있는 것 같다.

우리나라의 경우 출세의 출발점은 무엇보다도 교육인 것 같다. 일단 일류대학에만 들어가면 반은 출세에 이른 것으로 보는 모양이다. 그러니까 자연히 일류대학에 들어가기 위해 일류학원을 찾게 되고 그러다 보니 강남의 족집게 과외가 상한가를 칠 수밖에 없다.

서울에서 어디 살기 좋은 곳이 강남밖에 없는가. 8학군이다 일류학원가다 족집게 선생이다가 모두 강남에 몰려 있으니 너도나도 강남만 찾을 수밖에. 강남의 불패신화는 아직도 진행 중이고 학부모들의 내 자식 출세시키려는 욕구가 강렬한 만큼 강남신화가 그친다는 것은 감히 생각조차 할 수 없다. 강북사람이라고 누가 감히 '강남부자들'에게 돌을 던질 수가 있단 말인가. 강남을 미워하고 시기하는 건 동경과 부러움의 다른 표현일 뿐 '언젠가는 나도…….' 하는 희망을 구태여 숨기고 살아가고 있는 사람들이 대부분이라고 말한다면 과연 틀린 것인지?

일류대학 들어가 반을 출세했으면 이제 이루어야만 할 또 다른 반이 남아 있다. 좀 더 경쟁이 심한 것이 흠이지 그 기회는 누구에게나 열려 있다. 의학전문대학(의과대학)이 있고 로스쿨이 있지 않은가. 아니면 당장의 출세가 보장되는 행정고시도 있고 공인회계사나 변리사와 같이 '사' 자 들어가는 자격증도 적지 않게 있다. 일류대학에 들어갔다는 사실과 이들 고시에 합격해 출세한다는 것은 별개의 문제. 이들과 같은 것에 설령 실패한다 해도 일류대학 졸업장은 다른 방향으로의 진로에 버팀목이 될 수 있다는 점에서 일류대학에의 입학은 분명 반의 출세라 해도 크게 틀린 말은 아닐 것이다.

그러면 도대체 '출세'란 무엇을 뜻하는가. 어느 누구가 출세했다는 말을 듣기 위해서는 그는 과연 어떤 조건을 구비하고 있어야만 하는가. 사람과 그 사회와 상황에 따라 출세의 의미가 각각 다를 수 있기 때문에 이에 대한 정의가 먼저 필요하지 않을까?

사회적으로 존경받는 직업? 많은 부(富)? 막강한 권력의 소유? 유명 연예인이나 스포츠 스타와 같은 높은 지명도? 남다른 기술이나 전문지식의 소유?

우리나라의 경우 의사, 변호사, 판검사, 교수와 같은 사람이 아마 출세한 직업에 속할 것이고, 국회의원이나 장관과 같은 정관계의 고위직에 있는 사람들도 출세한 사람들 축에 속하지 않을까 하는 생각이 든다. 아마 요즘 같아서는 재벌기업의 CEO나 알짜 기업의 오너도 일단 출세했다고 보아야만 할 것이다.

그 외 단순히 '돈 많은' 사람은 어떤가. 그것이 갑자기 땅값이 올라서 받은 보상금이 되었든 로또복권에 당첨되어 하루아침에 수백억이 굴러들어 왔든 상관없이. 결론부터 말하자면 이들 돈 많은 사람들은 출세를 위한 충분조건은 갖추고 있되 그것이 결코 필요조건은 못 된다는 것이다.

그러나 과연 그럴까? 요즘 돈이면 못 하고 못 되는 것이 없는데 어찌 이들을 출세한 사람으로 보지 않을 수가 있단 말인가. 그들이 당장 그런 돈으로 수십억짜리 아파트에 수억짜리 고급승용차 몰고 다니며 골프장 와서 캐디들에게 몇십만 원씩 팁 뿌리며 목에 힘주고 다녀 보라. "아, 저 사람 출세했군." 하며 누구나 혀를 찰 테니.

이렇듯 출세니 성공이니 하는 말은 시대와 그 사회의 통념에 따라 각기 다른 기준이 적용되는 듯싶다. 우리나라에서도 옛날에는 사·농·공·상이라 하여 선비라는 직업을 제일로 쳐주지 않았는가.

오늘날로 따지자면 정말 웃기는 얘기다. 다 찌그러져 가는 초가삼간 비좁은 방에 누더기 옷 하나 걸쳐 입고 천자문이나 읊조리는 사람이 출세한 사람이라고? 처자식 밥 굶기고 있는 주제에 배산임수 경치 좋은 곳 찾아다니며 술 한잔 얻어먹으며 시 한 수 읊는 게 가장 존경받는 직업이라고? 하긴 선비도 언젠가 장원급제하여 입각할 수 있는 잠재력이 있으니 출세의 가능성은 있으되 출세한 축에는 못 낀다.

그래도 그 당시에는 존경의 대상이 되었다. 인도에서조차 아직도 철학자가, 필리핀에서는 연예인이, 중국에서는 공산당원이 각각 제일 출세한 사람으로 간주되고 있기는 하다.

그런데도 특히 자본주의사회에서는 이제 '돈'이 출세를 위한 충분조건이 아니라 그 필요조건이 되어가고 있다는 사실이다. 돈 하나면 안 될 것도 못 할 것도 없는 게 요즘의 사회이기 때문이다. 아무리 의사면 무얼 하고 변호사면 무얼 하겠는가. 아무리 미국 가서 아이비 대학의 박사학위 따 갖고 왔으면 무얼 하겠는가.

저 강북 허름한 동네에 살며 소형차 하나 털털거리며 끌고 다닌다면 누가 그를 출세한 사람으로 보겠는가. 그게 현실이요 심지어 초등학교학생들까지도 그걸 너무도 잘 안다.

저 사람 강남에서 몇 십억짜리 아파트에서 산다고 해봐라. 너도 나도 다 쳐다볼 테니. 그렇지 않고 저 사람 박사학위 가진 사람이라고 한 번 말해봐라. 누구 하나 거들떠보지도 않을 테니. 이게 바로 자본주의가 낳은 큰 병폐 중의 하나인 물질주의라는 것이요 금전만능주의 사상이란 것이다.

이러한 물질주의 사회에서는 누가 얼마나 교육을 받았고 어떤 인격의 소유자냐 하는 것은 별로 중요시되지 않는다. 어디서 얼마짜리 아파트에서 살고 승용차는 얼마짜리이며 골프회원권은 어느 것을 갖고 있고 은행에 현금자산과 묻어둔 부동산은 얼마나 되느냐가 그 사람을 평가하는 기준이 되는 것이 그런 물질주의사회가 갖는 특징이다.

그래서 요즘 출세의 첫째 조건은 돈이라고 하는 것이 보다 현실적이다. 그러니까 자연히 너도나도 돈 벌어 출세하기 위해 수단과 방법을 안 가리는 것이 사회의 일반적인 풍조가 된 지 오래다. 공직사회에서는 온갖 부정과 부패, 횡령, 배임, 수뢰가 난무하고 사회일반에서는 살인, 폭행, 강도 등 온갖 범죄행위가 판을 친다. 이 것을 이른바 아노미현상이라고 부른다. 모두가 그 동기를 추적해가 다 보면 단 한 가지 바로 '돈' 때문에 일어나는 일들이다. 인성교 육이니 강력한 처벌이니 모두 소용이 없다. 돈이 필요 없게 되는 그런 이상사회가 다가오지 않는 한.

그러면 우리는 왜 그토록 출세를 원하고 돈 때문에 모두가 혈안 이 되어 있을까. 권력? 명예? 가정의 안락? 아니면 삶의 질?

따지고 보면 이들 모두는 우리가 추구하는 최상의 가치, 즉 '행 복'을 위한 수단들에 불과한 것들임을 아무도 부정하지는 못할 것 이다. 좋은 직업, 돈, 명예, 학위, 권력 등 모두는 행복이라는 궁극 적인 가치를 위한 수단적 가치들에 불과하다. 그럼에도 우리는 이 들이 마치 최상의 것인 양 평생을 두고 그들의 노예가 되어 허우 적거리다 일생을 마감하고 만다. 우리는 돈 많은 CEO나, 높은 권 력을 지닌 고위공직자나, 이름만 대면 누구나 다 알고 있는 유명 연예인이 자의 반 타의 반으로 스스로 목숨을 끊는 예를 수도 없 이 주위에서 보고 있지 않은가. 얼마나 안타깝고 불행한 일들인가. 어찌 이들의 삶이 행복했다고 과연 말할 수가 있단 말인가.

누군가 "행복은 찾아오는 것이 아니고 그냥 거기에 있다"라고 했듯이 그것은 극히 상대적인 개념이 아닌가. 출세니 성공이니 하 는 말들도 따지고 보면 극히 주관적이고 상대적인 것이다. 우리나 라에서는 심지어 저 시골 면서기만으로도 출세했다 해서 주변으로 부터 부러움을 샀던 때도 있듯이 돈 없어 사무실 임대료 내기도 바쁜 변호사나 의사를 두고 직업 하나 때문에 출세했다고 하기엔

무리가 따르지 않겠는가.

그런데 한 가지 재미있는 것은 성공이니 출세니 하는 말은 유독 우리나라에만 있지 다른 나라에서는 그것이 결코 우리나라에서와 같은 의미로 쓰이고 있지 않다는 사실이다.

또 하나 유념해둘 것은 이들 말에는 극히 경쟁적, 배타적, 이기적인 뉘앙스가 내포되어 있다는 사실이다. 남을 짓밟고 따돌리지 않고 어떻게 출세할 수 있으며 남을 밀어내지 않고 어떻게 성공할 수 있단 말인가. 얼마 전 국세청사건을 보면 공직사회에 만연되어 있는 온갖 중상모략과 암투는 우리가 생각하기보다 훨씬 더 심각함을 염두에 둘 필요가 있다. 더욱 중요한 것은 그런 출세와 성공을 위한 시기, 질투, 중상모략의 씨앗은 이미 어릴 때 우리 어른들의 교육과정에서부터 싹트고 있다는 사실이다. 오직 일류대학에 들어가야만 하고 고시에 합격해야만 하고 반에서 일등을 해야만 한다고 가르치는 것들이 모두 그런 씨앗이 아니고 과연 무엇이겠는가.

우리 어른들부터가 이제는 출세니 성공이니 하는 경쟁적, 배타적, 이기적 의미가 다분히 내포되어 있는 부정적인 말들을 무분별하게 사용해서는 안 되리라고 본다. 그런 말들은 구성원들 간 위화감을 조성하고 배타적이고 이기심만 키워줄 뿐 사회 전체를 위해서든 당해 개인을 위해서든 결코 바람직하지 못하다. 어느 사회든 대통령이 필요한 만큼 국회의원도, 벽돌공도, 청소부도 모두 필요한 사람들이며 그 사회의 원만한 발전을 위해 빼놓아서는 안 될 기능들을 수행하고 있다.

우리 학부모들이여!

이젠 자녀들의 성공이니 출세니 하는 고리타분한 것은 그만 논하고 우리 아이가 과연 우리 국가와 사회를 위해 무엇을 어떻게 해야만 할 것인가에 먼저 관심을 가지시라. 또 자녀들의 미래행복이라는 궁극적 가치의 참된 의미와 그 실현을 위해 지금 필요로 하고 해야만 할 것이 과연 무엇인지 유념해두시라.

12
학점을 세탁한다?

　요즘 몇몇 언론의 기사를 보면 '학점세탁'이란 말이 아무렇지도 않게 나온다. 또 '학점성형'이라는 해괴한 말도 있다. 그런가 하면 '학점인플레'가 심각하다는 우려의 목소리도 들린다. 이 모두가 최근 대학생들이 받고 있는 성적에 대해 무언가 부정적인 뉘앙스를 지니고 있는 것은 분명한데, 이런 말들이 쓰이게 된 배경이 과연 무엇이고 또 이런 다소는 몰지각적인 말이 사용되고 있는 현실에 대해 잠시 생각해보는 것도 의미 있는 일이 아닌가 한다.

　우선 학점세탁이란 말은 그 세탁의 주체가 대학생들이고 학점인플레는 담당교수 내지는 당해 과목을 가르친 강사들이 그 주체가 되고 있다는 점에서 이들 양자 간에 차이가 있다. 그러므로 학점의 성형이든 세탁이든 학점의 인플레든 학점의 왜곡현상을 비판할 때는 이들을 두루뭉술하게 함께 다루지 말고 구분할 필요가 있다. 그러나 이들 둘은 모두가 요즘 점차 악화일로에 있는 대학졸업생들의 취업난을 그 배경으로 하고 있다는 점에서 공통점을 지니고 있다.

먼저 학점인플레라는 비난부터 생각해보기로 하자. 인플레니 디플레니 하는 말들은 한 경제시스템의 전체적인 물가수준을 나타내는 것으로서 어느 것이나 비정상적인 물가수준을 지칭하기 때문에 경제에 해로운 현상들이다. 학점인플레라는 말도 아마 대학생들의 학점이 정상보다 높게 매겨졌다는 의미로 쓰이고 있는 듯하다.

그와 같이 그것이 비정상수준이라면 도대체 '정상수준'이란 과연 어떤 것인가부터 정의가 내려져야만 하지 않을까. 생가해보건대, 대학학점은 A, B, C, D, F 등 다섯 등급으로 나뉘어 부여되게 되는데 아마 그 분포가 어느 한 쪽 특히 A와 B 쪽으로 편중되었다는 뜻으로 해석된다.

당해 논자들의 말에 의하면 A와 B에 너무 많이 편중되어 있어 그 비율이 높게는 70~80%에 이른다는 것이다. 말하자면 너무 점수가 후하게 매겨져 있어 학점의 신뢰성이 없게 된다는 것이 그들의 주장이다.

그러나 당해 논자들이 한 가지 간과하고 있는 사실은 학생들의 성적을 상대평가하느냐 아니면 절대평가하느냐에 따라 각기 다를 수 있다는 점이다. 만일 상대평가가 아니고 절대평가 방식을 적용했다면 A와 B로의 편중은 물론 반대로 D, F로도 편중되어 학점디플레현상도 있을 수 있지 않겠는가. 즉 절대평가방식이 채택되게 되면 여러 과목들 간 인플레와 디플레 현상이 서로 상쇄되어 전체로서 균형을 이루게 되어 아무런 문제가 없게 되고, 실제로 상대평가가 일반화되기 이전에는 이로 인해 아무런 문제가 없었던 게 사실이다.

클래스 내 학생들 전체가 당해 강좌에 얼마나 열성이었느냐에 따라 좌우 어느 쪽으로든 편향될 소지는 항상 있게 된다. 물론 강의자가 출제 시 난이도 조절을 통해 각 등급으로의 분포를 조정하는 게 상식으로 되어 있기는 하지만. 어떻든 이런 절대평가방식은 '강제할당'이라는 상대평가가 갖는 모순을 극복해준다는 장점은 지니고 있다.

그 반면 상대평가제도는 전체 학생들의 성적을 학교에서 정해준 일정한 지침에 따라 A, B, C, D, F 등 다섯 등급으로 고르게 분포되도록 배정하는 것이다. 학교마다 다소 차이가 있긴 하지만 A와 B에 약 60~70%, C, D, F에 30~40%를 배정할 것을 요구하고 있으며, 만일 이 지침이 지켜지지 않으면 컴퓨터 입력 자체가 거부되는 경우도 있다.

이 방식이 갖는 가장 큰 단점은 불과 0.5점 차이만 있어도 운 나쁘면 천당(A)을 못 가고 연옥불(B)에 머무르거나 아니면 지옥(D, F)으로 떨어질 수도 있다는 데 있다. 즉 아무리 공부를 잘했어도 전체 등수에서 밀리면 하위점수를 감수해야만 하고 평점 역시 그만큼 내려갈 수밖에 없다.

그러나 설령 상대평가제도를 채택하고 있는 대학이라 해도 어느 정도 담당교수의 재량을 인정해주고 있는 것이 보통이기 때문에 교수들의 성향이나 학생들의 열의 여하에 따라 어느 만큼의 학점 편중현상은 어쩔 수 없다고 보아야만 한다.

학점이 상위에 편중되게 되는 또 하나의 이유는 요즘 취업난을 고려한 교수들 측에서의 학생들에 대한 배려라는 감정적 요인도 또한 있을 수 있다는 점이다. 그렇지 않아도 취업 때문에 주눅 들어 있는 학생들로부터 적어도 학점 때문에 취업에 실패했다는 원망만은 듣고 싶지 않은 게 교수들의 심정이 아니겠는가.

그런 상황하에서 교수가 학생들에게 배려해줄 수 있는 것은 오직 학점밖에 없다는 자조와 무기력증에 빠질 수밖에 없는 것이 오늘날 우리 대학의 현실이다. 그렇다 해도 교수들의 재량은 극히 한정되어 있기 때문에 그것이 사회적 비판의 대상이 될 만큼의 편중을 초래했을 가능성은 매우 낮다. 여기서는 교수강의에 대한 학생평가를 의식한 몇몇 있을 수 있는 교수들의 왜곡된 평가에 관해서는 논외로 하기로 하자.

대학의 이러한 현실은 안중에도 두지 않은 채 단순히 한두 경우의 편중된 사례만을 두고 '학점인플레'니 '학생 하나라도 더 끌어모으려는 교수들의 포퓰리즘' 운운하는 것은 당해 논자들의 현실 인식에 다소 문제가 있다고밖에 볼 수 없다.

그다음 '학점세탁'문제를 한번 생각해보기로 하자.

우선 신성한 학점에다 불순한 의미의 '세탁'이라는 말을 붙인 것부터가 적절치 못하다고 본다. 원래 이 말은 뇌물이나 배임과 같이 부정과 비리에 관련된 돈의 출처와 행적을 은폐할 목적으로 사용되는 것으로서 처음부터 불법적이고 부정적 뉘앙스가 다분히 포함되어 있는 말이다. 그런데도 담당교수나 대학당국의 승인하에 합법적이고 명시적으로 이루어진 학점갱신행위를 학점성형이니 학점세탁이라 하여 불법적인 '돈세탁'과 같은 것으로 보는 것은 크게 잘못되었다. 그렇다면 학점갱신행위를 한 학생들 모두가 범법자로서 유치장에라도 가야만 한다는 얘기인가?

주지하는 바와 같이 학생들의 평점, 즉 총학점을 수강과목 수로 나누어 산출되는 점수는 당해 학생의 재학 중 학업성취도를 나타내는 중요한 지표가 되는 것으로서 대학원진학이나 취업 시 매우 중요한 평가자료로 쓰인다. 당연히 학생들의 입장에서는 그것을 끌어올리기에 혈안이 될 수밖에 없고 그러다 보니 취득학점 가운데 D나 F와 같은 과목들을 재수강하여 A나 B와 같은 상위등급을 취득하는 방법을 택하는 것은 극히 자연스러운 현상이 되게 되었다. 그러니까 그런 학점상향조정행위는 극히 명시적이고 합법적으로 이루어지고 있기 때문에 처음부터 불법적으로 이루어지는 '세탁행위'와는 근본적으로 다르다.

그렇다고 학생들의 그런 노력이 반드시 결실을 본다는 보장이 없기 때문에 학생들의 입장에서는 어느 정도 모험의 성격도 있다. 더구나 재수강하려면 추가비용을 학교에 내야만 하는 것이 보통이기 때문에 경제적, 기회적으로 모두 비용이 관련되어 있다. 평점을 끌어올리려다 오히려 더 내려갈 수도 있기 때문이다.

이와 같은 재시험은 GMAT, GRE, TOEFL 등 국제적으로 공인된 대부분의 시험에서도 인정되고 있다. 개인적인 사정이 있어 아니면 불가항력으로 인해 시험에 낙방했거나 나쁜 점수를 받은 학생이 재시험을 쳐 점수를 업그레이드시키려 하는 것은 불법적인 세탁행위가 아니라 합법적이고 당연한 일이 아닌가.

물론 이와 같은 재수강제도는 전에는 없었던 것이고 최근 대학 졸업생들의 극심한 취업난을 조금이나마 덜어주려고 하는 대학들의 고육지책으로 등장한 감이 있다. 그렇다 해도 모든 대학들이 현재 그런 제도를 시행하고 있는 것도 아니며 강의를 하고 있는 교수들 모두가 무조건 점수를 올려주는 그런 측은지심에 빠져 있다고도 볼 수 없다.

따라서 현실은 무시한 채 마치 모든 대학들과 모든 교수들이 마음대로 학점을 실제보다 부풀려주고 학생들의 요청에 따라 제멋대로 조작(세탁)해주고 있다고 매도하는 것은 옳지 못하다.

더욱이 많은 시간과 노력을 들이고 기회비용까지 감수해가면서 재수강을 통해 학점을 업그레이드하려는 행위를 '학점세탁'이라 하여 마치 범법자로 매도하는 것도 문제가 있다고 보아야만 한다. 평점을 끌어올려서라도 어떻게든 취업을 해보려고 하는 대부분 취업희망자들의 절박한 심정을 이해해주는 따뜻한 배려가 필요한 때가 아닌가 한다.

4년간의 노력과 살인적인 등록금의 지출에도 불구하고 가망 없는 취업전선에 내팽개쳐진 저 아까운 젊은 인재들에게 위로와 격려의 말 한마디는 못 해줄망정 그들의 기를 꺾고 그들에게 실망만 안겨주는 언행은 그러한 우리 다 같이 삼가는 게 좋을 것으로 본다.

13
환자도 소비자다

병(病) 치료를 위해 병원을 찾은 환자도 분명 하나의 소비자다. 마치 자동차 수리를 위해 정비소를 찾은 차주나 예금을 위해 은행을 찾은 고객이나 무엇이 다르랴. 은행은 금융서비스, 정비소는 수리서비스, 병원은 의료서비스, 학교는 교육서비스, 호텔은 숙박서비스를 각각 판매하고 소비자들은 이들 서비스를 소비하고 그에 대한 소정의 대가를 지불하게 된다. 물론 이들 서비스는 무형재(無形財)로서 휴대전화, 자동차, 의류, 구두와 같은 유형재(有形財)와는 여러모로 차이가 있겠으나 분명히 그들 서비스도 우리가 흔히 욕구충족의 대상으로서 구입하는 갖가지 상품들 가운데 하나임에는 틀림이 없지 않은가.

우리 인간은 누구나 항상 미충족된 욕구(needs) 내지 해결해야만 할 어떤 문제를 지니고 있다. 그러한 욕구 내지 문제에는 생리적·

생물적인 것도 있지만 사회적·자기존중·자아실현과 같이 심리적인 것으로서 생후 학습된 것들도 있다. 우리 인간은 그런 욕구나 문제가 생길 경우 그것을 어떻게든 충족 내지 해결해야만 하며 그렇지 못한 경우 긴장·불안을 가져오고 끝내는 질병이나 보다 복잡한 문제로 이어질 수 있다. 배고픔·목마름을 비롯하여 치통·두통, 외로움, 신분상승, 직장 내의 승진과 같은 각종 생리적·심리적 욕구가 제대로 충족되지 못한 상태가 지속된다고 한번 생각해보라.

그런데 여기서 중요한 것은 우리는 누구나 그러한 욕구나 문제를 대체로 각종 기업들이 제공하고 있는 갖가지 제품이나 서비스의 소비를 통해서 해결해가고 있다는 것이다. 배고픔은 음식, 치통은 치과서비스, 외로움은 친구만남이나 영화관람, 신분상승은 승진이나 성공을 통해 각각 상응하는 욕구를 충족시킬 수가 있으며, 또 이들 대부분은 기업이 생산·판매하는 제품이나 서비스에 해당한다. 그러니까 각종 기업, 즉 상적(商的) 기관들은 우리 소비자들의 욕구충족의 대상이 되고 있는 각종의 제품이나 서비스를 생산·판매하고 있으며 우리들은 바로 그러한 제품이나 서비스의 구매·소비를 통해 현대 문명사회 내에서의 정상적인 삶을 영위해갈 수가 있게 된다.

그런데 우리 시장경제의 역사적 배경을 잠시 살펴보면 이들 각종 제품이나 서비스의 판매자와 구매자인 우리 소비자들 간의 거래가 그다지 공정치 못하였고 힘의 균형이 판매자에게 치우친 감이 있었다. 때문에 소비자들의 권익이 침해당하는 사례가 많았던 것이 사실이다. 즉 시장은 판매자 중심적이어서 어떠한 상품을 얼마의 가격으로 언제 어떻게 공급하느냐 하는 것은 모두가 소비자가 아니라 판매자에 의해 일방적으로 결정되다 보니 자연히 소비자들의 욕구가 제대로 충족되지 못한 채 불만만 누적될 수밖에 없었다. 반대로 판매자들 역시 소비자들로부터 외면을 당하게 되었고 그에 따라 경영에 적지 않은 어려움을 겪게 된 것이 사실이다.

그래서 상품의 생산 이전에서부터 소비자욕구를 파악하여 참으로 그들이 원하는 제품을 원하는 가격에 원하는 시간과 장소로 생산·공급해주자는 이른바 고객지향주의의 경영이란 것이 탄생하게 되었다. 그러니까 기업의 그러한 판매자 중심이 아니라 구매자중심주의의 채택은 기업들 측에서의 소비자들에 대한 어떤 윤리적·자비적 사고의 발로라기보다는 소비자외면이라는 과거 판매자중심주의가 초래한 쓴 경험에서 얻은 교훈이요, 오늘날 격화된 경쟁체제하에서 채택하지 않으면 안 될 생존전략에 불과한 것으로 보아야만 한다.

그래서 고객만족경영의 관점에서 새로이 등장한 말들이 '소비자는 왕이다'느니 '고객을 위한 가치창조'니 '소비자가 원하는 것은 무엇이든지 줘라'느니 아니면 '소비자는 항상 옳다'느니 하는 등의 선언이요 캐치프레스이다. 오늘날 그러한 고객지향주의는 국내외 웬만큼 성공한 기업들이라면 모두가 받아들여 실천되고 있는 기본적인 경영철학이요 기업문화로서 자리잡혀가고 있는 것이 현실이다.

이제 눈을 다시 오늘날 국내 각종 병의원들이 서비스의 소비자들이라 할 수 있는 환자들에게 판매하고 있는 의료서비스의 제공 문제로 한번 돌려보자. 그들 소비자들은 고객지향주의하에서와 같이 실제로 과연 왕(王)으로서의 대접을 받고 있는가. 아니 그들 환자는 왕은 고사하고 참된 고객으로서의 대접만이라도 받고 있는가. 국내의 병원 문턱을 한두 번쯤 출입해본 사람이라면 이에 선뜻 "네"라는 대답을 하지는 못할 것이다. 만일 그렇다면 그 원인은 어디에 있으며, 병의원들의 관점에서 그들 환자를 왕처럼 모시는 참된 고객지향주의가 필요시되는 이유는 과연 어디에 있는가?

상업적 의미로 본다면 병원은 각종 의료상품을 생산하는 '공장'이요 의료진 하나하나는 '공장장' 내지 서비스의 생산 및 마케터에 해당한다. 그것이 환자들에 대한 처음의 진단서비스든 아니면 수술 등의 치료서비스든 막론하고 그 생산자인 의사에 의한 의료서비스의 생산행위와 동시에 소비자인 환자는 당해 의료서비스의 소비행위를 하게 된다.

그러니까 유형인 제품의 생산·소비와는 달리 무형재인 서비스의 경우 생산과 소비가 엄격히 구분되어 있지 못하다. 환자치료란 자동차수리공이 자동차수리를 하고 은행원이 고객을 맞아 업무를 처리해주는 것과 하등 차이가 없다. 유형재와는 달리 무형재는 무형성을 띠고 있으며 생산자와 소비자 그리고 상품(제품)이 각각 시간적·공간적으로 분리되어 있지 못하다는 특성을 지니고 있다.

그러니까 의료행위와 같은 서비스상품은 다른 유형재와는 달리 기계화·표준화를 통한 대량생산이 곤란하고 의사에 의한 생산과 동시에 환자에 의해 소비되지 않으면 안 되기 때문에 비축이 불가능하다는 특징을 지니고 있다.

더구나 그것은 생산자인 의사가 직접 개인적으로(personally) 생산에 임해야 하기 때문에 그 서비스상품의 질도 당해 의사의 자질과 생산시점에서의 심리적 상태에 크게 의존될 수밖에 없다. 따라서 그 서비스상품의 질의 균등성이 보장되어 있지 못하다. 그래서 여타의 서비스상품과 마찬가지로 의료서비스에서도 품질이 중요한 관리의 대상이 되고 있다.

또 한 가지 병원 의료서비스가 갖는 특이한 점은 그것이 바로 우리의 귀중한 생명이나 건강을 직접 다루는 서비스라는 것이고 그로 인해 다른 어떤 서비스에 비해 고객(환자)지향주의가 가장 철저히 실행되지 않으면 안 된다는 것이다. 자칫 잘못된 진단이나 잘못된 치료로 평생 불구가 되거나 심한 경우 귀중한 생명을 잃을 수도 있으며, 또 그런 경우라 해도 당해 의료진들의 '잘못'을 객관적으로 입증한다는 것이 고객의 입장에서는 극히 어렵기 때문이다.

자동차수리가 잘못되었을 때는 흔히 객관적으로 그 증거가 나타나기도 하고 수리공에게 항의할 수도 있겠지만 인체(人體)치료의 경우는 그것이 불가능하지 않은가. 최근 의료사고발생 시 의사의 면책책임을 환자가 아닌 바로 담당의사에게 지우는 판결사례가 늘어나고 있는 것은 '소비자보호'의 관점에서 다행한 일이 아닐 수 없다.

오늘날 국내의 일부 대형병원들도 매우 제한적이기는 하지만 의사들의 진료행위는 물론 병원 내의 인테리어·시설배치를 비롯하여 예약에서부터 대기 및 의사면접과 진료에 이르기까지 모두를 환자 위주로 관리하는 예를 볼 수 있다. 그것이 바로 산업계에서 최근 회자되고 있는 마케팅 콘셉트이다. 즉 병원들도 이제는 환자에 대한 고자세일관의 구습에서 탈피하여 모든 것을 환자나 그 보호자의 관점에서 관리해나감으로써 생존경쟁에서 살아남자는 것이다. 얼마나 다행한 일인가. 만시지탄의 감이 있기는 하지만.

그렇지만 아직도 국내 대부분의 병의원들이 지금까지의 잘못된 옛날의 관행에서 벗어나지 못하고 의사는 '고자세 환자는 저자세'라는 잘못된 구도가 당연한 것처럼 받아들여지고 있다는 데 문제가 있다. '3시간 대기에 3분 진료'라는 말이 있지 않은가. 그 천금 같은 3분이란 것도 소비자인 환자로서는 너무나 허탈감만 갖게 하는 시간이다.

말하자면 아직도 국내 대부분의 대형병원이나 의원들이 "우리는 인체라는 고도로 복잡한 기관을 다루고 있는 누구도 추종을 불허하는 최고의 전문직업인"이라는 자만을 갖고 누구도 그 권위에의 도전을 용납할 수 없다는 식의 오만에 빠져 있지나 않나 하는 생각을 지울 수가 없다. 그러다 보니 자연히 환자치료를 위시한 병원관리 하나하나가 이용자들을 등한시한 채 이루어짐은 물론 환자에 대한 의료진들의 태도가 오만하고 불친절하다는 지금까지의 비판에서 벗어날 수가 없지 않을까.

환자들도 하나의 소비자로서 상응한 대금을 지불하고 당해 서비스를 구입한 이상 그 서비스의 내용이라든가 생산프로세스에 관해 상세하게 알 권리가 있는 것은 당연하지 않을까? 미국의 케네디 대통령이 선언한 '소비자권리' 중 중요한 것 중의 하나가 바로 '알 권리'임을 모르는가. 왜 구매자인 환자들은 판매자에 불과한 의사들 앞에서 왕 대접은커녕 하인 대접을 받으며 언제까지 잔뜩 주눅이 들어 있어야만 하는가.

병원을 찾는 환자들은 모두가 의료서비스의 수요자들로서 의료서비스상품을 구입(치료)하여 삶의 질을 개선하려는 절박한 심정일진대, 왜 아직도 그러한 불친절과 오만함 그리고 불쾌함에 시달려야만 하는가. 환자와 의사 간의 거래행위는 상호 대등한 입장에서 이루어져야만 하는데, 이건 너무 불공정한 게임이지 않은가. 병원의 갖가지 슈퍼바이러스 등 또 다른 병균에 감염되어 치료는커녕 병세를 더욱 악화시킬 위험까지 부담해가며.

병원의 내·외부 시설 등 하드웨어를 사용자 중심으로 개선시키는 데 그치지 않고 원무과 요원과 간호사 등 보조원들의 서비스에서부터 의사의 진료서비스와 제반 운영절차에 이르기까지 모든 소프트웨어 역시 고객(환자) 중심적으로 전환되어야 마땅하며 또 그것이 고객이라는 환자나 병원 그 자체의 경쟁력을 위해 합당하다고 보지 않는가.

최근 국내 의료서비스에 불만을 가진 얼마나 많은 환자들이 일본으로, 미국으로 더 질 좋은 서비스를 찾아 외화를 낭비하고 있는가. 현재 우리나라 의사들의 의료수준은 결코 선진국에 뒤진다고는 보지 않는다. 물론 분야에 따라서 그 수준에 다소 차이는 있겠지만. 더욱이 앞으로 국내 의료산업이 해외에 개방됨과 동시에 제주도·인천송도 등에 외국의 유명 병원들이 속속 개원하게 되면서 월등한 질의 의료서비스가 제공되게 될 것이 분명한데, 과연 아직도 '판매자중심주의'라는 구태에 안주하고 있는 국내의 병원들이 이들에 대해 경쟁력을 유지할 수 있을지 적이 염려된다.

국내 의료산업 역시 하루속히 '환자지향주의'를 채택함과 동시에 글로벌 마인드로 무장함으로써 경쟁력강화에 진력할 필요가 있지 않을지. 그러한 점에서 이명박 정부가 외국인 환자들의 적극적인 유치 등 의료산업을 육성하려는 데 관심을 보이고 있는 것은 퍽 다행한 일이다.

의료업계에 고객만족사상이 도입되기 위해서는 요원들에 대한 의식개혁교육 외에도 조직구조와 업무처리 절차 모두도 고객(환자) 위주로 전면 재조정될 필요가 있다. 어차피 고객(환자) 없는 병원이 있을 수 없다면 환자만족이 병원경영에 있어서 최우선의 정책이 되어야만 하지 않을까? 또 그 길만이 날로 심화되어가고 있는 국제경쟁에서 국내병원들이 생존해갈 수 있는 유일한 선택이 아닌가?

국제화시대하에서 오직 만족한 국내외 고객(환자)들만이 또다시 그 병원을 찾을 것이고 만족한 고객(환자)이 많을수록 당해 병원의 수익과 경쟁력도 그만큼 증대될 것이 분명하기 때문이다.

14
선거운동도 마케팅이다

우리나라에서는 유난히 선거가 많다. 5년마다 대통령선거가 있고 4년마다 국회의원선거가 있는가 하면 광역자치단체장과 기초자치단체장까지 우리 국민들이 모두 직접 뽑는다.

그러나 여기서 그러한 빈번한 선거를 치름으로써 초래되는 경제적 손실이나 정치·사회적 역기능에 관해서 논하자는 것은 아니다. 시간이 흐르면서 점차 선거캠페인이 상업화되어 가는 경향이 많아지고 있는데, 그것이 과연 올바른 입후보자를 뽑아 국정을 위임한다는 관점에서 바람직하냐 하는 것이다. 또 그것이 바람직하지 않다면 순수한 비상업적 캠페인이 바람직한 것이며 또 그렇다면 어디까지 비상업적이어야만 하는가 하는 등의 의문이 생기게 된다.

우리 대부분은 직접 투표에 참여하는 유권자의 신분을 지니고 있고 또 생애 동안 수없이 많은 투표행위를 해왔기 때문에 다 같이 이 문제에 관해 한번 생각해보는 것도 흥미 있는 일이 아닐까 생각된다.

마케팅이란 기업활동의 하나이고 또 그것은 다른 어떤 기능에 비해 가장 기업적·상업적인 성격을 띤 기능이라 함은 요즘과 같은 산업사회에서는 누구나 다 알고 있는 사실이다. 따라서 각종 정치적 입후보자들의 선거캠페인이 다분히 '상업성'을 띠고 있다 함은 그것이 곧 기업의 마케팅활동과 유사한 성격과 유사한 프로세스로 이루어지고 있음을 뜻한다. 그러면 먼저 마케팅이란 것이 과연 어떤 활동인가부터 통속적인 관점에서 음미해볼 필요가 있지 않을까? 마케팅이란 쉽게 말해 기업활동 그 자체이다. 즉 그것은 소비자들이 원하는 제품을 원하는 시간과 장소에 원하는 양만큼 원하는 가격에 공급하기 위한 기업활동을 일컫는다.

그러나 요즘은 기업들 간 경쟁이 심화되기 시작하면서 자사제품에 관해 정보를 제공하고 그것을 구매하도록 적극적으로 설득하는 등의 대(對)시장 커뮤니케이션활동까지가 모두 마케팅활동에 포함된다. 그러니까 그것은 단순한 판매행위뿐만 아니라 그것을 전후해서 이루어지는 각종 시장조사라든가 고객서비스활동 등 판매 전 활동과 판매 후 활동까지 모두 아우르는 포괄적인 개념으로 쓰이고 있다.

요즘과 같이 격화된 경쟁체제하에서 살아남기 위해서는 제품생산 그 이전부터 어떤 제품이 잘 팔릴 것이며 경쟁력이 있는 것인가를 미리 조사하는 활동에서부터 가격의 결정과 유통경로의 선택은 물론 소비자들에 대한 구매설득과 판매 후의 서비스에 이르기까지 모든 것이 고객만족의 관점에서 서로 조정·통합되어 이루어져야만 하는데 이들이 바로 마케팅이다.

이제 다시 선거캠페인 문제로 돌아가 보자. 후보들의 선거운동도 가만히 살펴보면 기업의 마케팅활동과 놀라우리만큼 일치함을 발견할 것이다. 정치적 후보의 당선을 위한 갖가지 활동과 기업들이 제품을 판매하기 위한 갖가지 마케팅활동이 어딘가 모르게 직관적으로 일치하고 있음을 알 수 있지 않은가.

어느 기업이든 유형의 제품 아니면 무형의 서비스를 생산·판매하고 있으며 그 성공 여부가 그 회사의 사활(死活)을 결정한다. 그러나 어떤 제품을 생산할까 하는 것은 곧 시장소비자들이 결정하게 되며, 또 대부분의 회사가 단일의 제품 내지 브랜드가 아니라 구색을 갖춘 여러 제품 내지 브랜드를 동시에 생산, 판매하고 있다. 선거캠페인의 경우도 마찬가지다. 그 후보가 어떤 정당에 속해 있느냐 하는 것은 그 후보(제품)의 메이커에 그 정당이 어떤 후보자를 내세우느냐 하는 것은 제품이나 브랜드에 각 선거구별 어떠한 후보자들을 추천해 내보내느냐 하는 것은 회사의 제품 내지 브랜드믹스전략에 각각 해당한다. 마치 삼성전자라는 메이커가 하우젠 세탁기, 파브TV, 애니콜휴대전화 등의 제품믹스들을 동시에 취급하는 것과 동일하지 않은가.

따라서 그 제품의 메이커가 중요한 만큼 개별제품이나 개별브랜드가 소비자선택에 중요시될 수밖에 없다. 그와 똑같이 후보자가 속한 정당의 정책이나 정강이 중요한 만큼 그 후보자들의 개인적 자질이 유권자선택에 중요시되고 있다. 유권자들의 투표성향에 따라서는 소속정당보다도 후보 개인들의 정치적 자질이 더 중요시될 때가 있지 않은가. 무소속의 후보자가 곧잘 당선되는 예가 많은 것도 그에 해당한다.

그러나 그 지역의 유권자(고객) 선호도가 매우 높다거나 후보자의 지명도가 특히 높지 않고서는 무소속이 당선되기가 그만큼 어렵다. 무명의 중소기업이 출시한 신제품이 아무리 우수하다 해도 소비자선호를 확보하기가 극히 어려운 경우와 똑같다. 그러나 '지역당'에서 추천을 받은 당해 지역의 후보자의 당선확률이 거의 100%에 가까운 특수한 경우도 있는데, 이는 그들 지역에 오랫동안 뿌리박고 있는 메이커의 경우 그에 대한 고객선호도가 특히 높은 경우와 동일하다. 결국 회사의 성공 여부도 흔히 시장점유율로 평가되듯이 각 정당별 원내 세력도 소속 국회의원을 얼마나 많이 확보했느냐에 따라 결정되지 않는가.

소비자선택의 두 번째 결정요인은 그 상품의 가격인데, 이는 유권자들이 선택한 후보자가 당선 후 당해 지역구에 제공하게 될 기대된 반대급부에 해당한다. 상거래와는 달리 상품과 대금(가격)이 맞교환되지 않는다는 점에서 양자 간 차이가 있다. 물론 투표장소에 이르기까지의 시간과 노력 그리고 주차비 등의 각종 비용도 유권자의 입장에서는 지불하는 대금의 일부로 보아야만 할 것이다. 그러니까 유권자의 입장에서는 대금은 먼저 지불하고 그에 상응하는 각종 공약사항의 실천의 형태로 되돌려 받게 되는 당선자서비스는 당선 후 재임 중에 교환되게 될 것을 기대한다. 따라서 유권자와 후보자 간의 거래는 선불제에 해당한다고나 할까.

그러나 특히 국내에서는 후보 때의 공약이 한낱 '공약'(空約)이 되어 제대로 실천하지 않는 예가 많은데, 이는 돈만 챙기고 물건은 제대로 인도해주지 않은 것에 해당되기 때문에 일종의 사기행위라 할 수 있다. '국민소환제'나 '탄핵제'는 그런 '사기죄'를 범한 당선자를 사후적으로 응징하기 위한 제도라 할 수 있지 않은가. 한번 고객들의 신뢰를 잃은 제품은 당해 회사가 결국 시장에서 퇴출되고 문을 닫을 수밖에 없는 경우가 많듯이 유권자들과의 약속을 저버린 정치가도 차기선거에서 재선(再選)은 기대할 수 없을 것이며 그가 소속된 정당의 이미지에도 나쁜 영향을 미칠 것은 분명하다. 현실적으로는 그렇지 못한 경우도 많이 볼 수 있지만.

입후보자가 당선 후 그 대가로서 유권자들에게 제공해줄 반대급부는 대체로 무형재인 서비스이기 때문에 유통의 문제는 발생하지 않으나 촉진활동은 서비스 마케팅에 있어서만큼이나 중요시된다. 마케팅에서 촉진이라 함은 광고나 홍보 또는 판매원활동과 판촉활동을 포괄하는 일체의 대시장 커뮤니케이션활동을 일컫는다. 다시 말해서 그것은 제품이나 회사에 관한 정보를 제공하고 구매를 설득하거나 친숙감을 조성하기 위한 일체의 활동을 말한다.

회사의 이런 마케팅 커뮤니케이션활동은 따지고 보면 후보자에 의한 갖가지 선거캠페인과 그 과정이 아주 흡사하지 않은가. 물론 정치적 입후보자들을 '판매'하는 것은 한 장의 비누나 하나의 휴대전화를 팔 때와는 달리 고도의 도덕성이 요구되기 때문에 선택할 수 있는 촉진수단에도 제약을 받을 수밖에 없다. 그러나 후보자 역시 법이 허용하는 범위 내에서 모든 촉진수단들을 적절히 배합한 최적의 촉진믹스를 설계 및 적용해야만 할 것이다. 가장 효과적인 수단은 물론 대중매체를 이용한 광고나 홍보활동이겠으나 이는 현실적으로 선거관리법상 커다란 제약을 받고 있기 때문에 입후보자가 직접 유권자들을 찾아나서는 '판매원판매'가 중요한 수단일 수밖에 없다.

그렇다 할지라도 각종 유인물에 의한 DM광고, TV나 라디오출연에 의한 홍보, 기자회견을 통한 '제품'의 소개, 인터넷매체를 이용한 팬클럽활동, 선거공약의 사회적·정치적 이슈화와 같은 것도 유효한 촉진수단이 되고 있다. 그러나 무엇보다 중요한 것은 갖가지 선거캠페인을 통한 후보자 자신에 대한 유리한 이미지빌딩이다. 물론 후보자 이미지는 그의 과거행적, 학력, 사회정치적 배경, 소속정당, 공약 혹은 주변인물 등 여러 요인들의 복합적인 함수이긴 하지만 후보자 자신의 개인적 이미지 역시 유권자선택에 중요한 영향을 미치게 마련이다.

후보자는 그가 어떤 옷을 입고 머리스타일은 어떠하며 얼굴표정은 어떻게 짓고 어투는 어떻고 하는 그의 일거수일투족 하나하나가 모두 그의 개인적 이미지 형성에 큰 영향을 미친다. 지난번 모 대선주자가 경선 도중 선거열풍이 불면서 갑자기 헤어스타일과 의상을 새로이 바꾼 예가 있는데 이는 보다 신선한 이미지를 구축하여 경선전을 유리하게 이끌기 위함이었으리라. 보다 건강하고 카리스마가 묻어나도록 하기 위한 얼굴분장과 머리염색 또는 넥타이 색깔의 선택은 아주 기본에 속한다.

제품의 포장을 바꿈으로써 그 제품의 이미지를 새로이 하여 수요를 활성화시키려는 등의 기업이 흔히 채택하는 마케팅기법과 무엇이 다르랴. 내용물은 그대로 둔 채 포장만 바꾼다고 과연 실효성이 있느냐에 대해서는 마케팅업계에서조차 논란이 많지만. 그러나 유권자들에게 각종 기념품, 식사접대, 여행 혹은 심지어 금품을 제공하는 등의 판촉행위는 단기적 효과가 있기는 하겠지만 실정법상 '부정선거'에 해당하기 때문에 선거마케팅에서는 사용해서는 안될 것이다. 지금까지 얼마나 많은 후보자들이 그런 불법적인 판촉행위로 인해 당선취소라는 비운의 쓰라림을 맛보았는가.

선거마케팅에서 광고나 홍보활동은 일시에 불특정다수에게 후보자에 대한 인지도를 높여주는 효과가 있다. 그러나 그것이 사용하는 매체, 유권자들의 후보자나 선거 그 자체에 대한 관여 수준, 후보자의 외모와 연기력, 소속정당, 후보자에 대한 사전인지도 등 여러 요인에 따라 그 효과는 각기 달라질 수가 있다는 것이다, 제품마케팅에서와 똑같다.

미국의 링컨 대통령은 불과 75달러라는 보잘것없는 광고비를 쓰고도 당선되었다고 한다. 최근 국내에서도 흔히 볼 수 있는 현상이긴 하지만, 선진 외국에서는 오래전부터 선거 때 의례히 홍보전문가들을 앞 다투어 고용하는 예가 많았다. 이렇듯 요즘 선거캠페인에 기업마케팅기법 적용의 유효성에 의문을 제기하는 사람은 거의 없는 것 같다. 최근 정치계 외에도 교육계, 종교계 등 각종 비영리단체들도 너 나 없이 마케팅기법을 도입하고 있는 것도 또한 사실이다. 그러나 기업마케팅에서와는 달리 이들 조직들은 아직도 참된 마케팅 콘셉트가 아니라 셀링 콘셉트에만 머물러 있어 그 효과를 십분 발휘하지는 못하고 있음을 종종 볼 수가 있다. 판매자 중심주의에 치중하고 있다는 뜻이다.

우선, 선거마케팅활동 전 프로세스가 유권자(고객) 중심적이어야만 하는데, 아직도 정당 중심적이고 후보자지향적이어서 유권자들의 적극적인 호응을 제대로 이끌어내지 못하는 결과를 가져온다는 것이다. 우리는 그들의 정책개발이나 공약사항의 결정과정에 유권자들이 직접 참여했다는 얘기를 들어본 적이 있는가. 정당후보의 추천 시 소속정당 후보들 중 누구 하나를 공천하기에 앞서 누가(어떤 브랜드가) 과연 당선(소비자선택)가능성이 가장 높은지 실제로 유권자조사를 해보았다는 말을 들어본 적이 있는가. 최근 모 정당이 이를 시도했다고는 하나 그것은 극히 비과학적·비체계적으로 이루어진 것으로 알고 있다.

유권자들의 가장 큰 관심 분야가 과연 무엇인가를 체계적·심층적으로 조사하여 그것을 대유권자캠페인소구점(판매소구점)으로 하는 등의 전략적인 노력을 하고 있는 정당이나 후보자가 과연 몇 명이나 있는가. 선거캠페인에서부터 당선 후의 모든 위정활동 그 자체가 어디까지나 '유권자 중심적'이어야 한다는 것은 선거제도의 취지요 민주주의의 본질이며 또 이는 마케팅 콘셉트의 원리와도 부합되는 것이다.

선거마케팅활동 전체의 조정·통합노력이 미흡하다는 것도 지적하지 않을 수 없다. 마케팅노력이 조정·통합되어야 한다 함은 정당(메이커) 차원의 지원유세나 후보자 자신의 대유권자유세에서부터 당해 정당의 정강이나 비전, 갖가지 정치사회적 이슈들, 후보자의 공약사항, 팬클럽들의 활동, 대유권자 커뮤니케이션 등 후보자 당선을 위한 관련활동들 모두가 괴리됨이 없이 서로 조정·통합되어 상호 시너지효과가 최대한 발휘될 수 있도록 일사불란하게 이루어져야만 함을 의미한다.

그러한 활동은 물론 '선거운동본부'와 같은 기구에서 해야 하겠지만 그에는 당연히 단순한 홍보전문가가 아니라 소위 마케팅전문가가 깊숙이 관여하여 유권자중심주의라는 철학이 속속들이 배어들도록 해야만 할 것이다.

또 하나 선거마케팅에서 간과되고 있으면서도 중요시되고 있는 전략이 흔히 차별화라고 하는 것인데, 마케팅학계에서는 보통 이를 포지셔닝(positioning)전략이라고 부른다. 그것이 소선거구제든 또는 중대선거구제든 막론하고 입후보자가 당선되기 위해서는 무엇보다도 경쟁상대방에 비해 경쟁적 우위를 지니고 있어야만 하고 또 그런 경쟁적 이점이 유권자들에게 적극적으로 홍보되어야만 한다.

동일선거구 내에서도 각 정당의 공천을 받은 여러 후보자 및 무소속의 후보자들이 서로 치열하게 경쟁해야만 하기 때문에 차별화 전략은 특히 중요하다. 그러한 경쟁적 우위는 공약사항을 포함해 아마 성(性), 연령, 교육적 배경, 종교, 출생지, 인맥, 정치철학, 과거경력 등의 개인적 요인을 비롯하여 소속정당이나 과거의 지구당 활동과 같은 것들이 모두 그 대상이 될 것이다.

그러나 실질적인 차이 외에 심리적 차별화도 중요하다. 특히 경쟁자와의 실질적 차별화가 곤란할 경우에는 더욱 그렇다. 코카콜라와 펩시콜라 간의 광고를 통한 심리적 차별화를 기억하는가. 그러나 유권자들 역시 성, 연령, 직업, 교육수준, 소득, 거주지, 정치성향, 라이프스타일, 선거에 대한 관심수준 등의 특성에 있어 각기 다른 만큼 유권자로서의 그들의 투표성향도 각기 다를 수밖에 없다. 이런 때 필요한 것이 바로 유권자들을 각 특성별로 세분화한 다음 각 세분화된 유권자들별로 선거캠페인을 차별화하는 전략이다.

이를테면 인구 통계적 특성의 차이에 따라 선호하는 매체도 다르고 정치성향이나 라이프스타일도 다를 것이고 그에 따라 캠페인 어프로치도 각기 달라야만 함은 당연하지 않은가. 그렇다고 해서 커뮤니케이션이 지나치게 상업적인 냄새가 나면 곤란하고 오히려 다소 아마추어적이고 솔직담백한 메시지기법이 정치광고에서는 보다 설득력이 있지 않을까. 즉 군더더기 없이 간결하면서도 참신하고 후보자의 의도를 효과적으로 전달하는 그런 메시지기법이 짧은 시간매체광고에서는 유효하리라 본다. 광고업계에서 흔히 얘기하는 크리에이티브 어프로치 말이다.

끝으로, 어느 후보자든 한번 당선된 후 단임(單任)으로만 끝나길 원하지는 않을 것이기 때문에 유권자들 내지는 이해관계자들과의 장기적인 관계를 전제로 한 선거캠페인이 전개되어야만 할 것이다. 국내에서도 흔히 볼 수 있는 일이지만, 선거운동이 지나치게 근시안적이고 눈앞의 당선에만 급급한 나머지 차기선거에서는 유권자들로부터 외면을 당하여 결국 정치생명까지 막을 내리는 예가 많다.

그것이 바로 요즘 기업들이 이구동성으로 주장하고 있는 관계마케팅(relationship marketing)이란 것이다. 즉 선거 때마다 계속 당선되어 정치생명을 장기간 유지해가기 위해서는 유권자들과의 관계도 장기적 안목에서 유지되어야만 한다는 것인데, 이를 위해 필요한 것이 바로 데이터베이스 마케팅이라는 것이다. 유권자들에 관한 정보를 자료베이스화해 놓고 그들과의 지속적인 유대관계를 유지함으로써 항상 차기선거에 대비하자는 것이다.

선거캠페인을 영리기업에서나 사용하고 있는 기업마케팅에 비유한다는 것 자체가 무리일 수 있고, 또 아직은 그에 대해 반대 입장을 나타내는 사람들이 많은 것도 사실이다. 정치가와 같이 국리민복에 직접 영향을 미치는 사람들을 마치 비누 한 장, TV 한 대를 팔듯이 상업적으로 소홀히 다룰 수가 있느냐 하는 것이다. 정치도의적으로도 합당치 못하다는 것이다. 이에 전적으로 동의한다.

그러나 정치단체를 포함한 오늘날 거의 모든 비영리단체들이 실제로 마케팅기법을 채택하고 있고 또 그렇게 함으로써 상당한 효과를 보고 있는 것을 부인할 수는 없지 않은가. 또 산업계에서와 마찬가지로 선거활동 역시 불균등하고 불균형된 경쟁상황하에서 수행되어야만 하기 때문에 경쟁에서 승리하여 당선되어야만 하는 절박함은 경쟁품을 제치고 자사제품을 팔아 기업의 생존을 유지해야만 하는 기업의 절박함과 하등 다를 것이 없지 않은가. 이제 문제는 단순히 선거마케팅의 부당성이나 비도덕성을 논할 것이 아니라 어떻게 그것을 건전한 방향으로 전개하여 유권자들의 선택을 극대화하도록 해야만 하느냐에 있지 않을까.

15

조승희 사건의 교훈

　지금은 이미 기억에서 살아져가고 있지만 얼마 전 미국 버지니 아공대에 다니던 재미교포 조승희 군의 총기 난사로 한국과 미국은 물론 전 세계를 경악시킨 엄청난 사건이 있었다. 이 사건으로 장본인인 조승희 군을 포함해 33명의 아까운 인재들이 채 꽃도 피우지 못한 채 총탄의 희생물이 되고 말았다.

　이 사건으로 말미암아 희생된 고인들의 유가족들과 졸지에 불치의 장애인으로 전락한 부상자들, 보호자들의 슬픔을 어찌 말로 다 표현할 수 있으랴. 그들이 대학생이 되기까지 본인들의 각고의 노력인들 오죽했을 것이며 그들 부모들의 정성어린 보살핌과 기대가 얼마나 컸을까를 한번 생각해보면 억장이 무너지는 일이 아니겠는가.

　그들을 매일같이 가르치던 교수들과 바로 어제까지 옆자리에서 같이 수강하고 수업이 끝나면 삼삼오오 몰려다니며 피자 먹고 농구

하며 가까이 지내던 동료 학생들의 슬픔인들 오죽했겠는가, 학생들의 희생을 조금이라도 줄여보려고 몸을 던져 총알을 막으려 한 어느 노교수의 눈물겨운 제자사랑의 기사에서, 졸지에 눈에 넣어도 아프지 않을 사랑하는 자식들을 잃고 절규하는 유가족들의 애통해하는 모습에서, 추모석 주위에서 고개 숙여 흐느끼고 또는 맥없이 서서 한없이 눈물만 흘리고 있는 어린 학생들의 모습에서 우리는 그들의 통한이 과연 어느 정도인가를 어렴풋이나마 짐작할 수가 있다.

그러나 이 사건은 한 삐뚤어진 청년의 총기난사로 인해 수십 명의 무고한 생명을 앗아간 희대의 단순 집단살인사건 그 이상의 의미를 내포하고 있다. 즉 그 범인이 재미 한국교포라는 데서 직접 사건의 당사국인 미국과 범인의 출생국인 한국 간에 동 사건에 대한 인식의 차이를 볼 수 있으며, 그러한 차이는 우리 한국인들에게 많은 것을 시사하고 있다.

우선 미국인들은 동 사건이 단순히 한 대학캠퍼스에서 발생한 최악의 총기난사사건으로서 몇 명이 죽고 몇 명이 부상했으며 왜, 어떻게 그런 사건이 터졌느냐에 초점을 두고 총기판매허용문제를 다시 들고 나오는 등 사건 그 자체와 유가족들이 겪고 있는 슬픔과 고인들에 대한 애도에 관심을 집중시키고 있음을 볼 수 있다. 물론 평소 조승희 군의 수강태도와 동료학생들과의 관계에서 심리적 이상현상을 발견하고도 적절히 대응치 않은 대학당국의 잘못을 지적한 기사도 있기는 하였지만 어디까지나 초점은 사건 그 자체와 유가족들에 대한 애도에 모여져 있었다.

그런데 그 과정에서 미국인들이 보여준 차분하면서도 신속한 행동은 우리에게 커다란 감동을 주기에 충분하다, 미 FBI까지 직접 나서서 혹 테러가 가해질지도 모를 조승희 가족들에 대한 조속한 보호조치를 취하는가 하면 부시 대통령 내외까지 나서서 고인들에 대한 추모와 유가족들에 대한 위로를 아끼지 않고 있음을 볼 수 있다. 더욱이 동 사건을 한 외국인(한국인)이 아닌 단순히 정신적으로 문제가 있는 어느 한 학생이 일으킨 참극으로 단순화시킴으로써 그것을 '우리의 한국인'이 일으킨 통한의 수치스런 사건으로 인식하려는 우리나라 사람들과 좋은 대조를 보이고 있었다. 따라서 미국인들은 당연히 사건의 원인 내지 범인의 범행동기는 무엇이며 재발방지를 위해서는 어떤 조치가 필요한가에 대한 수사와 사후대책에 그 초점을 두고 있음을 알 수 있었다.

아직도 범행과정에서 석연치 않은 부분들이 남아 있기는 하지만, 범인은 내성적인데다 어릴 때부터 말도 어눌하고 남과 잘 어울리지 못해 왕따를 당해 극도로 편집증세를 보였는가 하면 홀로 폭력적 게임을 즐기는 가운데 주변에 대한 증오심을 키워왔던 것으로 조사되었다. 그러한 삐뚤어진 성격이 극단의 집단학살이라는 수단을 통해 해소하려는 이른바 정신분열증세를 가져왔고, 따라서 범인도 하나의 희생자로서 이민자들을 제때 보호하지 못한 미국에도 책임이 있다는 것이 미국인들의 시각이었다. 또 그 책임을 무기소지를 허용한 법류에 있다고 봄으로써, 먼저 그 책임소재의 규명과 관련자처벌에 치중했을 우리나라 사람들의 사건대처방식과는 근본적인 차이를 보이고 있다.

그런데 이 사건을 두고 우리나라는 과연 어떤 반응을 보였던가.

노 대통령이 다급히 TV에 나와 두 번씩이나 미국에 대해 사과를 하였는가 하면 조승희가 한국인이니까 당연히 같은 한국인들에 대한 미국인들의 보복테러가 있을 것으로 보고 재미교포들에 대해 있게 될 테러행위에 대한 경고와 심지어 한국인들의 외출을 가급적 자제하도록 당부하는 등 자국민보호에만 급급했던 것이 사실이다.

그러나 결과는 어떠했는가. 단 한 명의 한국인이라도 미국인들의 테러행위로 인해 희생되었다는 말을 들어본 적이 있는가? 단한마디라도 한국인들을 극악무도한 살인범과 같은 민족이라고 손가락질하는 것을 보았는가? 단 한 명의 미국 국회의원이라도 그후 한국인들의 이민을 제한해야 한다는 법안을 발의하겠다는 말을 들어본 적이 있는가? 단 한 줄이라도 미 언론의 대한국인 비난기사를 들어본 적이 있는가?

심지어 그들은 한국인들이 그렇게 집단적 죄책감을 가질 필요가 없으며 오히려 그를 잘 돌보지 못한 미국이 한국에 대해 사과해야 될지 모른다고 역으로 우리를 위로하지 않았던가. 심지어 그들 언론은 '조승희'를 '승희조'라고 한국식이 아닌 미국식 표현을 씀으로써 혹 있을지도 모를 민족적 반감을 예방하려는 사려 깊은 배려에 감동의 눈물마저 나올 정도가 아니었던가. 심지어 그들은 어린 희생자들 추모비 옆에 조승희 추모비까지 만들어놓고 그를 범인이 아니라 그 역시 하나의 '희생자'로 보려는 인간애적인 미국인들의 마음씨에 절로 고개가 숙여질 수밖에 없지 않았다. 사건이 터지자마자 우리 교민들의 안전부터 챙기려 했던 옹졸했던 우리들이 부끄러워해야 할 일이 아닌가.

만일 우리나라에서 이런 사건이 터졌다면 과연 우리는 어떻게 대처했을까. 누가 그런 끔찍한 일을 저질렀고 그는 어느 나라 사람이며 학교나 경찰당국은 그동안 무엇을 했고 그 사건에 대해 누가 책임을 져야 하느냐부터 따지지 않았을지. 또 원인규명과 책임자처벌을 위해 국회청문회를 열어야 한다, 특별검사를 임명해야 한다는 등 한동안 온 나라가 시끄러웠을 것은 불을 보듯 뻔한 일이다.

아마 많은 군중들이 시청 앞 광장에라도 모여 촛불시위를 벌였을 것이고 그런 '거국적인' 행사는 몇날 며칠이든 감정이 가라앉을 때까지 거행되지 않았을까 생각된다, 그다음은 당연히 사망자 및 부상자들에 대한 보상 문제로 또 한 차례 시끄러울 차례가 기다리고 있을 게다. 그 돈만 받고는 시신을 인수할 수 없다느니 장례비를 더 내라느니 장례를 '학교장'으로 해야 한다느니 수차례 밀고 당기는 진통 끝에 그 문제는 어느 선에선가에서 힘든 타협과정을 거쳐 마무리될 것이다. 그러나 그다음은 책임논란으로 또 한 차례 온 나라가 시끄러울 것이 뻔하다.

물론 심한 테러행위는 한두 사람의 극단적 행동을 제외하고는 없을 것으로 생각된다. 우리나라 사람들은 역사적으로 그렇게 이민족들에게 심한 물리적 보복을 가한 적인 그다지 많지는 않기 때문이다. 그렇지만 그보다 더 무서운 것이 있는데, 그것은 그 국가에 대한 민족적 반감으로서 그것은 머릿속에 오랫동안 남아 두고두고 갈등의 원천이 될 가능성이 많다는 사실이다. 우리나라 사람들은 원래 대인관계에서든 타민족을 대할 때든 흑백논리를 좋아하여 좋고 싫음이 뚜렷하지 않은가. 과거 그렇게 대학살을 저지른 그런 나라 사람들에 대해서만은 호감을 가질 가능성은 극히 희박하다. 혹 상업적 이해관계 때문이라면 몰라도 적어도 감정적으로는 말이다.

여기서 동 사건과 관련하여 미국인들의 태도는 무조건 옳았고 한국인들의 반응은 모두 잘못되었다는 것은 결코 아니다. 그것은 문화적 차이일 수도 있기 때문이다. 그렇다 해도 우리는 이 사건과 관련한 미국인들의 인간주의적이고 편견 없는 태도와 신속하고 절제된 사건대응자세에 찬사를 보내야 하며 또 그런 냉철함과 국가적 품격을 배워야만 할 것이다. 미국은 수많은 이민족들로 이루어진 다민족국가이고 국토 역시 광활해서인지 사고방식도 흔히 범세계적임을 볼 수 있다. 물론 그런 가치의 이면에는 세계의 유일 강대국이라는 국가적 자부심이 내재해 있을 수도 있다.

그러다 보니 자연히 어떤 사건이 터져도 그 사건의 주체가 어느 민족의 누구냐보다는 왜, 어떻게 그런 사건이 생겼고 그런 것이 재발되지 않도록 하기 위해서는 어떤 조치가 필요하냐 하는 등 보다 이성적이고 현실주의적으로 대하게 마련일 것이다. 그런 대륙적이고 범세계적인 미국인들의 사고체계는 6·25전쟁 때 무수한 자국민을 희생시키며까지 한국을 도운 일이라든가 일본의 위안부문제 처리에 강력한 비난과 더불어 동 비판건을 국회에서 통과시킨 일이라든가 민족적 편견 없이 오늘도 세계 모든 나라에서 고루 이민을 받아주고 있는 정책 등 곳곳에서 발견되고 있다.

물론 이라크 침공이나 지구환경문제 등 미국의 대외정책들이 때로는 이기적이고 패권주의적인 면이 있어서 종종 제국주의적이라는 비난을 받고 있지만.

그 반면 이 사건과 관련한 우리나라 사람들의 반응은 과연 어떠했는가. 미국의 일부 지식인들로부터 '천박한 민족주의'라는 욕을 먹어가면서까지 사죄에 사죄를 거듭하는 촌스러운 행태를 보였던 이유는 과연 무엇인가. 한국인들이여, 이 사건과 한국인들과는 전혀 무관하니 제발 죄책감을 갖지 말라고 극구 부탁하는데도 대통령마저 공개적으로 사죄하곤 하는 것이 과연 올바른 행위인가. 결론적으로 말하면 그렇게 부탁하는데도 계속 사죄를 하는 한국인이든 그것을 비판하는 미국인이든 모두 옳다.

각자 자신들의 가치체계에 따라 행동했을 뿐이기 때문이다. 미국인들의 그런 태도가 특별히 한국인들이 예쁘게 보여서라기보다는 그들의 가치체계를 반영하고 있는 것에 불과할 수 있듯이, 우리의 그런 죄의식이 희생된 무고한 학생들에 대한 통한에 기인했다기보다는 오히려 가문의 명예와 체면을 중시하는 우리의 민족성에서 나왔을 가능성이 높다.

이것은 개인들의 출생 시 국적을 따질 때 속지주의와 속인주의로 나뉘는 것과 흡사하다. 즉 미국은 태생적이든 이민에 의하든 미국에서 거주하면 미국인으로 간주하여 철저히 보호하듯이 한국인들은 한국에서 태어난 한민족인 이상 그가 현재 어느 국가 어디에서 살고 있든 '우리 한국인'이라는 사고가 지배하고 있다는 것이다. '조승희'라는 인물은 얼굴을 보나 이름을 보나 그가 미국시민이든 영주권자든 상관없이 엄연한 한국 사람이며 '우리 한국인'이 '너희 미국인들'을 죽였기 때문에 이건 우리가 지은 용서받지 못할 크나큰 죄요 국가적 망신이므로 몸 둘 바를 모르니 용서를 구할 뿐이라는 그런 식이다. 미국이 국가주의적이라면 한국은 민족주의적이다.

그러나 우리나라도 이제 바야흐로 다민족국가로 접어들고 있는 이상 편협한 민족주의는 지양되어야만 하지 않을까. 글로벌시대에서 세계적인 리더국가로 발전해가기 위해서는 말이다. 그런 점에서 지난번 사건과 관련하여 미국인들이 우리에게 보여준 휴머니즘을 비롯하여 불편부당하고 범세계적인 국가주의적 사고는 우리에게 시사하는 바가 크다고 하겠다.

제2부

여인천하, 노인천하

16
여인천하 시대

우리나라도 바야흐로 여인천하(女人天下)의 시대로 진입해가고 있다는 감이 들지 않는가? 여인천하, 이건 어느 드라마 주제 같기도 하고 영화제목 같기도 하지만 그게 오늘날 우리나라 아니 전 세계의 추세가 아닌가 한다.

유명한 미래학자 존 나이스비트는 21세기를 Feeling, Fiction, Femail 등 이른바 '3F시대'라고 부르고 있다. 이성이 아니라 감성(感性)이, 사실이 아니라 사실을 극화시킨 허상들, 그리고 남성이 아니라 여성(女性)이 지배하는 바로 그런 사회가 도래한다는 얘긴데, 이제 그런 징표는 우리 주변 곳곳에서도 감지되고 있지 않은가.

회사들의 온갖 광고들을 한번 보라. 우리의 오각, 즉 시·청·후·미·촉각을 자극할 뿐 어느 회사가 품질, 내구성, 편리성 등을 강조하는 이른바 합리적 소구법을 사용하고 있던가. 그러다 보니 자연히 실상보다는 심상이 중요하게 마련이고, 오늘날 온갖 애니메이션기법을 이용한 이미지화가 온 세상을 지배하고 있지 않은가. 그러나 나의 초점은 이상의 두 'F'가 아니고 마지막의 'F'인 Femail에 두고 있다.

흔히 '30%의 사회학'이란 말에서 암시하고 있듯이 한 사회의 여성활동 인구가 30%까지 이르러 여성파워가 그만큼 강하게 되면 그것은 '위협'이 아니라 '존경'의 세상이 된다는 얘기다. 역사적으로는 동서양을 막론하고 어느 사회나 남성이 지배해온 것은 사실이나, 그 사회 내에서 여성의 위상이라든가 여성의 성적·사회적 역할 등은 나라마다 문화적 차이가 있기 때문에 일률적으로 말하기는 곤란하리라. 그러나 최근 동서양을 불문하고 사회활동 인구 중에서 여성의 비중이 급격히 높아지고 있는 것은 하나의 대세인 듯보인다. 미국을 한번 보자. 신입기자 10명 중 6명, 홍보업계는 7명, 로스쿨학장은 5명, 로스쿨입학생의 5명이 모두 여성들이라고 한다.

특히 우리나라가 요즘 그렇지 않은가. 우선 사법고시 합격생 중 30% 이상이 여성인가 하면 성적 톱10은 거의 여성들이 휩쓸고 있고, 서울대를 비롯한 유수한 대학들 전체 학생 중 여성 신입생들의 비중이 날로 증대하고 있는 게 사실이다. 어디 그뿐인가. 여성 CEO들 수가 날로 증대하고 있고 법조계도 여성지배의 징후가 나타나기 시작하고 있으며 교육계는 이제 80%~90%가 여성들로 채워져 있지 않은가. 이렇듯 국내 여성들은 바야흐로 가정정복을 끝내고 이제 막 '사회정복'에 진입한 느낌을 준다. 좀 과한 표현일지는 모르나.

이와 같이 사회 곳곳에 여성파워가 무섭게 침투해가고 있는 등 이제 질·양 모두에서 여성들의 득세는 거스를 수 없는 대세로 받아들여야만 하지 않을까 한다. 법과 제도적으로도 그럴 만한 장치가 마련되어 있기도 하다. 이제부터는 호적법이 바뀌어 부모의 성(姓) 중 어느 것을 택하느냐 하는 것은 자녀의 선택에 달려 있는가 하면 재산상속에 있어서도 성구별이 없게 되었고, 공공기관이든 사기업이든 채용·승진 시 성차별을 금지토록 한 지도 이미 오래되었다.

어디 그뿐인가. 직장 내 성희롱으로 남성 동료들이 줄줄이 처벌받고 있는 예가 늘어나고 있는가 하면 성매매 한번 잘못하면 패가망신하는 남성들도 우리 주변에서 흔히 찾아볼 수 있게 되었다. 한마디로 여성들을 잘못 취급하였다가는 큰코다치게 된 세상이 되었다. 이게 바로 여인천하의 세상이 아니고 과연 무엇인가.

그런데 이러한 여성상위화 내지 여성지배화현상이 우리 인간 모두의 행복과 사회 안녕이라는 보편적 가치에 비추어볼 때 과연 반드시 바람직한 현상인지 다 같이 한번 생각해볼 필요가 있지 않을까.

물론 그동안 여성들이 사회적으로나 가정적으로 항상 열세의 입장에 있어 남성들의 일방적인 '횡포'에 속수무책으로 당하기만 해온 측면이 있는 것도 사실이다. 신체적으로나 관행적으로도 남성들의 막강한 힘을 도저히 당해낼 수 없었던 게 사실이다. 뿐만 아니라 언제나 '여자가 배워서 뭘 해. 시집가 살림만 잘하면 되지' 하며 교육기회마저 원천적으로 봉쇄당해옴으로 인해 지적으로도 남성들과는 비교될 수 없었을 만큼 열세에 있었던 게 지금까지 우리나라의 역사적 사실이었다.

그러니까 여성들이란 우리의 전통적인 가정에서는 단순히 부족한 노동력을 보충해주는 정도 아니면 애 낳는 기계 정도로만 취급되었던 것이다. 그와 같은 남존여비성향은 우리나라의 유교사상에 그 뿌리의 일부를 두고 있는 것 같다. 고려시대까지만 해도 부권 외에 모권도 동시에 인정하고 있었다는 역사적 사실이 그것을 입증하고 있지 않은가.

 여기서 '뿌리의 일부'라고 표현한 것은 유교사상 외에도 인류 역사적 전통이 또한 남성우월주의(macho사상)에 토대를 두고 있지나 않은가 하는 생각이 들기 때문이다. 우리가 하나님을 부를 때도 '하나님 아버지'라고 하지 '하나님 어머니'라고 하는 말을 들어보았는가.

 히브리의 신화에 나오는 아담과 이브의 스토리에서도 남성이 지배하고 있다는 증거를 볼 수 있지 않은가. 또 '여자는 남자의 갈비뼈 하나를 취하여 만들었다'느니 '남자는 머리요 여자는 몸통'이라는 등의 성경내용은 모두가 남성우월주의에 바탕을 둔 것이 아닌가.

 그런데 그런 모든 것이 실은 여성들의 잠재적 파워를 두려워한 나머지 선제공격으로 기를 꺾어놓으려는 남성들의 옹졸한 발상에서 나왔다는 말도 있지 않은가. 놀라지 않을 수 없다. 아니면 여성에 비해 상대적으로 무능력하다는 콤플렉스를 그런 식으로 보전하려는 남성들의 얄팍한 술책에 연유한 것은 아닌지 생각해볼 필요가 있다. 물론 남성우월주의의 근거로 남근(男根)의 공격성을 내세우는 궁색한 논리를 주장하는 사람도 있다.

 그런데 여성들이든 남성들이든 막론하고 여기서 좀 더 냉철해질 필요가 있지 않을까. 지금처럼 남성 중심적인 사회가 바람직하지 않다면 여성 중심적인 사회가 바람직하다는 말인가. '건전한 사회', '누구나 행복을 누리는 사회'라는 보편적 가치에 비추어 과연 어느 것이 가장 이상적인 것일까도 판단해보아야만 한다고 본다.

그 범위를 우리나라로만 국한시켜 한번 생각해보자. 오늘날과 같은 추세대로라면 우리 사회는 결국 남성이 아니라 여성들이 지배하는 '기이한' 나라가 되지 말라는 법이 없다. 여기서 '기이한'이라고 말한 것은 그것이 분명히 우리의 통념과는 배치되기 때문이다. 번번이 여성 대통령이 나와 국군통수권을 장악하고, 행정수반이 되어 대외적으로 우리나라를 대표하게 되지 않을지. 또 정부각료의 반 이상, 법조계의 반 이상, 공무원들의 반 이상, 경제계의 반 이상, 교육계의 반 이상을 차지하지 말라는 법이 없다. 아마 군은 그 성격상 남성들의 비중이 더 클 것으로 생각되지만, 그 수뇌부도 여성들에 의해 지배될 가능성이 없지도 않은가.

이제 눈을 사회일반으로 한번 돌려 어떤 괴상망측한 현상이 벌어질 것인가를 상상해보는 것도 퍽 재미있는 일일 것이다. 이젠 지금까지와는 사정이 바뀌어 여·남 중 남성이 성차별을 받아 갖가지 사회문제화될 것이 불을 보듯 뻔하다. 직장 내에서는 남성이 여성들로부터 성희롱을 당해 문제의 여성이 구속되는 사태가 발생하는가 하면 입사 시 남성을 차별했다 해서 노동부에 소청을 하는 사례가 비일비재할 것이다. 또 불법매매춘에 걸려든 여성이 쇠로랑 차고 TV에 비취는 일이 비일비재할 것이고 참다못한 남성들은 남성들의 권익보호를 위해 정부에 '남성부'를 따로 두자고 길거리에 나와 시위하는 모습을 보지 말라는 법이 있을까. 새 정부에 의한 여성부의 폐지에 그토록 격렬히 반대하는 여성단체들을 보라.

기가 살아난 여성들은 마치 개선장군처럼 가정에서든 사회 곳곳에서든 목에 잔뜩 힘주고 활보하고 다닐 것이다. 이에 반해 잔뜩 주눅이 든 남성들은 사회에서나 가정에서나 여성들의 눈치나 보며 맥없이 축 처져 쥐 죽은 듯이 살게 될 것이 뻔하다. 벌써부터 그런 징표가 곳곳에서 나타나고 있지 않은가? 남자들을 고개 숙이게 한 것은 반드시 IMF 때문만이 아니고 하나의 사회 전체적인 대세임을 왜 모르는가.

앞에서 여성이 지배하는 사회를 '기이한 사회'라고 표현한 데는 그런 사회란 이상(異狀)한 것이지 결코 이상(理想)은 아니라는 뜻이 함축되어 있다. 남성들만이 지배하는 사회가 결코 바람직하지 못한 만큼 여성들이 사회 곳곳에서 남성 위에 군림하는 그런 여성들만이 지배하는 사회도 휴머니즘의 관점에서는 물론이고 건전사회라는 가치기준에 비추어 보아도 결코 이상적인 것이라고는 볼 수 없을 것이다. 처음부터 성(性)적인 구분 없이 균등한 기회가 부여되어 누구나 능력과 자질에 맞게 인정을 받고 보상이 주어지는 그런 사회가 바로 가장 이상적인 사회가 아닐까.

그렇게 되면 '남녀성차별'이니 '여남동등권'이니 아니면 성적인 권익을 옹호하고 보전하기 위한 '여성부'니 '남성부'니 하는 제도적·법적 장치도 처음부터 불필요하게 될 것이다. 사회성원들은 모두가 일과 자질에 따라 사회적 기능과 역할이 주어지게 되고 또 그들의 성취에 따라 사회적 신분과 지위가 주어지는 것이 마땅하지 않은가. '성희롱'이라는 도대체 그런 해괴한 말이 어디 있단 말인가. 누가 누굴 어떻게 한 것이 성희롱인가. 인간이 이성을 보면 그가 석가모니나 예수 그리스도가 아닌 이상 성적 감정을 갖게 되는 것은 극히 자연스러운 현상이지 않은가.

인격모독과 상관없는 농담 한두 마디 건넨 것이 어찌 성희롱이란 말인가. 일부 페미니스트라고 자처하며 몇몇 성적 피해여성들을 선동하고 있는 사람들의 왜곡된 사고 때문은 아닌지 모르겠다. 아니면 혹 거기에 말 못 할 정치적인 의도가 깔려 있는 것은 아니길 바란다. 따지고 보면 여성들을 일방적으로 보호하고 그들의 사회적 위상을 개선할 목적으로 등장한 '성차별'이니 '성희롱'이니 하는 다분히 정치적인 언사들이 별로 마음에 들지 않는다는 것이다. 오히려 그것이 여성들에 대한 남성들의 경계심만 자극하고 남성들에 대한 여성들의 적대감을 은연중에 부추겨 남녀 간의 자연스러운 사회적 관계가 더 나아가서는 건전사회로의 진전에 하나의 장애요인이 될 수도 있다는 것이다.

이성 간의 자연스러운 사회적 활동까지도 성희롱이니 여성비하니 하는 불순한 말로 매도함으로써 '여성표'라는 반사이익을 챙기려 하는 일부 '정치꾼들'이 아직도 이 나라의 윗부분에 많이 자리잡고 있다는 생각을 떨칠 수 없어 안타까운 마음이 든다.

이와 같은 불순하고 정치색 짙은 언어들이 하루빨리 사라지고, 남성이냐 여성이냐 하는 성적 구분 없이 누구에게나 균등한 기회가 주어지고 그들의 능력과 자질에 따라 차별 없는 대우와 사회적 신분이 주어지는 그런 사회가 바로 가장 이상적인 사회가 아닐까.

그런 점에서 남성들 역시 과감히 지금까지의 기득권을 포기하는 것도 중요하지만, 여성들도 하루속히 소아병적인 피해의식을 버리고 당당히 앞으로 나오려는 자세가 필요하다. 그러한 점에서 최근 사회 각계각층에서 여성들의 진출이 눈에 띄게 증가하고 있는 현상은 극히 바람직한 것으로 본다.

17
남편들이여 일어나라

　언제부터인가 우리나라의 남편들은 '고개 숙인 남자'로 전락하고
말았다. 돌이켜보건대 지난 1997년의 IMF사태로 인해 무더기로 직
장에서 퇴출되면서 그렇게 되지 않았나 생각된다.

　'오륙도'(56세까지 직장에 남아 있으면 도둑)니 '사오정'(45세가
정년)이니 하며 조기명퇴를 비유한 유행어들이 등장하더니, 이제
'이태백'이라 하여 20대의 태반이 백수라는 웃지 못할 농담까지
등장하기에 이르렀다. 이렇듯 남편들의 직장수명이 짧아지니 남성
들의 사회적 위상은 물론이고 가정 내에서의 남편으로서의 체면이
말이 아니다.

　이것이 과연 우리 사회의 건전한 발전과 가정 내 행복을 위해
바람직한 현상인가. 언제까지 저들 한때 의기양양했던 남편들을 그
대로 방치해둘 것인가.

정부가, 사회가 아니 우리 가족들부터도 무언가 대책을 세워놓아야만 하지 않을까. 우리 사회 전체 인구의 반 이상이 남성들로 이루어져 있을진대, 그들이 지금처럼 고개 숙인 채로 그들의 어깨가 저처럼 축 처져 있는 채로 그들이 그토록 좌절해 있는 채로 방치해둘 때 앞으로 우리 사회가 아니 사랑하는 그들의 가족이 과연 어떻게 될지 불을 보듯 뻔한 일이 아닌가.

더 늦기 전에 우리는 그들에게 다시 용기를 불어넣어 주어 새로운 희망을 갖고 다시 일어나 예전처럼 우리 사회와 우리 가정을 위해 뛰도록 해야만 하지 않을까. 아니 그들은 당연히 좀 더 당당해질 권리를 지니고 있다고 해야 하지 않을까.

현재 우리나라의 개인 소득은 2만 불, 세계 13대 경제대국, 수출액 세계 11위의 위상을 지니고 있고 불원간 선진국대열에 진입하게 되어 있지 않은가. 따지고 보면 6·25라는 전쟁의 참변을 겪으며 온갖 가난의 고통을 딛고 이처럼 오늘의 우리나라를 일구어놓은 것이 과연 누구란 말인가. 재벌총수들? 그 안녕한 정치꾼들? 잘난 체하며 국민들 위에 항상 군림해온 삼부의 주요 공직자들? 아니다. 우리의 오늘을 만든 것은 바로 저들 고개 숙인 남자들이 아닌가.

오늘도 아침부터 하릴없이 배낭 하나 둘러메고 힘없이 도봉산이며 청계산을 오르고 있는 저 머리 희끗희끗한 중년의 남자들이 아니고 과연 누구더란 말인가. 그런 남편들은 그 외에도 서울 근교 북한산, 검단산, 수락산, 관악산…… 어디서나 볼 수 있다. 대구의 팔봉산 아니면 대전의 계룡산, 부산의 해운대 근처 등은 물론이고 서울 역사 주변에서도 지하철역 담벼락 밑에서도 수없이 발견되지 않는가.

그들의 눈동자와 발걸음을 한번 눈여겨보라. 하나같이 초점을 잃은 채 힘이 없고 걸음걸이는 갈지자를 그리고 있지 않은가. 왜 그들은 오늘 우리들 사회와 집안의 냉대 속에 저토록 방황하고 있어야만 하는가. 그 정확한 원인을 규명할 수만 있다면 그것은 그 해결을 위한 처방을 내릴 수 있다는 점에서 중요한 의미를 지니고 있지 않을까?

그 근인(近因)은 두말할 것 없이 지난 1997년 11월에 있었던 외환위기로 인한 대량실직사태에 있을 것이다. 바로 엊그제까지도 멀쩡히 잘 다니던 직장에서 졸지에 쫓겨났다고 한번 생각해보라. 그들이 과연 누구였던가. 그래도 어렵게 대학교육을 받은 후 치열한 경쟁을 뚫고 직장에 들어가 오늘 이렇게 중견사원에 이르기까지 열심히 회사와 가정만을 위해 묵묵히 앞만 보고 헌신적으로 일해온 아직도 전도가 기대되는 유능한 중년들이 아니었던가. 그런데 갑자기 어느 날 그토록 아끼던 부하직원들을 뒤로한 채 사무실서랍의 쓰던 용품들을 주섬주섬 챙기고 회사 문을 힘없이 나온다고 한번 생각해보라. 그동안 그래도 이사님, 부장님 소리 들어가며 그런대로 대우받던 직장에서 "그동안 수고했네." 하며 작별 인사하는 사장으로부터 위로금 몇 푼 들어 있는 하얀 봉투 하나 달랑 받아들고 행여 경비라도 눈치 챌세라 황급히 사무실 현관문을 빠져나올 때의 허탈한 감정이 어떠했을까를 한번 생각해보라.

아직도 나이 겨우 50 전후로 여기서 모든 걸 중단하기에는 너무 이르지 않은가. 그렇다. 그들과 같은 고급인력들은 저처럼 하루아침에 사장시키게 된 직접적인 원인은 IMF금융위기를 겪으면서 유수한 기업들이 하나 둘씩 문을 닫게 된 데 있을 것이다. 그러나 우리나라 남편들의 가정적, 사회적 위상이 하락하게 된 보다 근본적인 원인은 국내 여성들의 급속한 사회진출에 따른 위상의 상승과 전혀 무관치 않다고 보아야만 한다.

국내 여성들의 위상변화는 각종 고시합격생의 증대에서 정계의 진출에서 재계 CEO의 급증 등 어디에서도 볼 수 있다. 요즘 대학 학부 경영학과와 법학과 여학생 비중을 한번 살펴보면 국내 여성들의 사회진출상을 한눈에 예견할 수가 있다. 이들 크래스의 반 이상을 여학생들이 점유하고 있다는 말을 믿겠는가.

여성인구 사회진출 비중이 증대한다는 것은 그에 반비례적으로 남성비중이 감소함을 의미한다. 이렇듯 오늘날 사회경제적인 여권의 신장과 남권의 위축은 대세에 속한다. 외국의 경우도 마찬가지인 듯하다. 독일의 메르켈 총리, 칠레의 미첼 대통령, 중국의 우이 부총리, 미국의 힐러리 클린턴 국무장관, 뉴질랜드의 시플리 전 총리를 구태여 예로 들지 않더라도.

이젠 오늘날 우리 남편들의 가정 내 위상을 한번 살펴보자. 물론 남성들의 사회적 위상과 가정 내 위상을 독립시켜 생각할 수 있는 것은 아니겠지만, 요즘 가정 내 남편의 위신과 아버지의 권위는 역사상 최악이 아닐까. 실직한 남편은 물론이고 현직에 있는 남편도 그들의 가정 내 권위의 현주소라는 점에서는 큰 차이가 없다. 아버지고 남편이기 전에 단지 돈 벌어다 주는 기계로 전락한 것은 아닌지. 왜 그렇게 되었을까. IMF 훨씬 그 이전부터 그런 불행의 씨앗은 자라고 있었던 것은 아닌가.

지난 80년대 이후 우리나라가 '좀 살게' 되면서부터 우리나라 주부들은 서서히 세력 확장을 위한 활동을 시작하기에 이르지 않았는가. 자녀교육을 빙자로 학교고 학원문을 뻔질나게 드나들며 이른바 '치맛바람'을 일으키는가 하면, 남편월급 모아놓은 것을 종자돈 삼아 이른바 '복부인'으로 화려하게 변신하기 시작하지 않았는가. 복부인으로 벌어들이는 수입에 비하면 남편 월급은 한낱 푼돈에 불과했던 때를 기억하는가.

자연히 뒤주열쇠(남편 월급봉투)는 통째로 부인 손으로 넘어가게 되고 자녀들도 학비며 용돈이며 모든 것을 엄마에게 요청하게 되면서 아버지의 집안 내 존재도 '희미한 옛사랑의 그림자'에 그칠 수밖에 없게 되지 않았는가.

그전까지 가정 내에서 막강한 권력과 권한을 행사하던 아버지의 자리를 이번에는 어머니가 자연스럽게 꿰차게 되었고, 따라서 아버지의 권한과 역할은 한낱 '돈 벌어다 주는 것' 외에는 전무한 실정에 이르게 되지 않았는가. 심지어는 '잠자리역할'마저 박탈당하는 예가 신문기사로 심심치 않게 나고 있는 것을 보지 못하는가.

이렇듯 가정 내에서 남편의 위상이 추락하게 된 데는 남편들 자신이 스스로 초래한 측면도 없지 않다. 무슨 일이 있어도 뒤주열쇠만큼은 절대 내주지 말았어야 했고, 우선 일체의 예산집행부터 남편들의 직접적인 책임하에 이루어졌어야만 하지 않았을까. 그놈의 '남자체면'이라는 것이 뭐기에 쫀쫀하게 굴기 싫어 부인통장으로 급여를 송두리째 송금케 하다 보니 오늘의 이런 처지에 이르게 된 측면이 있지 않은가. 부인은 한없이 좋아했을지 모르나 결국 '돈 잃고 자식 잃고'가 된 처지는 아닐는지. 직장에서 쫓겨나다 보니 이제 실낱같은 권위나마 지켜주던 그놈의 월급봉투마저 못 보게 되었으니 도대체 이 세상 어디에 발붙일 곳이 있단 말인가.

남편들이여!

누구 눈치 볼 것 없이 과감히 일어서라. 그대들은 기죽을 아무런 이유도 없고 또 기가 죽어서도 안 된다. 우리 사회와 당신들의 가정을 위해서라도. 당당히 일어서서 그동안 실추된 당신들의 사회적 위상과 가정 내 권위를 되찾아와야만 한다고 생각하지 않는가. '웃는 거지에게 돈 한 푼 더 준다.'는 말이 있듯이 그대들이 용기를 갖고 힘차게 고개를 번쩍 치켜들고 당당히 일어설 때 비로소 그동안 잃었던 남편으로서의 위신과 아버지로서의 권위도 되찾아 올 수 있다고 생각지 않는가.

가정이란 것도 따지고 보면 조그마한 하나의 '조직'이요 사회인 이상 그 장(長)인 가장이 있어야만 하게 마련이지 않는가. 따라서 그 가장의 권위가 회복되고 그를 중심으로 위계질서가 유지될 때 그 가정도 안정을 되찾고 행복하게 마련이다. 아무리 여성들의 사회진출이 급증하고 호적법이 바뀌어 자녀들이 선택적으로 부모의 성을 따르게 되는 최악의 상황에 처해 있다 해도 가장은 역시 남편이요 또 당연히 그래야만 하지 않은가. 왜냐구?

예부터 남편은 가장으로서 외적·과업적인 역할, 부인은 내적·사회적 역할을 맡는 등 가정 내 역할분담이 엄격히 이루어져온 것이 사실이고, 그 원칙은 동서양을 막론하고 지금까지 유지되고 있다.

그것은 남녀 간의 해부학적 차이보다는 신체적 능력에 따른 물리력과 심리적 구조에 기인한 것으로서, 그러한 성적인 역할분담은 흔히 동물의 세계에서까지도 찾아볼 수가 있다.

가령 사자들 세계를 보라. 영역 다툼에서 암놈과 새끼들을 보호하기 위해 전체 전략을 세우고 적과 피 흘리며 희생적으로 싸우는 것은 수놈이지 않은가. 설령 수사자가 기력이 쇠해 사냥을 못 해 온다 해서 암사자가 쫓아낸다거나 새끼사자들로부터 그 권위가 도전받는 일은 결코 본 적이 없지 않은가. 그러한 수놈 지배현상은 다른 동물의 세계에서도 흔히 발견되지 않는가. 배도 선장이 하나여야 목적지까지 제대로 항해해갈 수 있듯이 우리 가정에도 남편 한 사람이 가장이 되어 가정을 일사불란하게 이끌어갈 때 그 가정도 안정된 상태에서 가족들 모두의 행복을 유지해갈 수 있다고 본다.

가정이 해체되고 부부가 서로 헤어지는 가정을 한번 가만히 살펴보면, 그와 같이 '신이 내려주신' 역할분담원칙이 제대로 지켜지지 않기 때문에 발생하는 경우가 태반임을 알 수 있다. 부인이 남편의 고유기능인 중장기 계획을 세우고 예산을 편성하며 주택을 구입하는 등의 외적·과업적인 역할에 지나치게 간섭하고 때로는 그와 관련해 남편을 지배하려 하는 등 남편의 권위를 짓밟는다든가, 반대로 남편이 자녀교육, 양육, 집안 살림 등 부인의 고유한 기능에 시시콜콜 간섭하려 하거나 그와 관련해 부인을 지배하려 함으로써 소위 역할갈등(role conflicts)이 있게 되면 그것이 씨가 되어 끝내는 가정이 깨지는 최악의 상황에 이르게 되는 것이다.

부인들이여, 제발 남편의 옛 권위를 되찾아주어야만 하지 않겠는가. 그렇게 하는 것이 자녀들의 교육을 위해서도 다정다감했던 남편과의 옛 부부정을 되찾기 위해서도 좋은 일이라고 생각하지 않는가. 누군가 '어머니와는 본능적이고 아버지와는 타산적'이라고 부모와 자식들 간의 관계를 규정하기도 하였지만, 부부간의 관계는 본능도 타산도 아닌 '무조건적'이라고 규정하고 싶다. 서로 사랑하며 가정을 이끌어가고 부인을 아끼고 남편을 존중해주는 데 무슨 조건이 필요하단 말인가.

부인의 내조 역시 주요한 역할을 한 것을 부인할 수는 없겠지만, 오늘날 우리 가정과 우리 사회 전체를 이만큼 일구어놓은 것이 과연 누구들의 공적이라고 보는가. 가정에서도 그렇다. 어머니는 말로 사랑을 베풀지만 아버지는 가슴으로 말한다. 아버지는 언제나 외롭다. 홀로 밖에 나가 돈벌어와 가정을 이끌어가려니 그렇다. 언제 회사에서 쫓겨나지나 않을지 항상 불안하고, 상사에게 잘 보이려 비굴하리만큼 아첨하지 않으면 안 되고, 부하들은 호시탐탐 내 자리를 노리고 있고, 분기실적을 올려 승진에 누락되지 않으려고 동분서주하는 등등…… 하루하루가 긴장·불안·초조의 연속이고 피를 말리는 생존경쟁이다.

우리나라의 부인들이여, 젊은 자녀들이여, 나의 남편, 우리 아버지의 입장을 한번이라도 생각해보았는가. 아버지는 슬플 때 속으로 눈물 흘리고 어려울 때 속으로 참아내려 하고 불안·초조할 때도 홀로 속으로 극복해가려 하는 등 좀처럼 속마음을 나타내려 하지 않는다. 그것을 알고들 있는가. 부인에게 털어놓으려고도, 자녀들에게 내색하려고도 하지 않는다. 그 잘난 아버지의 위신과 체면 때문이다. 아니 우리 조상 때부터 아버지는 집안에서 으레 그렇게 해야만 하는 것이 미덕인 것으로 배우며 자라왔다. 그러면서도 아버지로서의 위상을 굳건히 지킬 수 있었던 것은 우리의 옛 할아버지들이 한결같이 떠받들어준 아버지로서의 권위 때문이다.

아무리 집안이 어렵고 힘들어도 아버지의 눈빛 하나만으로 집안의 질서와 평온과 화목은 유지될 수 있었다. 그렇다고 아버지 스스로가 그런 권위를 의식적으로 보여주었던 것은 결코 아니었다. 문화가 그랬고 집안 분위기가 그랬다. 그렇게 옛 우리의 사회 우리의 가정들은 질서정연했고, 행위의 절제가 있었으며, 그렇게 한결같이 평화가 유지되어 있었다.

그러나 지금은 어떤가. 아버지들의 권위와 권한은 찾아볼 수 없고 오직 책임만 남아 있지 않은가. 돈 벌어오는 책임 말이다. 물론 모든 아버지가 모든 가정이 그렇다는 것은 아니다. 그러나 우리의 가정과 사회 전체의 분위기가 대체로 그렇다. 이건 안 될 일이다. 남성중심사회를 만들자는 것도 아니고 여성은 집 안에서 잠자코 살림이나 하는 무기력한 존재로 만들자는 것은 더욱 아니다. 사회와 가정에서 여성의 역할이 중요한 만큼 남성의 역할과 권위도 회복될 필요가 있다는 것이다. 그러기 위해서는 부인들의 각성과 자녀교육도 물론 중요하다. 그러나 이렇게 된 데는 남편들 자신의 책임도 크기 때문에 그들 스스로의 노력이 선행될 필요가 있다.

남편들이여!

이제 고개를 힘껏 치켜들고 과감히 일어서라. 그대들 가정의 행복과 사회의 건전한 발전을 위해. 자녀들인들 부인들인들 그대들의 무기력한 그런 모습을 진정으로 보고 싶겠는가.

18
노년은 축복인가 저주인가

우리의 노년은 그에 어떻게 대비하고 그것을 어떻게 관리하느냐에 따라 인생 제2의 황금기도 될 수 있지만 자칫 가족들과 사회로부터 천덕꾸러기 신세로 전락할 수도 있지 않을까.

2008년 현재 우리나라의 총 인구는 5,000만을 조금 하회하고 있으며, 그 가운데 65세 이상의 고령인구가 차지하고 있는 비율은 약 8%에 이르는 것으로 조사되고 있다. 이들 고령인구가 총 인구 중에서 차지하는 비율이 약 7%를 넘으면 '고령화사회', 그것이 14%에 이르면 '고령사회', 그 이상이면 '초고령사회'라고 각각 부른다. 우리나라의 고령화가 지금과 같은 속도로 진행될 경우 2015년경이면 초고령사회로 진입할 것으로 예측된다.

현재 우리나라는 65세 이상의 고령인구를 15세 미만의 유소년인구로 나눈 고령화지수도 약 40에 이르러 빠르게 고령화의 길로 접어들고 있음을 알 수가 있다.

그러면 이러한 고령화는 노년에 이른 개인들에게는 과연 어떠한 심리학적 의미가 있으며, 사회경제적으로는 무엇을 시사하는가. 또 그러한 고령화에 대한 정치사회학적 대책으로는 어떠한 것들을 들 수가 있는가.

우선 노년의 심리학적 의미는 긍정과 부정 두 가지로 나누어 생각해볼 수 있지 않을까 한다. 즉 노인이란 생불학적·생리학적으로 노쇠한 삶의 마지막 단계에 이른 사람이라는 비관적인 입장을 취할 수도 있다. 그러나 다른 한편 더 이상 자녀양육이나 생계를 위해 일할 필요 없이 고상하고 안락하며 여유로운 삶을 구가할 수 있는 황금 같은 시기라는 긍정적인 측면을 생각할 수 있다.

에리 프롬이 말한 바와 같이 어떻게 보면 노년은 실로 위대한 도전이고 기회라 아니할 수 없다. 노쇠의 어려움을 극복해야 하는 부담이 따르는 것은 사실이다. 그러나 생계에 대한 의무로부터 자유롭고 실직을 걱정하거나 승진을 위해 상사의 비위를 맞추지 않아도 되는 등 매일매일이 아무런 근심이나 걱정 없이 즐겁고 유쾌할 수가 있다는 것이다.

이미 모두 성장하여 따로 둥지를 틀어 살고 있는 자식들에 대한 뒤늦은 걱정도 구태여 할 필요가 없지 않은가. 이미 부모로서의 책임과 의무는 다했을 것이고 이제부터는 좋든 싫든 그들 스스로가 세상을 헤쳐 나가도록 해야만 하지 않을까. 실제로 우리 노인들도 과거 그와 똑같은 과정을 거쳐 오늘에 이르지 않았는가. 이제는 내 개인 여생의 문제에 관심을 갖는 것이 우리 노인들 자신이나 자녀들 모두를 위해 좋은 일이라 생각되지 않을까.

나는 도대체 누구이며 앞으로 어떤 목표를 갖고 살아갈 것인가. 또 삶이란 도대체 무엇인가. 나는 이 세상에서 어떤 위치에 있는가. 이렇듯 삶의 철학을 되씹어보고 앞으로 필연적으로 닥쳐올 죽음의 문제와 의미에 대해서도 차분히 생각해보는 것은 이른바 웰 엔딩(well ending)을 위해서도 바람직하지 않을까. 다행히 기독교인이라면 사후세계를 그리며 그곳에서 생전에 사랑했던 사람들과의 해후의 행복감을 잠시 가져보는 것도 흥미 있는 일이리라. 그렇지 않고 불교도라면 극락세계 아니면 환생의 설렘을 가져보는 것도 좋으리라.

설령 젊은이들이 늙었다고 무시한다거나 무례하게 굴어도 얼굴 붉히거나 노여워하지 말라. '네놈들도 어디 한번 늙어 보라'고 속으로 뇌까리며 너털웃음으로 넘겨버리면 그만이지 않은가. 나이가 들면 체력적으로 노쇠하다 보니 자연히 젊은이들 앞에서는 열등감으로 잔뜩 주눅이 들고 매사에 위축될 수밖에 없는 것은 사실인 듯하다. 그렇다 해서 구태여 늙음을 후회하고 좌절감에 사로잡혀 기죽지 말고, 오히려 그것을 아끼고 사랑하며 살아가는 지혜도 필요하지 않을지.

물론 길어야 10~20년 남은 짧은 여생을 아쉬워하다 보면, 또 불행히도 그대가 무신론자이거나 사후세계를 믿지 않는 '불쌍한' 노인이라면, 그대의 얼굴에는 항상 죽음에 대한 공포와 두려움 때문에 어두운 그림자가 드리워져 있을 것이다. 그렇게 되면 살아가는 것이 모두가 무미건조하고 지루하게만 느껴져 결국은 수명단축까지 초래하고 주변사람들만 피곤하고 힘들게 하기 마련이다.

우리 사회가 급속히 고령화의 길로 접어들게 된 데는 각종 의료기술의 발달과 개인들 건강의식수준의 향상으로 평균수명이 증가한 것이 크게 작용하였을 것이다. 그 외에도 젊은 층들 측에서의 가치관과 라이프 스타일이 독신 내지 무자녀풍조가 만연함에 따라 출생률저하를 가져와 상대적으로 노령인구의 비중을 끌어올리는 결과를 가져왔기 때문일 것이다. 더구나 요즘 각종 자동화와 기계화의 보편화로 장년층들의 취업 기회가 크게 줄어들면서 조로(早老)층이 급격히 증대함으로써 그것은 커다란 사회문제로까지 발전하고 있다.

총 인구 중 노년층이 차지하는 비중이 커져 마침내 고령사회 내지 초고령사회가 되면 노인복지시설의 확충이라는 정치적인 의미 외에도 여러 사회적 문제를 초래하게 된다. 이는 곧 노인 한 사람을 먹여 살려야만 하는 청장년층의 수가 그만큼 줄어들어 그들의 세부담도 상대적으로 커질 수밖에 없다는 것이다. 또 사회 전체가 늙어지다 보니 정부지출을 과다하게 하고 생산성도 그만큼 떨어져 결국은 장기적인 물가불안을 야기할 가능성이 높다. 매년 무료로 배분되고 있는 경로표로 인해 지하철이 연간 2,000억 원 이상의 손해를 보고 있다는 보고도 있지 않은가. 어디 그뿐이겠는가. 노인들을 위한 교통비 지원금을 비롯하여 새로이 실시되고 있는 노인 생계비지원으로 엄청난 예산이 소요되고 있는 것이 사실이다.

노인층은 비대해지고 사회 전체의 생산성은 급감하는 가운데 엄청난 국가예산은 투입되어야 하는 등 이중삼중의 정치사회적 부담을 안겨주게 된다. 더욱이 그러한 부담 가운데는 자녀들이나 기타

보호자들이 안게 될 경제적·정신적인 것은 제외되어 있다는 사실이 문제를 더욱 심각하게 하고 있다. 당장 노인복지를 위한 근본적인 대책이 필요한 이유가 여기에 있다. 그렇게 볼 때 노년은 개인적으로나 사회적으로 결코 축복받을 것은 못 되는 듯하다.

요즘 노인들 생태 측면을 보려 한다면 서울 종로2가 파고다공원이나 종로3가 지하철역 주변을 한번 가보라. 이른 봄 따스한 햇볕을 쪼이기 위해 담벼락에 옹기종기 옹크리고 있는 늙은이들은 흔히 볼 수 있는 여느 노인병동을 방불케 하지 않는가. 어떻게 보면 추위와 굶주림에 시달린 패잔병들 같기도 하고. 그러다가도 좀 말하기 거북하지만, 웬만큼 늙은 할머니 하나라도 나타나게 되면 눈이 번쩍 뜨이는지 금방 생기들이 도는 모습이다.

노추(老醜)라는 말이 있듯이 영어에도 추한 늙은이(dirty old man)라는 말이 있다. 일단 늙으면 일반적으로 더럽고 냄새나고 추하다는 관념이 박혀 있기 때문이리라. 돈이 넉넉한 것도 아니고 특별히 가까이서 돌보아주는 사람도 없고 하니, 먹는 것이며 입는 것인들 변변치 못하고 주거환경 역시 그렇고 그러니 냄새나고 추할 수밖에 더 있겠는가.

노추는 비단 행색에서만 그치지 않는다. 쓸데없이 청장년층들이 하는 일에 끼려고 한다든가 내 돈 쓰기 아까워 돈 좀 있어 보이는 친구 꽁무니나 졸졸 따라다닌다든가 등 백태만상이다. 또 다 낡아빠진 강의노트 하나 끼고 들어가 학생들 앞에서 강의한답시고 되지도 않는 소리나 뇌까리고 있다든가, 젊은 시절의 호색기는 그대로 남아 있어서인지 가까운 곳에 그럴싸한 할머니 하나라도 눈에 띄면 손 한번 잡아보려고 온갖 추잡한 행동을 보인다든가, 아니면 남들 만나면 자식·며느리 자랑하느라 입에 침이 마르도록 지껄여대는 등 각계각층에서 상황에 따라 여러 양태로 나타나게 마련이다. 그러면 'dirty old man'이 아니라 'nice old man'으로 여생을 우아하게 보내도록 하기 위해서는 과연 어떻게 해야만 하는가.

정부 차원의 의료서비스, 생계비지원 등 각종 복지혜택도 물론 중요하다. 그러나 무엇보다 중요한 것은 우선 노인들이 가까운 가족들로부터 따돌림을 받거나 사회로부터 냉대를 받지 않도록 하기 위한 근본대책으로서 '경로교육'과 같은 프로그램이 초등학교 때부터 시작되어야만 하지 않을까. 그와 병행하여 경로사상을 고취시키기 위한 일종의 국민의식개혁운동과 같은 것을 대대적으로 실시하는 것이 좋을 것이다. 아울러 노인들을 부양하거나 돌보는 사람들에게는 자녀나 친지에 국한하지 말고 누구에게나 세제혜택 등의 각종 혜택을 부여하는 것도 좋은 방법이 될 것이다.

반대로 '경로법'과 같은 것을 제정하여 그것을 위반했을 시에는 무거운 벌을 가하도록 하는 것도 경로사상이 정착되기에 앞서 한시적으로 생각해볼 문제이다. 현재와 같이 단지 경로우대표로 전철 공짜로 타게 하고 돈 몇 푼 생계비보조비조로 지급한다고 해서 노인복지문제가 근본적으로 해결되고 경로사상이 자리를 잡지는 못할 것이다. 그러나 가장 효과적이고 바람직한 경로대책은 노인들에게 일정한 일자리를 마련해주는 것이 아닐까. 그들의 노동력도 활용하고 생계에도 도움이 되며 그들에게도 '아직은 할 일이 있다'는 자부심을 심어줄 수 있는 등 그 이점은 한두 가지가 아니다.

이제는 노인들 자신 차례이다. 노인예우나 경로사상이 미흡하다 하여 정부나 사회를 탓하기에 앞서 경로하는 마음이 젊은 층으로부터 자연스럽게 우러나오도록 하기 위한 스스로의 노력도 필요하지 않겠는가. 신체적으로 연로한 것은 어쩔 수 없다 하더라도 적어도 매일 목욕과 깨끗한 복장으로 외관상 '더럽다'는 인상은 우선 불식시킬 수 있지 않을까. 그것도 부족하면 향수라도 한 번쯤 뿌려 '늙은이 냄새'를 없애주는 것도 젊은이들에게 일단은 '더럽다'는 인상을 주는 부담에서 해방될 수가 있을 것으로 본다. 늙은(old) 것은 어쩔 수 없다손 치더라도 적어도 추한(dirty) 모습은 보이지 않을 수 있지 않을까?

다음 설령 그들 젊은 층들이 외면을 하거나 마음에 안 드는 태도를 보인다 해도 결코 노여워하거나 훈계하려는 태도를 보여서는 안 된다. 어차피 당신네 노인들도 젊었을 때 그렇게 했을 것이 아닌가. 그들과의 가치관 차이나 라이프 스타일상의 차이는 필연적일 것인데 그것을 무리하게 바로잡으려 하는 우를 범해서는 안 된다는 것이다.

그다음은 보다 적극적으로 그들 젊은이들로부터 환심을 사려는 노력을 하라는 것이다. 가끔 보는 손자·손녀에게 또는 며느리에게만 원짜리 한두 장씩만이라도 건네주어 보라. 금세 그들의 표정이 달라지고 가까이 오려 할 테니. 저녁에 빈손으로 들어오지 말고 길가에서 파는 붕어빵이나 군고구마 등 누구나 즐겨 먹는 것 한 봉지쯤 사들고 와 봐라. 며느리와 손자녀들의 얼굴빛이 달라질 테니.

끝으로, 그들 청장년들에게 간섭하거나 아는 척을 한다거나 또는 어른 행세를 하려고 하지 말라. 요즘 IT기술의 발달과 정보통

신술의 획기적인 발전으로 오히려 그들이 그대 노인들보다 훨씬 더 아는 게 많고 더 똑똑하다는 점을 잊지 말라는 것이다. "우리 어렸을 때는……" 운운하는 것은 그들의 귀에 들어오지 않는다는 것을 왜 모르는가.

노인문제의 해결은 결코 정부의 노인복지정책에만 맡겨서는 불가능하며, 경로사상의 보급을 통해 사회 곳곳에 경로마인드가 스며들어가도록 해야만 한다. 그러기 위해서는 범국가적인 의식개혁운동 외에 어릴 때부터의 경로교육이 필요하며, 노인들 자체적인 노력도 병행되지 않으면 안 된다. 65세 이상노인들의 자살률이 59세 미만에 비해 두배 이상이라는 통계자료는 결코 섣불리 지나칠 일이 아니다.

노인문제는 비단 사회적인 데 국한하지 않고 경제적·심리학적·생리학적·생태학적인 성격을 띠고 있기 때문에 다학문적인 노력이 필요하다. 그런 점에서 노인학연구에 대한 정부의 적극적인 지원도 노인문제의 해결에 중요하다. 노인들이 우아하고 여유 있게 노년을 보내게 함으로써 우리 사회 전체를 보다 밝고 아름답게 만드는 것은 우리 모두의 책임이고 의무가 아니겠는가. 어느 누구나 그런 노년기를 겪지 않으면 안 되는 것이 우리 인간 모두가 갖는 운명이 아닌가. 의술이 극도로 발달해 노화를 억제하는 획기적인 의약품이 개발되거나 어느 날엔가 노화방지치료가 가능하게 될 때까지는 말이다.

19

경로표 유감

직장에서 정년퇴임을 하고 나니 세 가지의 큰 변화가 있게 되는 것 같다. 하나는 예전과 달리 학생들 강의가 일주일에 단 하루만 있어서 우선 정신적·육체적으로 부담이 적다는 것이다. 또 한 가지는 직장의 정규요원이 아니니 각종 행정사무와 관련회의에 참가하는 부담에서 해방되었다는 것이다. 마지막이 사회에서 완전한 노인(老人) 취급을 받아 긍정적 효과와 부정적 효과를 동시에 누리고 있다는 것인데 여기서는 마지막의 것에 관한 소감에 대해서만 알아보기로 하자.

먼저 긍정적인 효과. 가장 두드러진 것이 아마 공짜전철표일 것이다. 어떤 전철역이든 매표소에 가서 매표요원에게 "죄송합니다." 하고 간단한 인사 한마디만 하면 쳐다보지도 않고 귀찮다는 듯이 선뜻 표 하나를 창구로 던져준다. 아예 노인 우대표를 창구 한편에 조그만 종이상자에 쌓아두고 알아서 가져가라는 식의 '관대한' 전철역도 있다. 그런가 하면 흘끗 얼굴을 쳐다보고 주민등록증을 요구하는 철저한 역무원도 가끔 있다.

그렇게 돈 한 푼 내지 않고 얻은 표를 갖고 개찰구를 지나 전철 객실에 한번 올라타 보라. 그 흐뭇함과 쾌감은 실제로 느껴보지 않은 사람은 잘 모른다. 그도 그럴 것이 지금까지 공짜로 그것도 합법적으로 전철 타본 적이 없으니 이 얼마나 횡제겠는가. 게다가 가령 서울역에서 올라타 수원을 거쳐 천안과 온양온천 까지 그냥 내려간다든가 인천이나 일산 등 장거리 여행을 그런 '공짜표' 하나로 무사통과한다고 한번 생각해보라. 내가 이렇게 노인복지가 잘 되어 있는 대한민국에서 태어난 것에 대해 흐뭇함과 자부심마저 들 테니.

어디 그뿐이랴. 각 객차 내에는 경로석이 코너마다 따로 마련되어 있지 않은가. 아무 일도 없다는 듯이 그곳에 의젓이 앉아 갈 때의 기분을 한번 상상해보라. 공짜표에다 그 차지하기 힘든 좌석까지 떳떳이 차지해 앉아 가고. 또 말쑥하니 서서 앞에 앉아 있는 젊은이들 눈치 보는 부담 없어 좋고, 또 공짜표에 마음만 먹으면 하루 종일 이 역에서 저 역으로 이 종점에서 저 종점으로 돈 한 푼 내지 않고 마음대로 다닐 수 있으니 나 같은 젊은(?) 노인들에게는 바로 교통천국이 아니고 무엇이겠는가.

경로우대는 거기서 그치지 않는다. 고궁이나 유적지의 입장도 주민증 하나만 보이면 무사통과다. 또 용돈 쓰라고 동사무소에서는 매월 12,000원씩 통장에 돈까지 넣어주기도 한다. 또 늙으면 친구도 만나기 힘들 테니 가까운 곳에서 서로 자주 만나 바둑이나 장기 두며 즐겁게 놀라고 주거단지 곳곳에 경로당까지 마련되어 있지 않은가. 경로당이 없으면 아파트단지의 경우 준공검사도 내주지 않는다고 하니 오늘날 우리나라는 바로 노인복지천국이 아니고 무엇이겠는가.

과연 그럴까? 이제는 그런 밝은 측면에 가려져 얼핏 보아 잘 보이지 않는 어두운 측면을 한번 생각해보자. 공짜 전철표 한 장 받아가는 노인들이 과연 그렇게 쾌감을 느끼며 행복해하고 있을까. 내가 보기에는 안 그런 것 같다. 종종 매표소에 가면 창구 한편에 경로표를 쌓아놓고 노인들이 알아서 한 장씩 가져가도록 되어 있다. 그렇지만 때로는 운이 나빠 좀 험상궂은 매표원을 만나면 우선 주눅부터 든다. 거기다 "주민증 좀 봅시다" 하고 노려보고 있을 때는 마치 취조경찰 앞에 선 죄지은 피의자의 심정이 이렇지 않을까 하는 생각마저 든다. 공짜표 하나 얻어가는 데 대한 야릇한 죄책감 같은 것도 있는 것이 사실이다. 물론 무임승차 하는 데 대한 자격지심일 수도 있다. 또 모든 매표원들이 노인들을 그런 위협적인(?) 자세로 대한다는 것도 아니며 창구 옆에 쌓아놓은 표를 누가 가져가든 거의 무관심한 태도를 보이는 매표원도 있다.

원래 경로표를 요청하는 사람들에게는 하나하나 주민증제시를 요구해야만 하며 무자격자에게는 절대로 표가 유출되지 않도록 해야만 할 것이다. 그러나 워낙 바쁘고 격무에 시달리다 보면 귀찮기도 할 것이고 또 자칫 노인들에게 불쾌감을 주지나 않을까 하는 조심스러운 마음 때문에 대충대충 넘어갈 수도 있으리라. 그렇다 해도 이 또한 문제가 있지 않은가. 자칫 무자격자에게까지 공짜표가 무제한으로 유출되어 경로라는 본래의 취지와는 상관없이 귀중한 국고에 손실을 주는 일이 생기게 되니 말이다.

그러면 유자격의 노인들에게는 아무런 죄책감 같은 것을 갖지 않도록 하면서 우대혜택을 주고, 판매요원들 역시 진정으로 경로의식을 갖고 노인들을 대하게 하는 합리적인 방식은 없는가. 주는 사람이나 받는 사람 모두가 기분 좋게 하는 그런 방법 말이다. 따지고 보면 경로우대란 그동안 사회에 공헌한 데 대한 정부차원의 보상이요 사회적·신체적 약자에 대한 사회적인 보호의 성격이 짙다. 그 외에도 경로우대는 그동안 자녀들이 수행해오던 노인복지문제의 일부를 정부에서 떠맡은 측면도 있다. 또 노인을 공경하라는 동양 전래의 유교사상에 기인된 측면도 있는 게 사실이다.

정 그럴 바에야 아예 이를테면 '경로우대카드'와 같은 개인 사진이 붙여져 있는 신분증을 발부해주어 전철을 탈 때는 물론 갖가지 경로우대가 필요한 때 사용토록 하는 것이 보다 바람직하지 않을까. 최근 이러한 제도가 실행된 것은 늦은 감은 있지만 퍽 다행한 일이다. 또 전철 등 교통비의 경우 경로우대표와 같은 전액무상제보다는 50% 할인 등 일부 할인제가 노인들 본인은 물론 일반의 정서라는 측면에서도 보다 바람직하지 않을까 생각된다.

또 현재 도시노인들만 대상으로 하고 있는 할인혜택을 기차와 전철에만 국한하지 말고 각종 버스나 고속전철과 같은 여타의 대중교통기관에까지 그 범위를 확대하는 것은 어떨지. 지방 내 거주하고 있는 노년층도 똑같이 혜택을 보도록 하는 것이 복지민주화의 원칙에도 맞을 것으로 보기 때문이다. 기실 인구비중으로 볼 때 노인들은 오히려 농촌지방에 더 몰려 있지 않은가. 또 경로우대의 범위 역시 교통편의 등 사소한 데 국한할 것이 아니라 의료혜택 등 보다 수요가 많으면서도 노인들에게 실제로 도움이 될 수 있는 분야로 확대하는 것이 바람직할 것으로 본다.

물론 지금도 '노인복지카드'란 것을 형식적으로 발급하고 있는 것은 사실이지만, 실제로는 거의 사용되지 않고 그때그때 주민증으로 대체되거나 나이를 적당히 겉모습만 갖고 판단해 처리하곤 하는 게 현실이다. 그렇지 않고 이 제도를 수정·보완하여 활성화하는 방법도 있을 수 있을 것이다. 가령 월 12,000원에 해당하는 노인 교통비의 지급문제도 우선 액수가 너무 적을 뿐만 아니라 빈부에 관계없이 누구에게나 일률적으로 지급하는 것이 과연 바람직한 것이냐 하는 것이다.

최근 이 문제를 보완하려는 정부 측의 노력이 엿보이기는 하지만, 월 20~30만 원의 정부보조금으로 겨우겨우 살아가고 있는 극빈층의 노인들이 있는가 하면 월 수천만 원씩의 금융소득을 갖고 떵떵거리며 살고 있는 극부의 노인들도 있지 않은가. 이들에게 무료 전철표와 월 12,000원이 무슨 의미가 있는 것일까. 차라리 그런 돈을 어렵게 살아가고 있는 노인들에게 몰아주는 것이 보다 합리적이지 않을까? 소득 하위 60%의 노인들에게 월 80,000~90,000원의 생활비를 획일적으로 지급한다고 하는데 그역시 불합리한 정책임은 마찬가지다.

따지고 보면 연로한 사람들도 어떻게 보면 정신적·신체적 장애인으로서 정상인과는 달리 사회적 보호와 돌봄을 필요로 하고 있다. 물론 모두가 일급장애에 해당되지는 않을 것이며, 그 '장애'의 정도에는 사람들마다 큰 차이를 보일 것이다. 다시 말해서 경제적 조건에 따라 노인복지정책도 차별화되어야만 함과 아울러 일반 장애인들에 상응하는 각종 사회적 복지혜택이 일정 연령 그 이상의 노인들에게도 주어져야만 마땅하다는 것이다. 마치 전철객차 내에 '노약자 · 장애인'석이 같은 자리에 마련되어 있는 것과 똑같이 말이다.

현재 우리는 고령화사회에 살고 있으며 앞으로 10여 년 후에는 전체 인구의 14% 이상이 65세의 노령인구로 구성된 이른바 '고령사회'로 접어들 것이 예상되고 있다. 이는 전체 인구 5명 중 1명이 노인임을 뜻하며 사회 전체가 연로한 인구로 구성된 저생산성의 맥 빠진 국가로 전락해감을 뜻한다. 이는 어린 비노동인구를 제외한다면 약 2명의 젊은 사람들이 1명의 노인을 먹여 살려야만 한다는 암울한 예측을 낳게 한다.

그러나 다른 한편 '반드시 그럴까?' 하는 세간의 부정적 예측에 수긍할 수도 있는 긍정적 측면도 생각해볼 수 있다. 그동안 국민연금제의 추진으로 앞으로의 노인들이 반드시 자식 등 남의 도움이나 기다리는 그런 무기력한 존재만은 아닐 것이라는 것이다. 이제부터는 노인들도 충분치는 않다 해도 연금혜택을 받기 때문에 대부분이 경제적으로 최저생활 그 이상의 생활수준을 누리게 됨으로써 비록 사회 전체가 연령적으로는 다소 불균형은 보이겠지만 소득분포라는 점에서는 매우 안정적일 수 있기 때문에 소비의 활성화를 가져와 경제발전에도 보다 긍정적일 수 있다는 것이다.

물론 국민연금의 혜택을 받지 못하는 비정규직이나 자영업자의 비중도 만만한 것은 아니지만. 어디 그뿐이겠는가. 앞으로의 노년층은 우수한 영양상태, 높은 건강 위생의식, 그리고 질 좋은 의료혜택 등에 힘입어 전과는 비교할 수 없을 만큼의 정신적·신체적인 건강을 유지해갈 것이 분명하다. 이는 곧 앞으로는 생산활동 가능 연령이 지금보다 훨씬 더 높아져 반드시 노인들이 비노동인구로만 간주될 필요가 없게 됨을 의미한다. 노인들의 개인적 상황에 따른 복지정책의 차별화가 필요한 이유도 바로 거기에 있다.

끝으로, 노인복지정책은 단순히 공짜 전철표나 나누어주고 소액의 교통비를 지원해주는 등의 소극적인 방법에 그쳐서는 안 된다. 그들의 노동력을 활용하고 그에 대한 응분의 급여지급을 통해 복지혜택도 부여하는 등의 보다 적극적이고 생산적인 정책이 필요하다는 것이다. 산불예방활동이나 시키고 동내주변 조기청소나 시켜 소액의 월정금을 주는 정도의 정책은 실효성도 낮을 뿐만 아니라 현재 그 적용범위도 극히 한정되어 있지 않은가.

정부 측에서 이들의 유휴노동력을 각 관련분야별로 적극 활용하는 방안의 모색이 시급히 요청된다. 정년연장도 그 한 가지 방법일 수 있다. 그러나 보다 범국가적 차원에서의 인적자원 활용방안이 장기적인 관점에서 마련되어야만 하지 않을까?

적어도 지금보다 약 5~10년 정도 실질적인 은퇴연령을 늦춰줌으로써 지금처럼 무기력하게 '경로우대'나 바라며 사회의 무관심 속에서 천덕꾸러기로 살아가는 그런 존재가 아니라 당당히 노숙한 산업인력으로 대우받으며 살아가도록 하는 정책 말이다. 그렇게 되면 국가적으로도 복지예산을 크게 절약할 수 있을 뿐만 아니라 노인들에게는 노령화가 하나의 저주가 아니라 또 다른 삶의 축복의 하나라는 의식을 갖게 할 수 있어 일거양득이라는 것이다.

어디 그뿐이겠는가. 늙은 부모들에 대한 자식들의 시답잖은 경제적 부담을 덜어주는 외에도 따로 젊은 청소년들에게도 '무리한' 경로교육도 필요 없게 되는 그런 행복하고 아름다운 사회가 되지 않을까?

제3부

우리 기업의
문제들

20
기업도 인간이다

　기업이란 영리를 목적으로 두 사람 이상에 의해 운영되는 사업체를 말한다. 또 이는 사업(業)을 기획(企)한다는 뜻도 지니고 있다. 그것은 영리를 목적으로 하고 있다는 점에서 각종 정부기관, 종교단체, 자선단체들과 같은 비영리단체와 구분되며 2인 이상에 의해 계획적으로 운영되고 있다는 점에서 단순한 사람들의 집합이 아닌 하나의 조직이다.

　물론 그것이 사람들에 의해 설립·운영되고는 있지만 인간 그 자체라고는 할 수 없는 별도의 인간협동체이다. 그렇다 해도 그것을 하나의 인격체로 보는 것이 그 경영적 관점에서나 산업체 전체의 운영의 관점에서 편리할 때가 많다. 그래서 자본주의체제하에서는 일정한 요건을 갖춘 기업에 법적으로 인격을 부여하고 그에 상응한 권리·의무를 부과하고 있다.

그것을 법인(法人)이라고 부른다. 물론 법인격이 부여되어 있지 않은 기업형태도 없는 것은 아니다. 또 기업만이 아니고 공공기관과 같은 비영리단체도 사람의 속성을 대부분 그대로 지니고 있다. 그러나 그 공익성이 높고 특히 투자자들의 권익을 보호할 필요가 많은 대기업인 경우는 대체로 법인화되어 있다. 다시 말해서 그러한 기업의 경우 법률상으로 인격을 부여한 후 권리·의무의 주체로 인정해주자는 것이다. 즉 그것은 우리 개인들 모두와 똑같은 자연인(自然人)이요 유형인(有形人)과 대조되는 법인이요 무형인(無形人)이라는 차이가 있을 뿐 자연인에게 부여되는 것과 동일한 권리·의무를 지니고 있는 것이다.

그러나 여기서의 관심은 그것이 지니고 있는 법률적 신분이 아니라 그 생태적 속성에 두고 있다. 법적 인격체로서의 기업은 자연인으로서의 우리 인간이 지니고 있는 것과 거의 동일한 특성과 속성을 지니고 있다는 것이다. 우주창조론의 관점에서 우리 인간이 단순히 분자와 원자들의 우연한 결합체가 아니듯이 기업도 단순히 사람들의 집합체에 불과한 것은 결코 아니다. 단지 자연인과는 달리 스스로 사고·추리·판단능력이 없고 인간과 달리 감정을 갖고 있지 않다는 차이가 있을 뿐 그 외의 속성에 있어서는 동일하다.

우선 기업도 인간과 마찬가지로 그 생존을 위해서는 외부로부터 끊임없이 인풋의 투입을 필요로 한다. 기업이 생존해가기 위해서는 인적·물적·정보적 투입물을 받아들여 처리한 후 제품·사회공헌·고객만족과 같은 갖가지의 아웃풋형태로 전환하는 과정을 부단히 지속하고 있고 또 그래야만 그 사회경제적 존립근거가 유지될 수 있는 것은 인간과 마찬가지 아닌가. 인간 역시 외부로부터 영양·산소와 같은 물적 인풋 외에 지식·정보와 같은 비물적 인풋을 받아들여 처리한 다음 각종 육체적·정신적 에너지라는 아웃풋으로 전환시키는 활동을 계속한다.

기업활동이 얼마나 내실이 있느냐 하는 것은 인풋의 질과 처리활동의 유효성에 의해 좌우되는 것과 똑같이 인간의 정신적·육체적 능력도 그의 건강관리와 교육 내지 기타의 지적 활동에 의해 결정된다. 마찬가지로 인간의 경우 '인풋 → 처리 → 아웃풋'의 전 과정에서 특히 부모의 역할이 중요시되는 것과 똑같이 기업에서도 바로 경영자의 능력에 따라 그 과정 전체의 유효성이 영향을 받는다.

그다음 인간이 어머니 배 속에서 처음 태어난 후 꾸준히 신체적·정신적 성장을 추구하듯이 기업도 처음 창업된 후 이와 동일한 목적을 추구한다. 기업은 매출액과 이익의 증대를 통한 대내적 성장과 외부기업과의 합벽(M&A)을 통한 대외적 성장이라는 두 가지 방향으로 양적 성장을 추구한다. 그 반면 질적 성장은 사내 교육·훈련과 같은 인사관리, 조직구조의 변경, 새로운 경영기법이나 지식경영체제의 도입과 같은 방법을 이용한다. 기업의 경우 거의 무한한 양적 성장이 가능하고 또 그것을 추구하지만 인간의 신체적 성장은 대체로 20세 전후까지만 지속되며 질적 성장 역시 인간의 지적, 생물적 한계 때문에 일정범위를 초과할 수 없다는 점에서 양자 간에 차이가 있다.

세 번째 인간과 마찬가지로 기업도 환경의 지배를 받는다는 것이다. 인간의 경우 기후조건이나 여타의 생태조건과 같은 자연환경은 우리의 의식주생활에 직접 영향을 주고 있다. 그 외 가정환경, 사회 환경, 인구통계학적 환경과 같은 비자연적 조건들이 개인들의 삶의 질과 가치체계에 절대적인 영향을 미친다.

기업도 마찬가지다. 아마 기업의 경우 인풋에서 아웃풋에 이르는 전 과정에 인구통계적·정치 법률적·사회문화적·경제적·기술적 환경과 같은 거시적 요인들 모두가 직접 영향을 미치고 있다는 점에서 특히 가정, 이웃, 동류집단과 같은 미시적 조건들에 특히 좌우되는 인간에 비해 환경문제가 더 절대적이라 할 수 있다.

환경에 대한 적응의 중요성도 양자에 있어서 동일하다. 인간이 환경에 제대로 적응하지 못하면 각종 신체적·정신적 질환에 시달려 심한 경우 죽음에 이르게 되는 것과 똑같이, 기업도 환경부적응으로 적자에 허덕이거나 문을 닫는 경우가 얼마나 많은가. 판매부진, 노사분규의 심화, 경쟁에서의 패배, 정부로부터의 제재, 생산 차질 등 각종 기업들이 갖게 되는 경영문제들을 따지고 보면 모두가 환경부적응의 결과에 불과하다.

약육강식(弱肉强食)이라는 흔히 동물세계에서 볼 수 있는 밀림의 법칙은 산업계에서도 그대로 통한다. 이를테면 중소기업이 틈새 전략이라는 우회전략으로 대응하지 않고 대회사에게 무모하게 공격적인 자세를 취한다든가 대기업들의 영역을 함부로 넘보다가 보복에 견디지 못하고 결국 문을 닫는 회사들을 우리 주변에서 흔히 볼 수 있지 않은가. 결코 좋은 비유라고는 할 수 없지만, 인간의 경우도 가령 힘센 동료학생들로부터 왕따에 견디지 못해 다른 학교로 전학의 길을 택한다든가 심한 경우 자살까지 저지르는 학생들도 있지 않은가. 힘세고 능력 있는 자만이 살아남는 것은 인간 사회라고 결코 예외는 아니다.

직장에서 적응치 못하여 해고당하는 경우, 부모와의 갈등으로 가출하는 청소년들, 첨단화, 기계화된 현대 물질문명사회에 적응치 못하고 방황하는 수많은 현대인들을 보라. 우리 인간들과 마찬가지로 기업도 적자(適者)만이 생존해갈 수 있다는 평범한 자연선택의 원리를 기업경영자들은 이해하고 있어야만 한다.

그리고 기업이 사회적·경제적 사명을 다함으로써 그 존립근거를 유지해가기 위해서는 외부적으로 환경적합성 외에 내부적으로도 기능적합성을 유지하지 않으면 안 된다. 그러기 위해서는 기업 내 여러 하위기능들이 목표적합성을 유지하도록 서로 조정·통합되어야만 한다. 이는 인간이 생존을 유지하기 위해서는 골격조직·피부조직·신경계통·뇌조직·소화기·호흡기 등 생체의 여러 기관들이 적절히 기능하지 않으면 안 되는 것과 같은 원리다.

다시 말해서 기업도 그 생존을 유지하기 위해서는 구매·생산·판매·인사·회계·관리·기술 등 여러 기업기능들이 조직목표의 달성이라는 명제하에 유기적으로 서로 조정·통합되는 가운데 적절히 수행되지 않으면 안 된다는 것이다. 아무리 여타의 모든 기능들이 원만히 수행된다 해도 그들 가운데 어느 하나의 기능만 마비되어도 기업 전체의 생존이 위협받는 게 되는 것은 우리 인간의 경우와 다를 바가 없다. 인간의 경우도 대외적인 환경문제 외에 이를테면 혈관기능 아니면 소화기능 가운데 어느 하나만이라도 문제가 있다고 생각해보라. 또 정신적으로 심한 스트레스에 시달리고 있다고 생각해보라. 노사 간의 갈등 아니면 노노 간의 갈등으로 회사 전체가 휘청거리는 경우와 무엇이 다른가.

끝으로, 보다 거시적 차원으로 눈을 돌려보자. 우리 인간들은 그 사회에 살면서 좁게는 가족의 일원으로서 넓게는 직장의 한 팀장 아니면 교회의 한 장로와 같은 갖가지 신분과 그에 해당하는 역할을 수행하고 있다. 또 그렇게 사회의 모든 성원들이 각자 주어진 역할을 수행해갈 때 비로소 그 사회 전체도 본연의 기능을 유지해갈 수가 있게 된다.

기업도 마찬가지 아닌가. 넓게는 그 사회의 생산경제의 한 구성단위로서 좁게는 사회구성원들로 이루어진 법인격체로서 그 사회에서 불가결한 위치를 점유하고 있다. 우리가 자급자족의 원시사회로 되돌아가지 않는 한 사회에서 기업이 없어진다는 것은 감히 상상할 수도 없는 일이다. 먹을 것, 입을 것, 휴대전화, LCD TV, MP3, 에어컨, 냉장고, 자동차, 전철, 학습교재…… 모두가 기업들에 의해서 생산·공급되고 있고 그럼으로 해서 우리 모두는 옛날의 원시인이 아닌 현대의 한 문화인으로서의 편익과 행복한 삶을 향유할 수 있게 되는 것이 아닌가. 그렇게 볼 때 우리 인간들이 일반사회를 구성하고 있는 자연인이라고 한다면 기업은 경제사회를 구성하고 있는 '자연인'에 해당한다고 보아도 무방하지 않은가.

자연인으로서의 인간의 존엄성이 유지되어야만 하는 것과 똑같이 법인으로서의 기업의 존엄성도 지켜져야만 하는 이유도 바로 여기에 있지 않은가. 그러나 현실은 반드시 그렇지 못하다는 것이 문제이다. 이제 우리 모두는 우리 사회에서 기업이 지니고 있는 위상 내지 중요성과 기업에 대한 우리 사회의 일반적 시각 간에 어떤 괴리가 내재해 있는가를 다시 한번 더 돌이켜보고, 만일 있다면 그 원인과 해소책을 진지하게 생각해볼 필요가 있지 않을까.

21
요즘의 광고, 무엇이 문제인가

한 조사에 의하면 현대인들은 각종 매체를 통해 하루 평균 대략 600~800개의 광고에 접하고 있다고 한다. 이제 광고는 단순히 기업의 대(對)소비자 커뮤니케이션이라는 단순한 기업적 기능을 넘어 우리 생활의 일부요 우리의 삶 곳곳을 파고들고 있는 필요악이 되고 있기도 하다.

광고란 소비자들에 대한 기업의 상업적 · 의도적 커뮤니케이션활동이다. 실로 기업은 끊임없이 시장과 메시지교환활동을 하지 않으면 안 된다. 제품판매를 위해 정보도 제공해야 하지만 보다 적극적으로 경쟁사제품 대신에 자사제품을 구매하도록 촉구하고 설득해야만 한다.

기업 측에서의 그러한 커뮤니케이션활동의 대상은 비단 소비자들에 국한되지는 않는다. 지역사회 · 정부 · 주주 · 채권자들에게 자사를 홍보해야 하고 자사에 대한 좋은 이미지도 구축해 놓아야만 하는데 그것은 각종 광고나 홍보를 통해 가능하게 된다. 그러한 점에서 광고는 회사 측에서 활용하고 있는 중요한 경쟁수단이요 회사와 제품의 대소비자촉진수단이 되고 있다.

광고 이외에도 홍보나 판촉 혹은 판매원들이 그런 목적으로 활용되고는 있지만, 일시에 광범위하게 퍼져 있는 다수의 사람들에게 정보를 전달하고 구매를 설득하는 데는 당연히 광고가 가장 효과적이다. 그래서 각종 회사들이 판매수단으로서 광고를 가장 즐겨 이용하고 있는 것이 오늘의 현실이다. 회사의 입장에서 대부분의 광고는 회사제품의 현재고객과 잠재고객들이 그 표적이 되고는 있다. 그러나 자사제품의 추천이나 취급을 촉구하려 할 때의 대유통업자 광고라든가 회사이미지를 개선하려 할 때의 대정부나 대지역사회광고와 같이 그 대상이 반드시 소비자에 한정되어 있지 않은 때도 있다. 물론 공익광고와 같이 정부나 공공기관이 광고주가 되고 있는 광고도 있지만 여기서의 초점은 영리조직인 기업들의 상업적 광고에만 두기로 하겠다.

광고는 '자본주의의 꽃'이요 '제3의 상품'이라고 불릴 만큼 자본주의의 본질 그 자체이다. 자본주의의 요체는 자유경쟁에 있고 광고는 바로 자유경쟁의 중요한 한 표상이 되고 있기 때문이다. 또 그것은 한낱 제품의 경쟁력을 높이고 그것을 팔기 위한 수단에 그치지 않고 이제는 회사가 내보내는 광고물 그 자체가 하나의 상품이 되어버린 것이 오늘날의 현실이다.

이렇듯 광고는 개별기업의 관점에서 중요한 판매수단이 되고 있는 외에도 잠재수요를 자극하고 새로운 효용을 창출하며 경제적

자원의 효율적 배분에 기여함으로써 자본주의경제의 발전에 지대한 공헌을 하고 있다. 그러나 광고는 경제적 제도임과 아울러 하나의 사회적 제도이기도 하다.

우리들은 광고를 통해 우리의 라이프스타일을 형성해가고 있으며 우리의 가치와 사회적 규범을 학습하기도 한다. 광고에서 비춰주는 주변상황과 배경 그리고 등장인물들의 일거수일투족 하나하나를 살펴보라. 바로 우리들 스스로가 어떻게 일하고 어떻게 시간을 보내며 어떻게 대인관계를 맺어나가야 하는가를 하나하나 보여주고 있지 않은가. 그만큼 광고의 사회적 파급효과가 커졌다. 회사의 제품이나 서비스에 관한 갖가지 정보를 제공해 줌으로써 우리가 합리적이고 경제적인 구매를 하도록 도와주는 것 외에도 말이다.

그래서 흔히 광고를 가정·학교·종교에 이어 제4의 사회화요인이라고들 하지 않는가. 오늘과 같은 산업사회를 흔히 타인지향적 사회라고 부르는데, 우리들이 우리의 사회에서 살아가는 데 필요시되는 갖가지 태도·가치·예절·관습과 같은 것을 매일같이 접하는 각종 광고에서 배우고 있지 않은가. 그래서 그 사회가 사회경제적으로 얼마나 발전되어 있느냐를 알기 위해서는 흔히 총 GDP에서 총 광고예산이 차지하고 있는 비율이 얼마냐를 보고 있다. 즉 광고 지출과 경제발전과는 서로 밀접한 상관관계를 지니고 있다는 것이 통계적으로 입증되고 있다는 것이다.

그러면 우리 기업들의 광고가 과연 사회적·경제적으로 그런 순기능만 수행하고 있는가? 광고는 자본주의체제하에서 기업의 정당한 경쟁수단이 되고 있기 때문에 어떤 광고든 사회경제적으로 정당화되어야만 하는 것인가?

오늘날 광고공해라는 말을 흔히 듣는다. 우선 광고가 우리의 인내수준을 넘을 만큼 과다한 빈도로 자행되고 있으며 우리의 정상적인 생활을 해칠 만큼 생활 곳곳에 침투해 있다는 것이다. 어디그뿐인가. 과장·허위·오도적인 광고가 우리를 얼마나 괴롭히고있는가.

물론 경제학자나 사회학자들이 주장하는 바와 같이 광고가 최소한의 정보적 기능만 수행하는 범위로 제한하자는 주장도 경쟁수단으로서의 광고의 기능을 도외시한 것이겠지만, 그렇다고 지나치게설득행위에만 치우침으로써 기업들 간 광고경쟁을 심화시키고 그로 인해 이른바 '광고공해'를 초래하게 된 것도 사실이다. 이렇듯광고는 단순히 그 양(量)과 방식에만 문제가 있는 것은 아니다. 또그것은 때로는 저절로 우리의 사생활에까지 지나치게 깊숙이 침투함으로써 우리의 생활의 질(質)마저 약화시키고 있다는 것이다.

그래서 광고공해란 신조어마저 생긴 것이 아닐까? 아니 단순한공해에 그치지 않고 우리의 정신건강마저 심히 해칠 정도로 그 오염도가 점점 더 심화되고 있는 것이 문제다. 얼마나 심각한지 거실의 TV를 한번 켜보든지 전철의 내벽을 한번 둘러보든지 마우스로 인터넷을 한번 들어가 보든지 전철역 대기의자에 앉아 앞의 화면에서 무어라고 열심히 떠들고 있는지 한번 보라. 광고판이 있는바로 그 자리에 아름다운 시 한 편이 걸려 있다든가 전철객차 내벽에 복사본이나마 명화 한 장이 끼워져 있다고 생각해보라. 우리의 일상생활이 얼마나 밝고 즐겁겠는가.

하루아침에 그런 것들로 모두 교체해놓자는 것은 결코 아니다. 상업적인 것과 공익적인 것이 적절한 배합을 이루는 정도로만 그쳐도 우리 사회가 우리의 일상생활이 얼마나 아름답고 살기 좋은 곳이 되겠는가.

그다음 광고의 내용과 집행상의 문제다. 광고 가운데는 기지와 위트가 넘쳐나고 무언가 예술성을 띤 것도 없는 것은 아니다. 그러나 상대적으로 성(sex), 폭력, 신체기능을 소재로 한 것이 허다해 불쾌감과 혐오감을 자아내게 하는 광고가 얼마나 많은가. 그런 이유 때문에 사람들 가운데는 광고의 본질적 기능 그 자체마저 거부하는 극단적인 예까지 찾아볼 수 있다. 하지만 대부분 비판의 초점은 그 본질적 기능의 수행과정에서 발생하는 부정적 효과에 두어져 있는 듯하다.

이를테면 광고내용이 사실 그대로가 아니고 지나치게 과장되고 왜곡시킴으로써 소비자들을 자칫 오도(誤導)하도록 한다는 것이다. 엄밀히 말해 그건 사기에 속한다. '국내최초', '가장 우수한', '가장 오랜 역사를 지닌' 등등 어디에나 최상급의 표현을 남발함으로써 그 대상에 대한 소비자들의 객관적이고 정확한 판단을 심각하게 저해하고 있지 않은가. 어디 그뿐인가. 광고에 따라서는 메시지가 저속하고 천박하여 혐오감을 자아내게 하고 전혀 정보적 가치마저 없는 경우가 얼마나 많은가.

또 교묘히 소비자들의 식역하지각을 이용하여 본인들의 무의식 중에 구매욕구를 유발시키는 광고기법도 얼마든지 있는데, 이 얼마나 교활하고 비윤리적인가. 그 외에도 광고는 금전만능주의 내지 물질주의사상을 심화시키는 주인(主因)이 아닌가. 값비싼 외제 자동차를 몰고 고급액세서리와 명품을 걸쳐야만 사람취급을 받고 보통사람으로서는 상상을 초월한 비싼 회비 내가면서 골프를 쳐야만 스포츠를 즐기는 것으로 인식시키고 있는 주범이 과연 누구인가? 최소한 비즈니스 클래스석에 점잖게 앉아 가야 성공한 사람이고 백화점에서도 적어도 VIP고객 대접을 받지 않으면 안 되고 플레티넘 신용카드로 결재해야만 사람취급을 하도록 만든 것이 과연 누구란 말인가.

물론 광고란 단지 그 사회의 일반적 가치를 반영한 데 불과하지 그 스스로가 가치를 창조하지는 않고 있지 않느냐 하는 반론도 제기될 수 있다. 또 특정의 가치는 사회 전체의 구조와 상호 관련되어 있기 때문에 일부 광고만 가지고 비판대에 올려놓는다는 것도 무리일 수도 있을 것이다.

그러나 광고가 사태를 더욱 악화시켰다는 사실을 부인하는 사람은 아무도 없을 것이다. 그리고 시청자가 아니라 광고주의 비위를 맞추려는 데 급급한 몇몇 카피라이터(copywriter)와 아티스트(artist)가 비판을 받아야만 한다는 주장도 있을 수 있다. 그러나 따지고 보면 그들을 직접 통제할 수 있는 입장에 있는 사람은 바로 광고주가 아닌가?

차제에 경제적 역기능에 관해서도 한번 살펴보자. 광고를 통해 오히려 판매가격을 인하시키게 된다는 그럴듯한 주장도 광고업계에서 그동안 있어 온 게 사실이나 큰 설득력은 없다. 왜냐하면 그 것은 '집중광고 → 수요증대와 생산량증가 → 생산비감소 → 가격인하'라는 구도가 엄격히 지켜질 때에 비로소 가능하게 되지만 실은 그렇지 못하다는 것이다.

업계의 모두가 광고경쟁에 뛰어든 상황하에서 어느 한 회사의 집중광고가 유독 당해 회사만의 수요증가로 현실화된다는 보장도 없을뿐더러 설령 그렇다 해도 단위당 생산비의 감소가 곧 가격인하로 이어지는 예도 현실적으로 그다지 많지 않았다는 것이다. 오히려 가령 특정 회사의 광고점유율이 경쟁사에 비해 월등히 높고 그에 따라 상대적으로 수요가 급증함으로써 마침내 어떤 독점적 위치에 도달하게 되면 그동안 지출한 광고비 등의 각종 촉진비를 만회할 욕심에 가격을 그만큼 더 올릴 가능성이 높지 않겠는가?

그뿐이겠는가. 경쟁사보다 월등히 많은 광고비의 지출은 만약 그 지출효과가 현실화될 경우라면 대량생산을 가능케 할 것이고 이는 다시 당해 회사의 규모의 경제효과를 확대시킴으로써 결국은 경쟁을 제한하게 되고 산업을 집중시키는 등 전체경제에 악영향을 초래할 것이 분명하다. 이는 곧 소비자가격을 인상시키는 결과를 초래해 소비자들이 불이익을 보게 되는 것은 당연할 것이다.

이상은 그나마 광고지출효율이 정상적으로 발생했을 때의 폐해에 불과한 것이고 업계 간 광고경쟁이 심화되어 그것이 중복되고 과다할 때의 경제적 낭비도 또한 생각해볼 일이다. 요즘 얼마나 많은 광고들이 경쟁적으로 단순한 정보제공기능에 그치지 않고 회유와 설득행위에 치중함으로써 경제적 낭비를 초래하고 있는가. 물론 광고를 단지 정보제공기능으로만 한정시키자는 주장도 비현실적이긴 하지만 지나치게 중복·반복적인 광고는 당연히 지양되어야만 하지 않을지. 또 광고매체시간과 공간을 과다히 점유하고 있는 매체들의 광고에 대해서는 어떤 규제가 가해져야만 하지 않은가? 물론 현재 방송매체의 광고시간이 엄격히 제한되어 있기는 하지만.

그러한 광고에 대한 규제가 필요한 것은 물론 사회 전체의 경제적 자원의 효율적 이용을 기한다는 경제정책적 차원에서 중요하다. 그러나 그 외에도 그런 과장·허위·오도적 광고가 반복·중복적으로 수행됨으로써 결국 광고에 대한 소비자 일반의 신뢰를 떨어뜨리는 결과를 초래함으로써 부메랑효과로 광고주들 자신에게도 결코 이로울 것이 없다는 점에서도 필요하다. 그 사회의 건전한 정서를 해치게 된다는 사회적 역기능은 물론이고.

자유경쟁을 핵심으로 하고 있는 자본주의 체제하에서 광고는 반드시 필요한 사회경제적 제도이다. 만일 광고가 없다고 한번 생각해보라. 기업의 대시장 커뮤니케이션활동은 극히 비능률적으로 이루어질 수밖에 없을 것이고 소비자들 역시 쇼핑정보에 접할 기회가 심히 제한되어 비경제적인 구매활동을 할 수밖에 없을 것이다. 또 기업들 간 유효한 경쟁수단을 제약함으로써 그 사회경제의 건전한 발전이 심히 저해될 수밖에 없을 것이다.

그렇지만 그 역기능과 불(不)경제효과가 최소화되고 순기능과 경제적 효과가 최대가 되는 방향으로 법률적·제도적으로 재조정되는 것이 우리 사회 전체 웰빙의 증진이라는 측면에서도 바람직하지 않을까? 또 그렇게 하는 것이 광고의 주체인 기업들의 장기적인 이득에도 도움이 되지 않을까?

22
소비자는 정말 왕인가

"여보시오, 하자 있는 물건은 바꿔주어야 하지 않소?"
"그렇게 할 수 없소."
"할 수 없다니, 소비자는 왕인데 이래도 돼요?"
"왕? 누가 소비자를 왕이라고 그래요?"
"아니, 소비자는 왕 아닌가요?"
"왕 같은 소리 그만 하고 썩 나가시오!"

그렇다. 누가 과연 소비자를 왕(王)으로 추대하였으며, 그 이전에 누가 소비자를 왕세자로 책봉하였던가. 또 소비자가 정말 왕이라면 생산자나 판매자는 그 신하 아니면 종복이란 말인가.

물론 이는 소비자를 왕처럼 소중히 대하라는 말일 게다. 그러면 그건 누구의 말인가. 소비자들 자신? 아니다. 판매자들 측에서 나온 사탕발림 아닌가. "왕으로 알고 있으니 우리 물건 많이 팔아주시오." 뭐 이런 메시지가 아닐까. 생각하기에 따라서 그럴 수도,

그렇지 않을 수도 있다. 그렇다손 치더라도 과연 그와 같이 소비자와 생산자 간에는 주종(主從)의 관계가 현실적으로 정립되어 있는가. 만일 그렇지 않다면 그런 관계가 정립될 필요성은 생산자와 소비자의 입장에서 각각 어디에 있는가.

왕이란 왕권정치체제하에서 한 나라를 다스리는 최상위의 통치자이자 왕 그 자체가 법(法)이요 절대적인 존재로 인식된다. 물론 왕 밑에 여러 대신들이 있어 왕의 참모역할을 하고 있지만 최종결정은 왕이 내리게 되고 일단 내린 결정은 누구도 그에 이의를 제기할 수 없을 만큼 그 권위는 일종의 신성불가침으로 간주되어 있다.
그러면 이제 다시 눈을 우리 소비자들에게로 돌려보자. 흔히 판매자들의 입버릇처럼 과연 소비자는 왕이고 또 판매자 역시 소비자에 대해 왕으로서의 대우를 하고 있느냐 하는 것이다. 현실은 그렇지 못하지 않은가. 앞의 가상적인 대화에서와 같이 왕과는 거리가 먼 대접을 받고 있는 것이 오늘날의 소비자들이다. 큰 종합병원, 변호사사무실, 자동차정비소와 같은 곳을 한 번 가보라. 이건 왕이 아니고 하인보다도 못한 취급을 받을 테니. 그러나 소비자들을 왕과 같이 대할 필요성은 판매자(생산자)에게서 더 절실하다는 것을 알아야만 한다.

왜 그럴까? 오늘날의 판매자는 독점적 지위를 누리는 경우란 거의 없고 무수한 경쟁사와의 경쟁에서 승자가 되어야만 생존이 유지될 수밖에 없다. 더욱이 글로벌화된 오늘날 그 경쟁자의 수는 국내외적으로 더욱 많아졌음은 누구나 알고 있는 사실이다. 즉 수요<공급의 현상이 더욱더 심해진 것이 오늘의 현실이다.

그러니까 소비자들을 왕으로 모셔야만 함은 물론, 모시되 경쟁사보다 더 잘 모심으로써 비교우위를 지니고 있어야만 한다. 오늘날 자동차업계의 토요다, 컴퓨터의 IBM, 음료의 코카콜라, 휴대전화의 노키아, 소프트웨어의 MS, 가전업계의 삼성이나 LG 등 국제적으로 성공한 회사들의 공통된 특징은 소비자들을 참으로 왕으로 대우하려고 최선을 다하고 있다는 점이다.

그러니까 소비자들을 왕으로 대할 필요성은 기업들 자신의 생존전략에 근거한 것이지 기업 측에서의 어떤 사회적·자애적 동기와는 전혀 관계가 없다. 그나마 기업들 입장에서의 그러한 자각이 원래부터 있어 온 것은 아니고 최근에 등장한 일종의 경영철학의 하나이다.

사회경제적 발달사적인 관점에서 보면 시장은 본래 판매자 중심적이었다. 정치체제에 비유한다면 군주제에 속한다고나 할까. 공급에 비해 수요가 많았기 때문에 구태여 소비자들의 참된 욕구는 무엇이며 어떻게 충족시켜 줄까에까지 신경을 쓸 필요가 없었기 때문이다. 지금부터 약 50~60년 전까지만 해도 그랬다. 선진국들도 마찬가지였고.

그러나 그 후 생산이 기계화·자동화·대량화 체제에 의해 이루어지면서 시장은 판매자중심시장에서 구매자중심시장으로 그 특성이 바뀌기에 이르렀다. 정치체제에 비유한다면 민주주의라고나 할까. 제품의 생산·공급과 관련된 모든 결정이 소비자(국민들) 위주로 이루어졌기 때문이다. 소비에 비해 공급량이 과다했기 때문에 당연한 현상이 아닌가? 다시 말해서 무엇을 얼마나 생산하여 언제,

어디서, 얼마의 가격으로 공급하느냐 하는 것을 생산자가 아니라 바로 시장소비자들에 의해서 결정되게 되었고 또 당연히 그래야만 고객만족을 통해 수익증대와 경쟁력을 유지할 수 있게 되었다는 것이다.

이는 마치 민주주의정치체제하에서 주권은 국민들에게 주어져 있는 것과 똑같이 제품생산에서 판매 그리고 판매 후의 각종 고객서비스에 이르기까지의 모든 결정이 소비자 중심적으로 이루어짐으로써 '시장민주주의'를 실현하자는 새로운 경영철학이라 할 수 있다.

최근 산업계에서 흔히 회자되고 있는 '고객만족경영'이니 '고객을 위한 가치창조'니 '고객제일주의'니 하는 것은 모두가 그러한 철학을 반영하고 있는 말들이라 할 수 있다. 즉 소비자에 의한, 소비자를 위한, 소비자의 제품이 되도록 하자는 것이다. 미국 링컨 대통령이 선언한 'by the people, for the people, of the people'이라는 민주주의의 기본사상이 기업경영철학에도 그대로 반영되어야만 한다는 것이다.

그렇게 되면 기업의 모든 활동도 소비자들의 의견을 따라야 하고 소비자들을 위한 것이되 바로 소비자들의 것이 되는 철학적 바탕 위에서 전개되게 된다. 이는 소비자들이 원하는 제품을 원하는 가격에 원하는 양만큼 시간과 장소에 공급해줄 때 소비자들은 만족하게 되고 그에 따라 회사의 생존과 경쟁력도 유지되게 된다는 극히 평범한 진리에 바탕을 둔 개념이다.

오늘날 우리 주변의 기업들이 과연 그런 진리를 깨닫고 그에 따라 기업활동을 전개하고 있는가? 오늘날 소비자보호원에 접수되는 소비자불만 건수가 점감하기는커녕 매년 증가일로에 있다는 사실은 결국 기업들의 대소비자활동이 구태의연하다는 것을 반증하는 것이 아니고 무엇이겠는가. 실제로 국내 일부 대기업을 제외한 대부분의 중소기업들은 아직도 판매자(생산자)중심사상에서 채 벗어나지 못하고 있음이 여러 현실적 정황에서 분명히 나타나고 있다.

그러니까 과거 '소비자는 왕이다'느니 하는 입에 발린 구호도 단지 소비자들에게 아첨하여 물건이나 좀 팔고 보자는 얄팍한 상술에 불과한 것으로밖에 볼 수 없다. 이젠 단순한 말에 그치지 않고 뭔가 바뀌어야만 하지 않을까.

오늘날의 냉혹한 경쟁환경하에서 기업들이 생존해가기 위해서는 그런 판에 박힌 상투적인 말보다는 참으로 소비자들의 입장이 되어 그들이 원하는 바를 충족시키려 하는 진솔한 자세가 소비자들과의 장기적인 파트너십관계를 유지함으로써 상생(相生)의 효과를 누릴 수가 있지 않은가. 고객중심주의사상이 기업경영에 도입되어야만 한다는 것이다. 그러한 사상을 실현하기 위해서는 제품의 생산이전 단계에서부터 제품을 생산하여 판매한 후의 각종 서비스에 이르기까지 소비자들의 욕구에 관한 치밀한 조사활동이 선행되어야만 한다.

결국 소비자들을 왕으로 모시겠다는 건 판매자(생산자) 자신들을 위한 것이었지 소비자들을 위한 것은 아니었다. 물론 왕의 예우에 있어서도 비교우위를 지닐 때 경쟁력을 갖는 것은 사실이지만 소비자들도 왕 대접을 받는데 하등 싫다고 할 이유가 없지 않은가. 이른 아침 백화점문을 열 때 들어가 본 적이 있는가. 멋지게 차려

입은 날씬한 세일즈 걸들이 이열횡대로 양쪽으로 늘어서서 들어오는 손님들에게 허리 굽혀 일제히 "어서 오십시오!" 하고 합창할 때 얼마나 기분이 좋았던가. 좀 낯간지러운 생각이 들고 또 "평소 때도 좀 그렇게 하지!" 하는 마음이 들기도 하지만.

이래저래 기분 좋았던 고객들은 다음에 그 백화점을 또다시 찾을 것이고 그렇게 되면 백화점의 매상도 오르고 이익도 많이 나니 좋고 이 얼마나 그럴싸한 선순환(善循環)인가. 이런 선순환논리는 백화점 말고도 어느 회사, 제품, 브랜드의 관리에나 모두 적용된다.

그러나 여기서 한 가지 집고 넘어가야만 할 점은 왕도 왕다울 때 참된 왕의 대접을 받게 되지 않겠느냐 하는 것이다. 매장에서 다른 고객들의 눈살을 찌푸리게 하는 좋지 못한 매너를 보인다든가 자신의 잘못으로 물건을 망가뜨려 놓고 하자 있는 제품이라고 억지를 부린다든가 터무니없는 이유를 들어 피해보상을 요구한다든가 소송을 제기해 부당하게 판매자를 괴롭힌다든가 하는 등의 우리 주변에는 왕답지 못한 왕들이 너무나 많다.

물론 이에 앞서 판매자들의 '종복다운 종복'으로서의 양식이 선행되어야만 함은 물론이다. 판매자들 자신을 포함해 모두는 소비자들이며 동시에 어느 면에서 생산자들이라 할 수 있기 때문에 우리들은 다 같이 아름다운 '소비자왕국'을 건설하기 위해서 노력할 필요가 있지 않을까? 왕과 신하 그리고 국민 모두가 행복해하는 그런 사회 말이다.

23
큰 것이 아름답다?

영국의 경제사상가 슈마허가 저술한 「작은 것이 아름답다」라는 책 속에서 주장하고 있는 이른바 스몰(small)사상은 물론 소규모지상주의를 표방한 것은 결코 아니다. 그는 동 저서를 통해 근대 산업사회가 추구하는 팽창주의는 산업조직의 비대화와 그로 인한 인간존엄성의 파괴, 인간 소외화, 그리고 자연의 파괴 및 자원의 고갈문제에까지 관심을 두는 등 그는 그것을 자못 휴머니즘에 바탕을 둔 포괄적인 의미로 쓰고 있다.

그러나 나는 여기서 슈마허의 「Small Is Beautiful」에 대한 서평을 하자는 것은 아니고 또 환경문제나 인간주의경제학에 관해 논하자는 것은 더욱 아니다. 나 자신이 그럴 만한 지적 배경도 없을 뿐더러 설령 있다손 치더라도 이 글을 읽는 사람들에게 껄끄러운 내용으로 무리한 부담을 주고 싶지는 않은 것이 솔직한 심정이다.

나는 단지 슈마허의 주제와 대조되는 「Big Is Beautiful」이란 주제를 선택해본 것뿐이고 그 내용들까지도 슈마허의 것과 반드시 어떤 대칭관계를 이루고 있는 것도 결코 아니다.

슈마허의 지적대로 대규모 조직, 그것이 산업조직이든 정부조직이든을 막론하고, 그런 조직이 개인들에게 가하는 인간의 기계화, 노예화라는 인간소외의 폐해만을 제외한다면 대규모조직이 반드시 불리한 것만은 아니다. 만약 불리하다면 왜 많은 공사(公私)조직이나 각종 회사들이 그토록 대형화에 혈안이 되어 있을까. 오늘날 기업과 같은 민간조직은 물론이고 정부나 기타의 정치조직들도 대형화를 추구한다는 점에서는 결코 예외가 아니지 않는가.

왜 그럴까. 먼저 산업조직과 관련해서부터 한번 생각해보자. 여기서야말로 빅(big)사상이 가장 중요시되고 있지 않을까. 우선 회사의 규모가 크다는 것은 무엇을 뜻하는가. 회사건물? 종업원 수? 자산규모? 아니면 매출액? 아마 이들 모두가 관련되어 있을 것이다. 단지 회사건물과 같은 비본질적인 것들은 제외하는 것이 좋을 것이다. 총자산, 종업원 수, 매출액 모두 보잘것없으면서 큼지막한 사옥만 덩그러니 흉물처럼 버티고 있다고 누가 그것을 과연 큰 회사라고 하겠는가. 그렇다면 이들 측면에서 볼 때의 큰 회사란 작은 회사에 비해 과연 어떤 점에서 유리한가.

대마불사(大馬不死)란 속된 말이 있듯이 대기업은 우선 자본력이 있고 안정감이 있어 소기업에 비해 보다 영속성을 유지시킬 수 있다는 이점이 있다. 또 대외공신력이 높아 인원채용, 금융, 기타 대외협상에 있어서도 유리할 것은 분명하다. 종업원들이나 경영자들 역시도 대외인지도 때문에 소기업에 비해 보다 자긍심을 갖게 하여 사기가 높아 그 회사의 생산성개선에도 도움이 될 것은 확실하다.

그다음 아마 가장 중요하면서도 논리적인 이점은 규모의 경제효과(scale economy effect)에 있을 것이다. 생산, 관리, 투자의 규모가 클수록 단위당 생산비용을 줄일 수 있고 또 그만큼 경쟁력을 키울 수 있게 되지 않겠는가. 그러면 정부나 공공기관과 같은 행정조직의 대형화추세는 무엇으로 설명될 수 있는가. 그것은 주로 파워논리로 설명될 수 있지 않을까. 조직이 클수록 그만큼 보다 강력한 파워도 따르게 마련이고, 이를테면 예산배정에 있어서도 보다 유리한 입장에 있게 마련이다. 여소야대(與小野大)의 국회구성이 집권당에게 항상 불안정한 이유도 여보다 야의 규모가 크고 그에 따른 비토파워도 보다 강하게 되기 때문이다. 다시 말해서 큰 조직일수록 숫자게임(number game)에서 유리한 입장에 설 수 있게 된다.

물론 공사(公私)를 막론하고 각종 조직의 대형화는 슈마허나 프롬(E. Fromm)이 그토록 싫어했던 관료조직화를 초래하는 것은 물론이다. 그렇지만 그런 관료조직에 몸담고 있는 관료들 자신이 관료조직의 폐해를 한 번이라도 논한 적이 있던가. 상부 눈치만 보면 월급걱정 안 하고 정년까지 편하게 지낼 수 있는 '철밥통'인데 구태여 그럴 이유가 없지 않겠는가.

그와 같은 '빅'사상은 국제적으로도 그대로 적용될 수가 있다. 오늘날 세계의 강대국들을 한번 보라. 모두가 국토가 넓고 인구가 많든가 경제력이나 군사력에서 막강한 힘을 지니고 있지 않은가. 최근 이른바 BRICS니 Chindia니 하는 국가들이 국제적으로 급부상하고 있는데, 그 이유도 바로 여기에 있다.

예컨대 같은 개인 GDP수준이라 한다면 인구가 채 5천만도 안 되는 우리나라와 13억을 상회하는 중국의 경우는 국력에 있어 도 저히 비교될 수가 없을 것이다. 드넓은 땅덩어리를 가지고 있는 아프리카대륙이 최근 세계인들의 각광을 받고 있는 이유도 자원의 보고라는 점 외에 바로 '큼'의 잠재력을 뒤늦게나마 깨우친 데 있 지 않은가.

이젠 눈을 인간생태계로 한번 돌려 보자. 구태여 영화 '허큘리 스'를 떠올리지 않더라도 덩치 큰 사람이 얼마나 위협적인가를 우 리는 잘 알고 있다. 조폭들을 보라. 하나같이 큰 덩치들을 뽐내고 있지 않은가. 좋은 예는 아니겠지만. 덩치 큰 사람 앞에 서면 우선 누구나 주눅이 든다. 그 막강해 보이는 위용에 누구나 압도당할 수밖에 없지 않은가.

약육강식(弱肉强食)의 법칙은 반드시 밀림 속에서만 적용되는 것은 아니다. 산업사회에서의 밀림의 법칙은 더욱 극명하다. 동물 생태계는 물론 인간생태계에서도 통한다. 조폭이든 마피아든 미국 의 KKK단이든 아니면 러시아의 레드헤드든 그 파워는 그 조직의 규모(사람 수)에 비례하게 마련이다. 사자가 자신보다 수십 배나 더 덩치가 큰 코끼리를 넘어뜨릴 수 있는 것도 여러 마리들이 큰 규모의 무리를 만들어 세를 불릴 수 있기 때문에 가능하다. 들개 들도 한번 보라. 사냥을 나설 때는 반드시 먼저 여러 마리들이 모 여 조직을 키우지 않는가.

철새들이 때로 수천 마리씩 떼 지어 날아다니는 것도, 임팔라사슴, 카누, 코끼리 등 대부분의 초식동물들이 떼 지어 다니는 것도 따지고 보면 큰 떼를 지어 언제 닥칠지 모르는 적의 공격을 무력화시키거나 그에 공동으로 대처하기 위함이다. 즉 소위 '알파리더'라는 것을 선두로 그들 동물들이 합심하여 일사불란하게 킬러들에 대항하고 있지 않은가. 그들을 그렇게 큰 무리를 지어 획일적으로 움직이도록 하는 데는 물론 그들 나름대로 본능적으로 발전시킨 집단지능(group intelligent)이란 것이 있기 때문이라고 한다.

그런 대형화의 이점을 이용하려는 성향은 개미, 메뚜기, 벌과 같은 곤충세계에서도 흔히 발견된다. '빅'에 바탕을 둔 힘의 논리가 가장 적나라하게 나타나는 곳은 아마 해양동물계에서가 아닐까. 상어나 고래와 같은 큰 고기들은 작은 고기들을, 작은 고기들은 보다 작은 고기를 각각 먹이로 하고 최종 먹이사슬에는 플랑크톤이 있어 전체 해양생태계가 일정한 균형을 유지하고 있는 것이다.

'큼'의 지배현상은 식물생태계에서조차도 찾아볼 수 있다. 여름 한철 산들을 온통 뒤덮고 있는 푸르고 아름다운 숲은 참으로 안정되고 평화스럽게만 보인다. 그러나 그 숲 속에서도 온갖 나무와 풀들은 각기 치열한 생존경쟁을 하며 적자생존의 법칙의 지배를 받고 있다. 보다 작은 나무들은 큰 나무들의 그늘에 가려 또 땅속의 한정된 영양분의 쟁탈전에서 패배하여 제대로 성장하지 못하고 말라 죽는다. 그런가 하면 그 나무 역시 보다 큰 나무와의 경쟁에서는 불리해질 수밖에 없다. 동물생태계와 마찬가지로 식물들도 큼의 법칙을 십분 활용한다.

아카시아 나무는 왕성한 번식력으로 세를 확장해 다른 나무들을 압도해가고 서양등골나물이란 다년생 외래식물은 순식간에 주변 식물들은 폐사시킬 정도로 왕성한 번식력을 자랑한다. 모두가 '큼'의 유리함을 알고 있지 않은가. 이렇듯 식물계에서도 그러한 약육강식 현상은 얼마든지 찾아볼 수 있다. 구태여 다윈의 「종의 기원」을 듣지 않더라도 종(種)들 간에는 어떤 형태로든 생존경쟁이 있게 마련이다.

길거리에 질주하는 자동차들을 한번 보라. 대형 버스나 트럭들이 얼마나 난폭하게 작은 승용차들을 위협하며 횡포를 부리고 있는가. 이렇듯 큼의 논리로 밀어붙이는 경우는 우리 주변 어디서나 볼 수 있지 않은가.

물론 현실세계에서 단소(短小)와 박약(薄弱)이 미덕으로 간주될 때도 없는 것은 아니다. 그리고 국가로 볼 때도 강소국이란 것이 있는가 하면 강소기업도 있어 강력한 브랜드파워를 배경으로 작지만 강한 시장지배력을 구사할 경우가 얼마든지 있다. 정부는 지방자치제를 통해 기업은 사내 사장(社長)제 아니면 스핀오프(spin-off)를 통해 '작음'의 이점을 살려가고 있다. 또 은행, 우체국, 패스트푸드점과 같이 지리적 분산을 통해 대형화와 소형화의 이점을 동시에 추구하는 경우도 흔히 볼 수 있다. 동물계에서도 사자, 호랑이, 표범처럼 강력한 무기와 유리한 신체적 조건을 이용해 작음의 불리점을 극복하고 큰 것을 지배할 때도 있다. 그런 경우는 특히 인간생태계에서 더욱 극명하게 나타난다.

그러나 인간생태계에서든 자연생태계에서든 아니면 조직세계에서까지 우선 큼의 논리가 지배하고 있음은 아무도 부인할 수 없으리라. 대(大)는 곧 강(强)을, 소(小)는 곧 약(弱)을 각각 의미하지 않는가. 지구상의 모든 것들, 그것이 국가든 산업체든 인간이든 동물계 아니면 식물계든 적자(適者)는 곧 강자(强者)를 의미하고 강자의 힘은 다시 '큼'에서 연유하며 그것이 곧 생존조건이 되고 있을 때가 많음을 볼 수 있지 않은가.

결국 우리는 '빅'의 논리와 '스몰'의 논리 중 어느 것이 지배하고 있는가를 적시적소에서 발견하는 것이 오늘의 치열한 생존경쟁에서 살아남는 길이 아닐지.

24
반기업정서, 이대로 좋은가?

　요즘 국내기업들은 마치 중세 때의 마녀사냥을 연상하리만큼 정치사회적인 공격의 대상이 되고 있다. 온갖 특검이니 세무조사니 손배소니 도대체 왜 이렇게 되었는가.

　지난 IMF금융위기 이후 국내에서 부쩍 기업에 대한 일반국민들의 부정적인 시각이 눈에 띄게 많아진 것 같다. 얼마 전 국내 모 굴지의 기업에 대한 특검이 있었던 경우를 생각해보라.

　그러면 보다 구체적으로 그러한 부정적인 태도의 원인은 어디에 있는가? 또 그와 같은 사람들의 기업에 대한 부정적인 태도는 결국 우리의 사회와 경제에 앞으로 어떤 결과를 초래할 것인가? 그런 반기업적인 정서를 불식시키고 기업에 대해 보다 우호적인 감정을 갖도록 하기 위해서는 과연 어떤 조치들이 필요한가?

　기업에 대한 일반국민들의 부정적인 태도가 언제 ,어디서, 왜, 어떻게 해서 생기게 되었는가를 정확히 규명하기란 그렇게 쉬운 일은 아닐 것이다. 왜냐하면 어느 특정 대상에 대한 사람들의 태도는 그 대상이 지니고 있는 여러 속성들에 대한 신념과 그들 신념들에 대한 평가의 총화(總和)라고도 볼 수 있는데, 그러한 속성들을 밝혀내고 그에 대한 신념 및 그에 대한 사람들의 평가를 확인하기란 결코 용이한 일이 아니기 때문이다.

또한 본래부터 있어왔던 국내기업들에 대한 우리나라 사람들 전체의 편협한 사고도 고려해보지 않을 수 없다. 즉 전통적으로 우리나라 사람들은 사농공상(士農工商)이라는 말로 귀천의 정도에 따라 직업에 대한 순위를 메겨놓음으로써, 선비가 가장 귀중하고 상업이 가장 천박한 직업으로 각각 평가해왔던 게 사실이다. 즉 '기업＝상업'이라는 도식에 따라 '기업하는 사람'은 곧 '장사하는 사람'이고 장사하는 사람은 천대 시되는 경향이 농후했던 것이다.

따라서 기업에 대한 부정적 태도의 원천은 이와 같이 각종 기업들에 대한 평가의 역사적 배경을 중심으로 가설적으로밖에 말할 수 없을 것 같다. 그러나 이는 한 생산단위라는 기능적 측면에서 파악된 것이 아니고 '기업행동'이라는 본연의 기능수행과정에서 가시화된 행동에 대한 일반의 편협한 시각에 근거한 것이 아닌가 생각된다. 그 가운데 가장 두드러진 것이 아마 판매원들에 의한 판매행위(selling), 각종 매체에 의한 광고행위 그리고 각양의 유통활동과 같은 마케팅관련의 활동일 것으로 생각된다. 여타 대부분의 기업기능들, 즉 인사, 재무, 생산, 기술, 관리와 같은 활동들은 대내적인 것들이어서 그만큼 일반에의 가시성이 낮은 기업내적인 활동들이기 때문이다.

따라서 소비자들을 포함한 일반 사람들은 각종 매체(인터넷 매체를 포함)를 통해 불신감을 주리만큼 하루에도 수백 번(어느 통계에 의하면 현대 소비자들의 하루 평균 광고노출 횟수는 600~800회라고 함)씩 접하게 되는 광고물이나 홍보행위, 각종 판촉활동, 점두판매행위 및 각종 유통활동들이 마치 기업활동의 전부인 것으로 잘못 생각하기가 쉽다. 즉 그런 매일매일 접하게 되는 '기업 활동들'이 일반 소비자들에게 어떻게 받아들여지게 되느냐가 곧 기업에 대한 그들의 일반적인 인식과 태도에 직접 영향을 미치게 된다는 것이다.

각종 기업활동에 대한 소비자들의 태도에도 일종의 '무관심지대'(zone of indifference)라는 것이 있을 것으로 가정할 수 있다. 즉 그 범위 내에 드는 활동들만이 정당시되고 그 이상은 부당한 것으로 판단하게 되어 그러한 범위를 넘어선 해동들이 곧 부정적인 태도 형성의 근원이 될 수 있다는 것이다. 가령 소비자반감을 초래할 수 있는 지나친 허위·과장광고라든가 우리 생활 깊숙한 곳까지 마구 파고들어 때로는 혐오감마저 불러일으킬 정도의 지나친 반복광고 내지 생활침해광고와 같은 것이 바로 그러한 무관심지대(정당범위)를 초과한 기업활동으로 인식될 수가 있을 것으로 본다.

그다음 요즘은 유통기관들이 거의가 셀프 서비스판매방식을 택하기 때문에, 크게 감소하기는 하였지만 지나친 호객행위라든가 강매행위로 사람들에게 불쾌감을 주는 것도 판매행위 그 자체는 물론 기업일반에 대한 대중들의 좋지 못한 감정을 갖도록 한 원인이

된 것으로 생각된다. 한마디로 기업에 대한 일반대중의 비난은 주로 갖가지 기업활동 가운데 특히 마케팅활동에 치우쳐 있음을 알 수 있다. 그러나 그 외에도 수질 및 대기오염, 자원낭비, 환경파괴와 같이 기업의 생산과정이나 비마케팅적 활동에 해당하는 경우도 적지 않다.

그런가 하면 폭리에 가까울 만큼의 지나치게 높은 판매가격, 매점매석행위, 과다포장, 불량상품의 생산·판매와 같이 기업활동 전 과정과 관련된 경우도 있다. 또 세금포탈, 배임, 불법상속, 뇌물공여, 임금체불 등 실정법에 위배되는 각종 불법행위가 매체에 기사화되고 사회적 물의를 빚는 행위도 부정적 태도의 형성에 기여했을 것이 분명하다. 최근에는 노사 간 갈등의 처리에 미숙함으로써 사회적 물의와 생산차질을 초래하고 하청업체들의 부도로 이어지게 하는 등 본연의 기업활동 외적인 요인들로 인해 사회적 지탄을 받는 경우도 있다.

그러나 특히 요즘 국내 반기업정서의 발원은 다분히 정치적인 데서 초래되었다는 것도 간과해서는 안 된다. 특히 지난 1997년에 발발한 금융위기를 적절히 극복하지 못함으로 말미암아 국내 잘나가던 굵직한 기업들이 추풍낙엽처럼 무너지게 되면서 비난의 화살이 대기업·재벌기업들의 경영방식에 모아지게 되었다. 이른바 족벌경영으로 경영이 합리적으로 이루어지지 못했고 외부차압에 의한 문어발식의 기업확장으로 불경기에 취약성을 드러내는가 하면 순환출자나 주식맞교환식의 재벌체제로 부도의 도미노현상을 초래하게 되어 국가경제 전체에도 악영향을 미치게 되었다는 것이 정치권의 판단인 듯하다.

그에 대한 처방으로 내놓은 것이 세습경영체제의 억제, 출자총액제한제도, 순환출자의 금지와 같은 각종 제도적·정책적 조치들이었고, 재벌체제의 대안으로 등장하고 또 장려된 것이 소위 지주회사체제가 아닌가 한다.

그러나 그러한 일련의 조치들은 정부가 금융정책 실패의 책임을 몇몇 재벌기업들에게로 돌림으로써 정부의 실정(失政)에 대한 온 국민들의 물 끓는 듯한 비판을 피해 보려는 술책에 불과한 측면이 있었음을 부인할 수 없다. 최근 미국의 모 금융전문가가 한국의 IMF사태는 정부의 부적절한 대응에 그 주된 원인이 있었다는 견해를 보인 것이 이를 반증하고 있지 않는가. 또 그러한 정부의 왜곡된 정책에 편승하여 본래부터 반기업적 성향이 농후한 몇몇 정치인들의 적의에 찬 듯한 국회발언들도 일반대중의 반기업정서를 부추기는 데 일조를 한 측면도 없지 않다.

한때 한국경제를 이끌어가면서 전체 국민과 정치인들 모두로부터 촉망의 대상이 되고 있던 대재벌기업들이 이제는 하루아침에 나라경제를 거덜 낸 원흉으로 전락하고만 것이다. 이 얼마나 모순되고 경망스러운 일인가. 산업자본이 채 축적되지 못했던 지난 1960, 1970년대 정부의 수출제일주의에 적극 협조해달라고 먼저 손을 내민 것은 과연 누구였던가? 당시만 해도 '정경유착' 정도가 아니라 '정경일체'가 되어 경제성장에 주력해도 모자랄 만큼 정부와 대기업 간의 긴밀한 협조체제가 절실했던 때가 아니었는가? 거대재벌이 아니고서 어떻게 조선·철강·자동차·시멘트 등 중화학공업에 투입되는 그런 거액의 민간자본을 동원할 수 있었단 말인가?

'재벌기업＝족벌기업＝비합리적 경영'이라는 잘못된 도식에 빠져들지만 않았다면 우리의 재벌기업들은 지금까지 그 나름대로 존립의 논리적 타당성이 있었음을 부인해서는 결코 안 된다. 각기 다른 여러 업종(사업)들에 투자한다는 것은 투자포트폴리오의 관점에서 선진국에서도 널리 받아들여지고 있는 경영전략의 하나가 아닌가. "계란을 모두 한 바구니에 넣지 마라."라는 격언은 증권투자에서 분산투자를 통해 투자위험을 최소화하라는 말이며, 이는 그 포트폴리오의 구성단위가 주식이든 제품이든 더 나아가서 사업체든 모두 해당된다.

때문에 재벌기업도 바로 그런 사업다각화라는 합리적 투자전략의 구체적인 양태라는 것이다. 물론 국내의 재벌기업들 모두가 그런 장기적이고 치밀한 투자포트폴리오전략하에 '문어발'식의 사업다각화에 임했다는 것은 결코 아니고 또 그들 모두가 국가경제발전에 순기능만 했다는 것은 더욱 아니다. 단지 재벌기업이라든가 대기업이라는 그 하나만의 이유로 비난의 대상이 되거나 정부의 적대적 규제의 대상이 되어서는 안 된다는 것이다.

따지고 보면 강력한 리더십과 유능한 경영자질을 고루 갖춘 총수하의 재벌기업들이 승승장구한 예는 국내에서는 물론 해외 선진국에서 조차 얼마든지 볼 수가 있다. 시너지효과가 최대한 발휘되도록 여러 자회사들을 일사불란하게 효과적으로 관리할 수 있는 재벌총수가 있다는 것은 요즘과 같은 글로벌화되고 급변하는 기업환경하에서는 그 기업에 또 하나의 강력한 경쟁적 이점이 되고 있는 것이다.

　재벌기업이 중소기업에 비해 상대적으로 갖게 되는 여러 경영상의 이점들은 차치하고라도, 기업의 본질이 이윤추구에 있다고 한다면 누가 어떤 방식으로 경영해서 어떻게 이윤을 추구하느냐까지 정부에서 일일이 간섭한다는 것은 자유경쟁이라는 자본주의의 본질 그 자체마저 훼손하는 것이 되고 마는 것이 아닌가.

　더욱이 요즘 글로벌경쟁체제하에서 살아남아야 한다는 냉혹한 현실을 무시한 채 경제논리보다는 정치논리에만 치중하여 규제일변도로 나간다면 결국 기업은 물론 국가경제 전체의 발전에도 아무런 도움이 되지 못할 것이다. 그런 점에서 이번 '기업친화적인' 새 대통령이 출현한 것은 산업계와 우리나라 경제 전체를 위해서 다행한 일이라 아니 할 수 없다.

　사회일반의 반(反)기업정서의 또 하나의 원인은 기업의 이른바 사회적 책임문제와 연관된 것이 아닌가 생각된다. 기업의 사회적 책임이라 하면 기업의 혁신이나 후계자양성에 이르기까지 여러 가지가 포함될 수 있다. 그러나 우리나라의 경우에는 그것이 '이익의 사회 환원'이라는 다소 왜곡되고 소극적인 데만 치우친 듯하다. 한마디로 "돈 좀 벌었으면 좋은 일 좀 해라"라는 식이고 그렇게 하지 않으면 기업으로서 할 책임을 다하지 않은 것으로 간주하는 것이다. 얼마 전 모 기업총수에 대한 사법처리문제가 나오자 서둘러 수천억 원을 사회에 기증할 것을 발표한 웃지 못할 예가 있었지 않은가.

　문제의 기업이든 그런 것을 부추긴 듯한 사법부나 정부당국이든 모두가 석연치 않은 것은 사실이지만 보다 신중해야 할 기업의 사회적 책임문제가 반기업정서의 희생물로 전락한 듯한 느낌을 지울 수가 없다. 더욱이 당해 재벌총수는 사재(私財)를 털어 문제의 기금을 내놓는다고 했는데, 엄격히 그러한 출연금이 당해 기업과 무슨 직접적인 관계가 있단 말인가. 재벌총수는 법인대표로서 문제가 되었던 것이 아닌가.

기업의 이익은 배당 주고 이자 갚은 다음 유보해두었다가 기술투자나 시장개척 혹은 사업확장에 필요한 자금으로 사용되게 된다. 또 그런 이익의 일부는 기업이 기업활동상 감수한 위험에 대한 보상의 성격을 띠고 있다. 이렇듯 기업은 '이익'을 먹고 사는데, 걸핏하면 '준조세'성격의 돈을 내놓으라고 여기저기서 손을 내미는 이런 몹쓸 관행은 하루속히 불식되어야만 하지 않을까. 그런 불리한 상황하에서 차명계좌와 같은 것을 이용한 '비자금'을 조성하는 기업에 누가 감히 돌을 던질 수 있단 말인가.

물론 지역사회에 대한 봉사도 중요하고 이익일부의 사회 환원도 기업의 사회적 책임의 하나인 것은 부인할 수 없지만 그것은 어디까지나 기업 그 자체의 존속과 발전을 전제로 한 것이어야만 하지 않을까. 그것이 선행되지 않는다면 결국 사회적 책임이란 아무런 의미가 없는 것이 되고 만다. 다시 말해 국내 반기업정서의 상당한 부분이 이러한 기업의 속성 내지 본질과 '사회적 책임문제'에 대한 이해의 부족에서 기인되었을 가능성이 높다는 것이다.

기업과 일반국민들인 소비자들과는 어떻게 보면 상부상조의 관계에 있기 때문에, 기업에 대한 부정적인 태도는 기업과 소비자들

어느 쪽에도 결코 도움이 되지 않는다. 즉 소비자들 없이 기업도 존재할 수 없는 것과 똑같이 오늘날 기업들이 없다고 한다면 우리 소비자들의 하루하루 생활이 과연 어떻게 되겠는가를 한번 생각해 보라. 생각하기조차도 끔찍한 일이 아니겠는가.

그러한 점에서 일차적으로는 기업들 측에서 사회적 책임을 다하는 외에 기업활동상의 비경제나 역기능을 최소화하도록 노력할 필요가 있다. 그러나 반대로 소비대중들도 기업이 존속·발전해야만 바로 소비자들 자신의 복지와 사회 전체의 번영도 가능하게 된다는 엄연한 사실을 되새겨둘 필요가 있지 않을까.

제4부

전원 이야기

25
전원에서 살리라

　나는 꽤 오래전부터 전원생활을 즐겨왔다. 본래 농촌 태생인지라 시골생활에 대한 옛 추억을 되살리고픈 생각에서이기도 하겠지만 그보다는 미국에서 공부를 마치고 돌아온 후부터 내 개인의 삶이 너무나 힘들고 고달팠던 데 있었던 것 같다.

　그와 같이 정신적·경제적으로 힘들었던 일들로부터 잠시나마 도피하여 나만의 조용한 시간을 가져보고픈 간절한 마음이 날 시골 전원으로 이끌었고, 가끔 새소리, 풀벌레소리만이 정적을 깰 뿐 항시 고즈넉한 시골정취를 즐기게 한 계기가 아닌가 한다. 그렇게 약 20여 년간을 이곳저곳 농촌을 오가는 가운데 몸담고 있던 직장에서도 어느덧 정년을 맞아 오늘에 이르게 되었다.

　1년 중 몇 달 아니면 1주일 중 며칠을 시골에서 또 무엇을 하며 보내느냐에 따라 전원생활의 의미와 전체 생활패턴은 크게 차이가 날 것으로 생각한다. 지금까지 누려오던 도시생활을 아예 접고 온 식구가 농촌으로 이사 가서 완전히 거기에 묻혀서 사는 사람이 있는가 하면 단지 주말에만 잠깐씩 내려가 농촌의 조그마한 텃밭을 일구는 쏠쏠한 재미를 맛보는 데 그치는 사람도 있을 터이다. 아니면 일 년 중 대부분을 전원에 묻혀 있되 잠깐씩 필요에 따라 원래의 터전인 도시를 오가는 사람도 있을 게다.

나의 경우는 이 맨 마지막에 해당된다고나 할까. 직장의 특성상 1년 중 3~4개월간의 방학 내내와 나머지 달은 1주일 중 주말을 포함해 반 이상을 시골에서 보냈던 것이 나의 지금까지의 전원생활 패턴이었다.

그러다 보니 항상 얼굴은 완전히 농사꾼처럼 검게 타 있고 나뭇등걸처럼 거친 손의 손톱 밑은 언제나 새까만 흙때로 꽉 차 있어 서울 바닥에 갖다 놓으면 영락없는 시골 '깡촌놈'으로 보이기에 십상이다. 몸만 그런 것이 아니다. 어떤 때는 거의 매일같이 시골사람들과 접하고 흙과 씨름하다 보니 마음마저 시골스러워져 어쩌다 서울을 올라갈라 치면 왠지 어색하고 사람들과의 대화도 어눌해짐을 스스로 느끼는 것이 솔직한 심정이다.

그러면 왜 꼭 전원인가? 모두가 전원생활이 좋다고 하니까 그냥 나도 따라서? 아니면 잠시 머리도 식힐 겸 훌쩍 떠나가 보는 곳? 아니면 다니던 직장에서 은퇴 후 한적한 생활을 위해?

나 자신 나름대로의 이유가 있듯이 사람마다 전원(田園)생활을 좋아하는 데는 나름대로의 이유가 물론 있을 것이다. 그러나 내가 느낀 바로는 흔히 생각하는 것보다 더 근본적인 이유도 내재해 있는 것 같다.

우선 우리 인간 모두는 자연에서 태어나 결국은 자연으로 돌아가게 되어 있지 않은가. 따라서 우리가 자연을 즐기고 자연을 좀더 가까이서 접하기 위해 시골을 찾는 것은 극히 자연스러운 일이며 또 그것이 바로 우리 인간들 모두가 지니고 있는 귀소본능이 아닌가 한다.

온 우주는 물론 가까이의 구름, 바람, 흙, 꽃, 나무, 새 이들 모두는 자연의 일부임과 동시에 이들 하나하나엔 바로 신성(神性)이 깃들어 있지 않은가. 신은 우리들을 포함해 세상 만물을 창조하셨고 무소부재하시며 세상 만물을 그의 뜻대로 주관하고 계신 전지전능하신 존재가 아니던가. 그는 당신의 뜻에 따라 우리를 이 세상에 존재케 하셨고 또 당신이 원하는 바에 따라 언젠가 우리를 이 세상에서 거두어 가실 분이시기에, 자연에 묻혀 산다는 것은 곧 그의 따뜻한 품 안에서 아무 걱정 없이 평화스럽게 지낼 수 있음을 의미하지 않는가.

꽃 한 송이, 풀 한 포기, 나무 한 그루를 보라. 그 자체가 전 우주의 축소판이요 동시에 하나하나가 신의 멋진 예술품이 아니고 그 무엇인가. 이들 예술품에 비하면 쌩쌩 달리는 길거리의 자동차, 수십 층에 이르는 드높은 빌딩, 수 킬로에 이른다고 하는 기다란 교량, 거미줄처럼 얽혀 있다고 자랑하는 지하철망 등 우리 인간이 만들어놓은 온갖 인공물들은 한낱 장난감에 불과하지 않은가.

뜰 앞의 장미꽃 한 송이를 보라. 인간이 과연 그처럼 아름다운 색깔을 재현해낼 수 있겠는가. 풀잎에 앉아 있는 보잘것없는 무당벌레 한 마리를 보라. 어쩌면 그다지도 새빨간 바탕 위에 까만 점들을 자로 잰 듯이 규칙적으로 예쁘게 수놓을 수 있단 말인가. 제 아무리 유명한 성악가라 한들 이른 아침 즐겁게 지저귀고 있는 저 꾀꼬리의 목소리만큼 예쁘고 영롱할 수 있을까. 밤하늘을 수놓은 반짝이는 저 무수한 별들, 밀가루를 흩뿌려놓은 듯한 밤하늘의 은하수, 붉고 웅장한 저녁노을의 대서사시……. 신의 오묘하고 불가사의한 자연의 걸작품들을 어찌 다 열거할 수 있겠는가.

전원에서 또 하나 빼놓을 수 없는 것이 바로 훈훈한 시골인심이 아니던가. 아무리 세상이 변했느니 뭐니 해도 옛 시골인심의 흔적은 시골마을 어디서나 발견될 수가 있다. 비록 세월이 지나면서 다소 변질된 감이 있긴 하지만 순박한 시골 할머니, 할아버지들의 소박한 웃음소리에서, 어설픈 삽놀림 하나라도 가르쳐주고 싶어 하시는 시골 할아버지들의 친절에서, 산에 갔다 따온 것이라며 한번 먹어보라고 전해주는 두릅나물 든 순박한 저 시골아낙네의 손아귀에서…….

여기서 말하는 '시골인심'이란 것은 물론 상대적인 것임을 유념하기 바란다. 요즘의 농촌을 한번 가보라. 밭머리에서 휴대전화로 자장면 주문하는 모습은 예사이고 자가용 없는 집이 어디 있으며, TV도 최신형 LCD 아니면 PDP이고, 냉장고·PC·오디오는 기본이며, 집도 웬만큼 사는 사람들은 목욕탕과 수세식 변소를 갖춘 현대식 양옥이 보통이다. 갖춰놓고 사는 모습이 도시인과 조금도 다르지 않다. 그런데 어찌 그들의 가치, 관습, 라이프스타일 등 문화인들 옛 그대로일 수가 있겠는가.

한 지역의 문화란 오래전부터 전승되어오는 것이기도 하지만 그

지역의 생활환경이 바뀌게 되면 그것 역시 그때그때 바뀌게 마련이다. 단지 주거환경이 농촌이란 것 외에는 PC를 통해 인터넷을 즐기고, 고화질TV 앞에 앉아 프로야구경기를 보며, 자가용 몰고 여름휴가를 즐기고, 1년에 한두 번씩 해외여행을 다녀오는 등 여느 웬만큼 산다는 도시가족의 사는 모습과 무엇이 다른가. 물론 농촌사람 모두가 그런 여유 있는 생활을 하고 있다는 것은 물론 아니지만, 그건 도시 사람들의 경우도 마찬가지 아닌가.

나는 이들 농촌문화를 나름대로 '도골문화'라고 부르고 있다. 도시문화는 아니지만 그렇다고 흔히 생각하는 순수한 시골문화도 아닌 이들 둘이 아직은 어설프게 어우러진 그런 특이한 성격의 문화라는 것이다.

그러니까 용구문화와 가치문화는 도시를 따르고 있으면서도 일상의 매너, 관습, 사고 등의 규범문화는 아직도 옛날의 시골풍습을 채 벗어나지 못한 상태에 있다는 것이다. 한마디로 농촌지역은 아직도 이들 세 요소 간 통합이 이루어져 있지 못한 어정쩡한 상태에 있다는 것이다.

그래서 도시인들이 전원생활의 부푼 꿈을 안고 농촌에 내려가지만 처음으로 겪는 것이 바로 문화충격이다. 이를 두고 이들 도시인들은 흔히 시골의 '텃세'라고 표현하고 있는데, 실제로 그런 텃세에 밀려 전원생활의 꿈을 접고 도시로 유턴하는 사람들이 의외로 많다. 그러나 전원생활을 꿈꾸고 있는 사람들이 한 가지 알아두어야만 할 점은 시골문화에 적응할 책임은 어디까지나 그런 시골에서 살고자 하는 장본인인 도시인들에게 있지 결코 농촌사람들에게 있지는 않다는 것이다.

전원에 접하기에 앞서 먼저 혹 도시인으로서의 교만이나 우월의식을 갖고 있지나 않은지, 남들 땀 흘려 일하고 있는데 볼썽사납게 자가용 몰고 다니며 거드름이나 피우고 있지 않은지 반성해볼 필요가 있다. 역지사지의 지혜가 필요하다. 아들 며느리 따라 서울 올라와 아파트에서 살고 있는 시골 할머니, 할아버지들이 서울문화에 적응치 못하고 시골에 내려가겠다고 고집하는 경우와 무엇이 다른가. "훌륭한 투우사가 되려면 먼저 소의 입장이 되어라."라는 스페인 속담이 있지 않은가. 멋있는 전원생활을 즐기기 위해서는 먼저 '시골사람'이 되는 것이 중요하다. 물론 이것도 저것도 아닌 '도골문화'가 흔히 갓 내려온 도시인들을 괴롭히는 경우도 있기는 하지만, 그것도 일종의 문화는 문화이니 그것대로 존중해줄 필요가 있지 않을까.

나의 관점에서 전원생활을 즐기는 또 하나의 이유는 건강에 있다. 우리의 몸은 어차피 자연으로부터 온 것이니 물·공기·음식 등 자연으로부터 섭취되는 모든 것이 우리의 건강에 직접 영향을 미치게 마련이다. 신토불이(身土不二)란 말이 왜 나왔겠는가. 물론 최근 황사니 지구온난화니 수질·공기오염이니 엘니뇨·라니냐니 하는 인류의 건강과 생태계를 위협하는 모든 것들이 그대로 농촌지역에도 영향을 미치고 있는 것은 사실이다. 그러나 그 영향의 정도로 보면 도시와는 비교할 수 없을 정도로 미미하다. 지구 전체를 획일적으로 위협하고 있는 지구온난화 효과와 같은 것을 제외하고는.

농촌의 한적한 산자락에서 갓 퍼 올린 지하수 한 모금을 먹어보라. 서울의 변변치 못한 정수기물과 어찌 비교될 수 있겠는가. 시골 산속 깊은 곳의 공기 맛을 보라. 그 좋은 공기청정기로 걸러냈다는 서울 아파트 내의 방안 공기와 어찌 비교될 수 있겠는가. 게다가 텃밭에서 손수 가꿔 밥상 위에 올려놓은 상추며 열무며 토마토는 시골 사는 재미를 한층 더 북돋워주게 마련이다.

꽃피는 5월이 되면 산골마을 전체가 이름 모를 꽃들에서 마구 뿜어져 나오는 각종 향기로 가득하고, 밤이 되어 개구리 합창과 소쩍새 반주에 맞춰 모래알을 부어놓은 듯한 밤하늘의 반짝이는 별들을 병풍 삼아 소주 한잔을 기울여 보라. 밤새는 줄 모르고 옛 친구들과의 학창시절이야기, 아니면 사랑하는 아내, 아이들과 두런두런 아버지 어릴 적 추억담을 늘어놓다 보면 뻐꾸기와 꾀꼬리들의 노랫소리가 어느덧 아침을 알린다. 그러다 보면 도시생활에서 찌든 심신의 피로는 어느덧 씻은 듯이 사라지고 머리까지 맑아져 삶의 용기와 의미를 새삼 되찾을 수 있게 된다. 이보다 더 좋은 건강수련법이 이 세상에 어디 또 있단 말인가.

우리의 몸과 마음은 서로 분리되어 있지 않아서, 어느 하나에 문제가 생기면 다른 것에도 문제가 있게 되고 반대로 어느 하나가 건강하면 다른 것도 따라서 건강해지게 마련이다. 이렇듯 전원에서는 심신 모두에 좋은 일만 있는데 어찌 무병건강하지 않을 수 있으랴. 농촌 텃밭가꾸기의 운동을 어찌 골프나 아니면 그 격렬한 테니스에 비교할 수 있단 말인가. 그린피도 그렇고 부킹하여 한번 필드에 나가려면 새벽 4, 5시에 일어나야 한다니 그건 스포츠가 아니고 고행에 해당하지 않는가. 팀을 구성하는 번거로움은 둘째

치고 끝난 후의 소위 애프터가 또 문제 아닌가.

삽과 호미로 밭을 일구고 씨 뿌리는 일을 한 시간만 해보라. 어디 그런 소중한 땀을 곧 프치기 위해 살충제 투성이의 오염된 잔디밭 위에서 허겁지겁 남에게 질세라 스트레스 받으며 흘린 땀과 비교될 수 있겠는가. 더욱이 조사에 의하면 유기농야채는 보통의 채소보다 영양소가 훨씬 더 많이 포함되어 있다 하니, 좋은 물 맑은 공기에 영양 많은 유기농야채까지 먹는 등 자연 그대로를 섭취하는데 건강은 저절로 좋아질 수밖에 없지 않은가.

이에 반해 도시생활은 어떤가. 흉물스러운 콘크리트더미와 같은 아파트단지 속의 규격화된 주거환경, 기계화·전문화·자동화된 생활구조로 비인격화·자동인형화되어 가는 삶의 패턴, 오직 출세·명예·돈만을 위해 남을 극복하지 않으면 안 된다는 강박관념, 거대한 현대조직, 각종 시설물, 자동화된 공장들의 노예가 되어 자아상실증에 걸려 허덕이고 있는 도시인들의 삶의 모습을 한번 보라. 너무나 가엾은 군상들이 아닌가.

어디 그뿐인가. 술, 여자, 오락 등 온갖 쾌락과 관능적 삶에 젖어 타락한 나날을 보내고 있지 않은가. 그런가 하면 주말만 되면 참된 삶의 의미가 무엇인지도 모른 채, 가족들에 이끌려 주말여행 떠난다고 야단법석을 떠는 등 도대체 왜 살고 있으며 왜 그렇게 바빠 허덕이고 있는지조차 모르고 있는 불쌍한 사람들이 아닌가. 한마디로 자신들이 현재 어디로 가고 있으며 왜 가고 있는지조차 돌아볼 여유도 없이 오직 돈과 출세와 명예라는 신기루만을 쫓아 정신없이 헤매고 다니는 불쌍한 존재들에 불과하지 않은가. 거기에 무슨 참된 행복이며 휴머니즘이란 것이 있으며 시골에서나 느낄 수 있는 따스한 사람의 온기가 있겠는가.

바로 옆집에 누가 살고 있는지 아는 건 고사하고 사람이 죽어가도 한 달이 지나든 두 달이 지나든 도대체 관심도 없고 알려고도 하지 않는다. 아노미는 극에 달해 자식이 아버지를 죽이고 부인이 남편을 독살하고 어린이를 유괴살인하는 등의 끔찍한 사건이 매일같이 신문의 사회면을 장식하고 있지 않은가. 물질주의와 향락주의 내지 개인주의가 판을 치는 그런 병든 사회에서는 당연한 일들이 아니겠는가.

어디 그런 살벌한 사건들이 조용한 농촌 마을에서 일어났다는 말을 들어본 적이 있는가. 그런 일이 시골에선 절대 일어날 수가 없게 되어 있다. 보고 듣고 대하는 모든 것들이 순수한 자연이고 자연과 관계된 것들뿐인데 그런 엄청난 사건들이 일어난다는 게 오히려 이상하지 않은가.

물론 요즘의 농촌사회에서도 일부 사회적 병리현상이 엿보이기 시작하는 건 사실이다. 술, 도박, 쾌락에 빠져들어 과도한 소비문화와 같은 것들이 그 예이다. '도골문화'라는 말에 함축되어 있듯이 최근 정보화시대의 물결은 농촌이라고 예외는 아니어서 도시의 일부 불건전한 문화가 유입될 수밖에 없는 것은 당연하다. 더구나 요즘 소득이나 생활패턴의 도농 간 차이란 거의 찾아보기 어렵기 때문에 도시문화와 완전히 격리된 농촌문화를 생각하기는 쉽지 않을 것이다. 더욱이 최근 도로사정이 좋아지고 교통수단이 발달하면서 전국이 일일생활권 내에 있지 않은가. 당연히 농촌문화의 정체성이 훼손될 수밖에 없는 것이 요즘의 현실이다.

그렇다 해도 정답은 역시 농촌에 있음을 잊어서는 안 된다. 비록 도골문화라는 채 정비되지 않은 조건을 극복해야 하기는 하지만. 결국 앞으로 우리가 갈 곳도 그곳이요 언제나 우리를 어머니 배 속처럼 포근히 감싸주는 곳도 자연이 살아 숨 쉬는 바로 그곳 아닌가.

26
농사짓기

전원생활의 핵심은 텃밭가꾸기다. 전원생활에서 텃밭가꾸기가 없으면 마치 반찬에 양념이 안 들어간 것 같이 아무런 맛이 없다. 그냥 집 하나만 덩그러니 지어놓고 주말에 가족들이나 친지들 죽 몰고 가서 삼겹살에 소주 한잔 마시고 노래 부르며 떠들고 놀다가 훌쩍 떠나버리곤 하는 것은 참된 의미의 전원생활이 아니다. 또 그렇게 하는 것은 농촌사람들 보기에도 안 좋을 뿐만 아니라 자녀들의 교육에도 아무런 도움이 안 된다.

그래서 참된 전원생활을 위해서는 처음부터 조그만 텃밭 하나 정도가 딸려 있는 집을 짓든가 그런 집을 구하는 게 좋다. 아울러 텃밭 가꾸는 기본 요령도 익혀두는 게 좋다.

텃밭은 너무 넓어도 부담이 되지만 너무 좁아도 즐길 맛이 없다. 각종 야채며 고구마나 고추 정도는 기를 수 있어야만 하기 때문에 적어도 100평 내외는 되어야만 한다. 나의 경우 오랜 경험 때문인지 200평 정도는 삽과 호미 하나로도 충분히 가꿀 수가 있다. 조금 경험만 쌓고 체력적인 뒷받침만 되면 누구나 그것이 가능하다.

텃밭가꾸기에서 또 하나 빼놓아서는 안 될 것이 농사는 반드시 유기농법으로 짓는 게 좋다는 것이다. 물론 이는 강제규정은 아니다. 그러나 각종 농약이며 화학비료 써가며 농사지을 바에야 차라리 슈퍼에서 사 먹지 구태여 땀 흘리며 애쓸 필요가 없지 않은가. 지금까지 나의 경우 철저하게 유기농법을 고집하고 있다.

물론 유기농은 가꾸기가 힘은 두 배로 들고 소출은 반도 채 안 되는 경우가 많다. 따라서 이는 매우 비경제적이고 비효과적인 방법일 수밖에 없다. 그래도 일단 유기농채소의 맛과 영양소가 보통 농법에 의한 것과 비교가 안 된다는 것을 알아야만 한다. 마찬가지로 왜 요즘 서울의 좀 산다고 하는 사람들이 유기농채소에 그토록 집착하고 있는지 이해할 수가 있다. 최근 대형 슈퍼마켓을 한 번 가보면 어김없이 유기농코너가 있는 것을 발견할 것이다.

농사짓기는 계절과 타이밍이 맞아야만 한다. 지역의 기후조건에 따라 다소 차이는 있지만 보통 4~5월에 씨를 뿌리고 여름 한철 가꾸어 가을에 추수한다. 그러나 전원생활자의 농사짓기는 대체로 무, 배추, 상추, 고추, 고구마, 감자, 토마토와 같은 야채류에 한정되어 있기 때문에 비교적 가꾸기가 단순하다. 무, 배추, 상추, 근대와 같은 입작물은 이모작이나 삼모작까지도 가능해서 이른 봄부터 파종하여 두세 번 정도의 추수가 가능하다. 그러나 흔히 감자는 4월 중하순경, 고구마는 5월 초에 심어 감자는 6월, 고구마는 10월에 각각 추수하게 된다. 김장용 무와 배추는 물론 장마가 끝난 8월 중순쯤 모종형태로 심어 김장철에 거두게 된다. 그 외 다른 작물들도 대체로 이런 식으로 가꾸기에 임하면 되고 자세한 것은 그냥 농촌분들 하는 대로 따라 하거나 그분들한테 그때그때 물어보는 게 좋다.

유기농법의 첫째 조건은 일체의 농약이나 제초제의 사용을 금하는 것이고 그다음 거름은 반드시 화학비료가 아니라 퇴비와 같은 유기질 비료를 써야만 한다는 것이다. 퇴비는 보통 농협 매장이나 농약집에서 판매하는데 1월 말 이전에 동내 이장을 통해 미리 예약을 하면 할인된 가격으로 살 수가 있다. 그러나 퇴비라 하는 것도 결국은 자연 그대로가 아니라 GMO 등 가공된 사료를 먹은 가축들의 분뇨를 처리한 것이기 때문에 100% 완벽한 것은 못 된다. 따라서 참된 유기질 비료를 원한다면 집에서 직접 기른 가축들의 분뇨와 풀이나 나뭇잎을 서로 섞어 발효시켜 만든 퇴비를 사용하는 것이 좋다.

농사짓기를 위해서는, 먼저 삽과 쇠스랑으로 밭에 고랑을 만든 후 퇴비를 깔고 흙으로 덮은 다음 고르게 골라 그 위에 씨를 뿌리고 적당한 두께로 덮어야 한다. 너무 두껍게 덮으면 발아가 늦고 너무 얇으면 태양열에 의해 타 죽게 되기 때문에 적당한 두께를 유지하는 게 좋다.

문제는 싹이 튼 후 추수하기까지의 재배과정이 그렇게 만만치가 않다는 것이다. 땅이 메마르지 않도록 가끔 물도 뿌려주어야만 하고 계속해서 자라고 또 자라는 풀도 뽑아주어야만 한다. 연약한 싹들이 너무 쫀쫀해서 약해지지 않도록 적당한 거리를 유지하도록 솎아주는 일도 빼놓아서는 안 되고 그 외 벌레잡기는 기본이다. 그러나 농촌일을 해본 사람은 잘 알고 있겠지만 가장 힘든 작업이 잡초 뽑아주는 일이다. 이쪽을 뽑으면 저쪽에서 자라고 저쪽을 뽑으면 또 다른 쪽에서 자란다. 뽑아도 뽑아도 끝이 없다. 한여름 장마철에는 더욱 심하다. 물론 검은 비닐을 씌워 기르는 방법이 없는 것은 아니다.

우거진 잡초를 뽑을 때는 특히 뱀에 물리지 않도록 주의할 필요도 있다. 풀 속에 똬리를 틀고 있다가 풀 뽑으러 내민 손을 덥석 물어버릴 수도 있다. 뱀도 자연의 일부로 그들의 삶을 존중해주어야만 하지만 자칫 독사에게 물리면 급히 병원에 가 해독제를 맞아야 하지 그렇지 않으면 크게 고생할 수도 있다.

농사는 하늘과 땅과 사람 등 세 가지의 힘이 서로 조화를 이루어야만 가능하다. 사람이 아무리 노력해도 하늘과 땅이 도와주지 않으면 안 되는 것과 똑같이 하늘이 도와주지 않는 한, 사람과 땅의 힘만으로는 농사일이 제대로 될 수가 없다. 그중에서 가장 중요한 것이 사람의 정성이다. "곡식은 농부의 발소리를 들으며 자란다"라는 말이 있다. 그만큼 자주 돌보고 가꿔야만 모든 작물이 제대로 자라게 된다는 것이다.

식물에도 감정이 있다는 말을 들어본 적이 있는가. 벌목꾼이 톱을 들고 산으로 가면 나무들이 슬퍼 운다고 하는데, 최근 그런 슬퍼할 때의 나무들이 내는 미세한 음파를 측정하는 기계가 개발되었다고 한다. 최근에는 오이나 참외와 같은 야채류나 과일의 재배에 음악요법까지 등장하고 있지 않은가. 음악을 듣고 자란 것과 그렇지 못한 것 사이에는 맛과 소출에 있어 큰 차이가 있다고 한다.

말이 유기농이지 유기농법에 따라 농사를 짓는다는 게 그렇게 쉬운 일은 아니다. 아직 농사일이 서툰 초보자일수록 더욱 그렇다. 그런 사람일수록 처음부터 너무 욕심을 내지 말고 하나하나 차근차근히 배워가는 게 좋다. 자칫 너무 욕심을 내다가는 몸에 무리가 갈 수 있고 실망한 나머지 전원생활에 회의가 생기기까지 할 수 있다.

유기농에서는 벌레 잡아주기도 보통 일이 아니다. 그러나 배추벌레와 같이 눈에 쉽게 띄는 경우에는 그런대로 관리가 가능하나 어떤 벌레는 눈에도 잘 안 띄고 띈다 해도 잡기가 어려운 때도 있다. 살충제 살포의 유혹에 빠지기 쉬운 이유도 바로 거기에 있다. 그러나 일시적인 유혹에 못 이겨 살충제를 한 번 뿌리기 시작하면 작물들도 그에 내성이 생기고 점차 자생력을 잃어 계속 뿌려주지 않으면 안 된다. 뿐만 아니라 살충제나 제초제를 뿌리면 당해 토양도 오염되고 산성화되어 점점 유기농과는 거리가 먼 재래식 농법에 빠지게 될 수밖에 없다. 조그마한 텃밭 하나 가꾸면서 농약 마구 뿌려대고 화학비료 쏟아부어 가며 농사지을 바에야 무엇 하러 힘들게 바쁜 시간 내어 농촌까지 와서 그 고생을 하려는가.

전원에서 텃밭가꾸기 하는 것은 농사짓기 하는 그 이상의 의미를 갖고 있다. 농사일은 결코 단순한 노동일이 아니다. 밭 일구고, 풀 뽑고, 김 매주고, 벌레 잡고, 추수하는 모든 과정이 하나의 오락이요 스포츠며 훌륭한 레저가 아니고 무엇이겠는가.

그런 과정에서 흘리는 땀방울 하나하나는 농약 쏟아부은 잔디밭 위에서 남에게 뒤질세라 스트레스 받아가며 골프 치며 흘린 땀과는 근본적으로 다르며 공기 나쁜 밀폐된 공간에서 사우나 하며 억지로 흘린 땀과도 같을 수가 없다. 어디 그것뿐인가. 어린 내 자식들 같은 작물들 하나하나 정성껏 기르는 재미가 여간 쏠쏠하지가 않으며, 이마에 흘린 땀 씻어내고 앉아 정성스레 가져다준 시원한 막걸리 한잔 들이켜 보라. 어디 그 맛이 도심 속 호프집에 비집고 앉아 마시는 생맥주 맛에 비할 수가 있을 것이며 담배연기 마셔가며 시끌시끌한 사람들 틈에 끼어 겨우 한잔 얻어 마시는 소주 한 잔의 맛과 비교할 수가 있겠는가.

유기농야채는 맛부터가 다르며 영양가도 훨씬 더 많다고 알려져 있다. 또 여느 온상에서 재배한 것에 비해 쉽게 무르지도 않아 더 오래 보관할 수 있다는 이점도 있다.

전원생활의 이점을 열거하자면 어디 한두 가지만 되겠는가. 자녀들 생태교육엔 또 얼마나 좋을 것이겠는가. 한 조사에 의하면 어릴 때 자연과 더불어 생활한 경험이 많은 아이들일수록 지능수준이 높게 나타났다고 하지 않던가. 어른들 역시 좋기는 마찬가지다. 자연과 접함으로 인해 정서적 안정과 도심생활에서 그동안 쌓였던 불안과 초조를 말끔히 씻어주어 삶에 활력소역할을 하는 게 바로 전원생활이다. 맑은 공기와 깨끗한 물 그리고 저 아름다운 새소리와 풀벌레 소리는 단지 덤에 불과한 것들이고.

농사짓기의 첫째 조건은 부지런함이요 둘째 조건은 정성이다. 농사를 짓는 과정에서도 그렇고 추수할 때도 시기를 놓치면 십년 공부 나무아미타불이 되고 만다. 농번기에 어디 외국여행이라도 며칠 갔다 오는 날이면 그 대가를 톡톡히 치러야만 한다. 풀뽑기에서 김매기에서 벌레잡아주기에서 모두 타이밍을 놓치면 안 된다. 추수하기도 타이밍이 맞아야만 하는 것은 마찬가지다. 시기를 놓치면 오이는 너무 영글어 좋지 않고 상추는 밑 부분이 물러지고 토마토는 낙과되어 먹을 수가 없게 된다. 추수 후의 관리에도 신경을 써야 한다. 감자는 습기에 약하고 고구마는 추위에 취약성을 지니고 있다. 상추, 배추, 열무, 아욱과 같은 잎작물들은 장기간 보관이 불가능하기 때문에 제때 먹는 게 좋다.

어떻게 보면 농사짓기는 자식 기르는 것과 아주 흡사한 면이 많다. '자식농사'란 말이 그래서 생겨나지 않았나 하는 생각이 든다. 정성껏 잘 기르면 기른 자에게 응분의 보답을 해준다는 점에서 그렇고 공들인 만큼 표가 난다는 것도 비슷하다.

그렇다고 해서 둘 사이에 같은 점만 있는 것도 아닌 것 같다. 농사짓기의 미래는 거의 예측이 가능하다. 뿌린 대로 나고 공 드린 만큼 거두게 된다. 땅과 식물들은 결코 거짓말을 할 줄 모르기 때문이다. 그러나 사람들은 다르다. 반드시 뿌린 대로 나지도 않을 뿐더러 손 간 만큼 거두게 된다는 보장도 없다. 인간이란 땅이나 식물들과는 달리 거짓말하고 남을 해치고 도와준 사람을 곧잘 배신하고 남을 배려할 줄도 모르고 내 욕심만 채우려 든다.

실제로 애지중지 키운 자식들일수록 커서 부모를 배신하기가 일쑤다. 심지어 폭행이나 살해까지 하는 끔찍한 예를 우리는 신문기사를 통해 잘 보고 있지 않은가. 반대로 잡초처럼 막 키운 자식이 오히려 커서 효자 노릇 하는 예를 많이 볼 수 있다. 이런 아이러니가 또 어디 있겠는가. "예뻐하는 자식일수록 매 한 대 더 들라"라는 말이 실감 난다.

물론 모두가 다 그런 것은 아니다. 그러면 그 원인은 어디에 있을까. 아이를 어떻게 교육시키고 돌보았느냐에도 이유가 있을 것이다. 또 유전인자에도 크게 좌우되지 않을까 하는 생각도 든다. 개인들의 성품이란 유전적인 요인과 환경적인 요인의 상승작용이라고는 하지만 못 믿을 게 인간인 것 같다. 그 유명하다는 심리학자들, 교육학자들 지금까지 무얼 했기에 이런 간단한 문제 하나 제대로 규명하지 못했을까 하는 불만도 가져본다. 그래서 자식농사에 실패했거나 그에 자신이 없는 사람일수록 농사일을 더 좋아할 것 같은 생각도 든다.

이렇듯 농사일은 자식농사와 다른 점들이 너무 많은 것 같다. 식물들은 그렇게 정직하고 따라서 농사일이 그렇게 신날 수가 없다. 손 간 만큼 표가 나고 물 뿌려준 만큼 잘 자라준다. 호미 들고 그들에게 한번 다가가 봐라. 얼굴색이 달라진다. 물뿌리개를 들고 가 봐라. 더욱 활짝 웃는 얼굴을 하고 반긴다. 이 어찌 농사짓기가 신나고 보람된 일이 아니겠는가. 자식농사 짓기도 이와 같이 신나고 보람된 것이면 얼마나 좋으련만.

27
닭 이야기

닭은 예부터 액(厄)을 막아주고 수호초복해주는 것으로 알려져
왔다. 그래서 새벽에 닭이 열 번을 울면 그해 풍년이 든다는 속설
도 있다. 약 3,000~4,000년 전에 미얀마 등 동남아에서 처음 들닭
을 데려다 길들이기 시작하여 오늘의 집닭이 되었다고 한다.

닭은 알과 육계를 위해 사육되는 게 보통이나 나의 경우는 그것
외에도 두 가지가 더 있다. 그런 실리적인 것보다는 오히려 든든
함과 관상이라는 목적에 더 무게를 두고 기른다.

나의 전원생활에서는 항상 닭이 따라다녔다. 닭은 우선 살아 움
직이는 동물이니 집 안에 같이 있게 되면 없는 것보다 훨씬 더 든
든하다는 생각이 든다. 집 안에서 오직 들리는 건 벌레 울음소리
나 바람소리밖에 없다고 한번 생각해보면 얼마나 적적하고 쓸쓸하
겠는가. 그런 때 집 안 어딘가 몇 마리의 닭이라도 있어 가끔 알

낳는다고 '꼬 꼬 꼬~' 하는 소리가 들리든가 수탉의 '꼬끼요~' 하고 우는 소리가 들리면 정말 그렇게 반가울 수가 없다. 그런 때는 저 닭들이 단순히 철모르는 짐승이 아니라 같이 살고 있는 내 가까운 식구들과 같다는 생각이 든다.

닭을 기르는 또 다른 주된 목적은 관상에 있다. 양계를 업으로 생계를 꾸려가는 농촌사람들에게는 좀 한가한 얘기로 들릴지는 모른다. 그러나 널따란 닭장 안에서 노닐고 있는 닭들을 한번 관찰해보라. 암탉, 수탉, 큰 닭, 작은 닭들이 주어진 공간 안에서 나름대로의 질서를 지켜가며 지내는 것을 보면 하루 종일 보아도 전혀 지루하지가 않다.

어느 한 마리가 벌레 하나를 잡으면 애, 어른 따로 없이 그것을 빼앗아 먹겠다고 쫓고 쫓기기를 하지 않나 갑자기 두 마리의 병아리들이 머리털을 쫑긋이 세우고 서로 잘났다고 얼굴을 맞대고 싸우지를 않나 정말 재미있다. 갑자기 어린 아이가 된 듯이 혼자 웃음을 금할 수가 없다. 그런가 하면 어느 놈은 열심히 발로 땅을 후벼 파 무언가 열심히 쪼아 먹는다. 저렇게 파 젖히지 않고도 먹을 것이 지천에 널려 있는데도 구태여 돌아다니며 이곳저곳을 파헤치는 것을 보면 이해할 수 없는 행동이다 싶지만 그것이 그네들의 본능인 것을 어쩌랴.

그런가 하면 수탉은 갑자기 이상한 날갯짓을 하며 암탉에게 공격할 자세를 취한다. 바로 구애의 표시다. 사람도 흔히 여자들이 감출 맛을 내듯이 그럴 때는 닭들도 암놈이 먼저 소스라치게 도망가는 척을 한다.

닭의 생태 중에서 아마 감탄을 금치 못하게 하는 것은 장닭의 암탉 사랑이 아닌가 싶다. 닭의 세계에서 장닭이 수행하는 여러 기능 중 가장 중요한 것은 암탉과의 교미를 통한 종족 번식일 것이다. 그렇다고 장닭들이 언제나 무지막지하게 무조건 암탉과 교미만 시도하는 행동으로 일관하는 것은 결코 아니다. 마치 부인을 보호하고 사랑하는 우리 인간들 그 이상으로 장닭의 암탉 사랑은 끔찍하다.

가령 갑자기 개와 같은 외부 침입자가 나타나 닭장을 기웃거린다고 해보라. 제일 먼저 '꼬오옥~' 하며 암탉을 포함한 전 식구들에게 위험경고를 보내는 것이 장닭이다. 그러면 작은 병아리들은 용케 알아듣고 뿔뿔이 안전한 구석을 찾아 우르르 몰려간다. 큰 암탉들은 좀 더 노련하게 머리를 번쩍 들고 주위를 한 번 확인한 후에 정말 위험하다 싶으면 숨을 곳을 찾아 달려간다. 그렇게 모두가 제 살 곳을 떠난 후에도 장닭은 결코 현장을 떠나 어딘가 숨으려 한다거나 경계를 늦추는 법이 절대 없다. 끝까지 남아 주변을 살피며 감시태세를 게을리하지 않는다.

그런 장닭을 보면 마치 원시 부족사회의 추장 생각이 난다. 추장이 형형색색의 온갖 물감과 깃털로 온몸을 치장하고 나뭇잎으로 꾸며 적에게는 위압감을 주고 같은 종족에게는 자신의 존재를 과시하는 것과 똑같이 장닭도 닭장 안에서 보여주고 있는 그 늠름한 모습을 한번 보라. 원래부터 암탉들과는 달리 검고 붉은 깃털을 갖고 있는데다 덩치도 암탉들에 비해 훨씬 크고 두 눈도 부리부리하다. 대장 노릇을 하려면 당연히 힘도 세고 덩치도 남을 압도하리만큼 커야만 하고 그처럼 당당한 카리스마도 빼놓아서는 안 되리라.

장닭의 암탉 사랑은 먹이 챙겨주는 데서 극명하게 나타난다. 장닭이 어쩌다 먹을 것을 발견하면 절대로 먼저 먹어치우는 법이 없다. 반드시 먼저 '꼬꼬꼬~' 하며 암탉들을 불러 모은다. 때로는 잘게 쪼아 암탉들이 먹기 좋게 해주기까지 하며 경우에 따라서는 암탉의 입에 넣어주기도 한다. 이 얼마나 놀라운 일인가. 세상 어느 남편이 맛있는 것 있다고 '우리 부인 갖다 먹여야지' 하며 챙기는 것을 본 적이 있으며 음식을 먹기 좋게 잘게잘게 씹어주는 경우가 어디 있던가.

장닭의 암탉 사랑은 비단 거기에서 끝나지 않고 암탉 알둥지 챙겨주는 데서도 엿볼 수 있다. 암탉은 성계가 되면 알을 낳는데 알 낳기 전에 반드시 '꼬꼬~' 하며 알 실은 소리를 내며 알 낳을 자리를 찾아 나선다. 그때 눈치 빠른 장닭은 마침 기다리기라도 했다는 듯이 그 암탉을 알 낳을 둥지로 인도해간다. 마치 남편이 애 날 때가 다 되어 진통을 심하게 겪고 있는 부인을 산부인과로 데려다 주는 것과 다를 바가 없다.

만일 알 낳을 장소가 불편할 것 같으면 장닭은 부리로 거칠어 보이는 자리를 잘게잘게 부수어 부드럽게 만들어 알 낳기 편하게 만들어주는 친절까지 베푼다. 이제 되었다 싶으면 장닭은 비로소 다시 '꼬꼬~' 하며 암탉을 둥지로 불러들여 알을 낳도록 한다. 그런 작업은 비단 우리 안 어느 한 암탉에만 해주는 것이 아니고 알 실는 닭이면 차별 없이 모두에게 해준다.

참고로, 장닭은 일부다처제를 좋아하는 것 같다. 한 우리 내에 경쟁관계에 있는 장닭들이 여러 마리가 있으면 제일 힘센 놈이 다른 장닭들을 쪼아대 어떻게든 쫓아냄으로써 결국 암닭들을 모두 독차지하고 만다. 그렇다고 암닭들끼리 한 마리의 장닭을 두고 서로 싸우는 법은 절대 없다. 한 놈과 교미가 끝나고 얼마 안 있다 다른 암탈과 교미해도 앞의 놈이 질투하거나 시기하는 기색이 전혀 없다. 동물 가운데 일부일처제를 따르는 것은 오직 인간과 조류뿐이라고 하는데 닭은 안 그런 것 같은 생각이 든다.

장닭의 대장 노릇은 엉뚱한 곳에서도 발견된다. 수탉이 병아리를 품고 잠자리에 든다는 말을 들어본 사람은 그리 많지 않으리라. 언젠가 쌀쌀한 초여름 밤 닭들이 잠든 훼를 한 번 가본 적이 있는데 놀랍게도 장닭이 어린 병아리들을 양 날개에 품고 자고 있지 않은가. 아니 평소 암닭이 훼나 아니면 바닥에서 병아리들을 품고 있는 것은 여러 번 보아왔으나 장닭이 병아리를 품다니 도시 이해가 안 간다. 판단해보건대, 암닭이 품고자야만 할 새끼들이 너무 많아 한 품에 품지 못한 것을 보다 못한 장닭이 추위에 떨고 있는 나머지 병아리들을 도와 품고 있었던 것이다. 따지고 보면 그들 병아리들도 그 장닭의 친자식이긴 하지만 그걸 알고 그런 것 같지는 않고 단지 새끼들을 보호하려는 어미닭의 본능에서 비롯된 것 같다.

어미 암닭들을 한 우리에서 기르다 보면 때때로 생각지 않던 문제가 발생하기도 한다. 여러 마리들이 이 둥지 저 둥지 가리지 않고 그때그때 알을 나 놓다 보니 자연히 네 것 내 것의 구분이 없게 되고 각자가 깐 병아리들도 친엄마가 누군지 구분할 수가 없게 마련이다. 다행히도, 닭의 세계에서는 각인(implant)이라는 것이 있는데 병아리가 알에서 깨어난 후 처음 접하는 것을 무조건 제 어미로 알고 졸졸 따라다닌다는 것이다. 포유동물들은 냄새로 자기 새끼와 자기 엄마를 구분하고 있지만 조류의 경우는 그렇지 않은 모양이다.

그런데 각자 자기 새끼들을 지닌 여러 세대들을 한 우리 안에서 기르다 보니 제 어미를 찾아가는 데는 큰 문제가 없었으나 어미닭들이 다른 새끼들을 쪼아대는 바람에 대살육사건이 벌어져 결국 갓 태어난 병아리 거의가 다른 어미 닭들에 의해 죽임을 당하는 비극이 벌어지고 말았다.

이건 나의 커다란 실수였다. 아직 어릴 때는 각 세대별로 따로따로 길렀어야만 하는 건데 설마 같은 식구들끼리 서로 죽이기야 하겠나 하는 안일한 생각을 했던 것이다. 남의 새끼들은 쫓아내고 자기 자식들만 보호하고 챙겨 먹이려는 어미닭들의 본능이 결국 대학살극을 일으키고 만 것이다.

어미닭의 새끼 보호본능이 잘 나타나는 또 하나의 경우는 아마 알 품기 할 때가 아닌가 한다. 달걀은 꼬박 21일을 품어야만 병아리가 깨서 나온다. 어미닭이 알을 품는 기간 동안은 정말 식음(食飮)을 전폐하다시피 하며 꼼짝 않고 알 품는 데만 열중한다. 어쩌다 사람이 접근해도 밖에서 벼락이 떨어진다 해도 그대로 둥지를 지키고 있다. 가끔 둥지를 내려와 모이 몇 알 쪼아 먹고 물 몇 모금 마시는 것 외에는 절대로 둥지를 떠나는 걸 보지 못했다. 21일이라는 결코 적지 않은 기간 동안 정말 내 몸바쳐 오직 알 품는 일에만 열중이다.

21일이 다 되면 새끼들이 하나둘씩 깨어나기 시작해 어미 날개 사이로 빼꼼히 머리를 쳐들고 나오기 시작한다. 이때 새로 갓 태어난 병아리들이란 그렇게 귀여울 수가 없다. 동그란 두 눈이며 뽀송뽀송한 깃털이며 샛노란 두 발이며 마치 한 폭의 그림을 보는 듯하다. 병아리 몇 마리가 깨어났다고 어미닭의 임무가 다 끝난 것은 아니다. 어쩌다 어미가 둥지를 잠시 비운 사이 눈치 없이 다른 닭들이 품고 있던 알둥지에 알을 나 놓는 경우가 있어 그들도 제날짜를 채워야만 깰 수 있기 때문이다. 어미닭은 그들 모두가 깨어 나올 때까지 철두철미하게 알둥지를 떠나지 않는다. 이 얼마나 경이로운 일인가. 네 새끼 내 새끼 따지지 않고 그들 모두가 새 생명으로 환생할 때까지 그토록 헌신적으로 봉사할 수가 있는가.

그렇게 갓 태어난 병아리들이 며칠 사이에 어미 닭들에 의한 대 살육사건으로 거의 모두 살해된 후에는 그런대로 닭우리 안은 전과 똑같은 평화가 유지되고 있었다. 암탉들은 다시 하나 둘 알을 낳기 시작하였고 장닭 역시 아무 일도 없었다는 듯이 온 식구들을 열심히 챙기는 나날이 계속되고 있었다.

그러던 어느 날 그 평화롭던 닭우리에 또다시 대비극이 닥쳐오고 말았다. 이번엔 그 사건의 주체가 달랐다. 소낙비가 몹시 오던 어느 날 밤에 너구리들의 습격을 받아 닭들을 거의 다 물어 죽여 놓고 몇 마리는 물고 가 닭장을 온통 쑥대밭을 만들어놓고 만 것이다. 닭장 안은 여기저기 온통 닭 시체들이 내팽개쳐져 있었고 바닥은 너구리들에 의해 물려 뽑힌 닭털로 가득하였다. 도대체 20여 마리에 가까운 그 많은 성계들이 기껏해야 한두 마리의 너구리들한테 이렇게 하룻밤 사이에 모두 몰살당하고 말다니 너무나 황당하였다.

그런 가운데서도 놀라운 사실 하나가 있었다. 용케 우리를 빠져나와 산으로 탈출한 조그만 병아리 한 마리 외에 대장인 장닭만은 등에 조금 부상만 입었을 뿐 멀쩡하게 생존해 있었다는 것이다. 그 날카로운 너구리들의 이빨을 용케도 피해 죽임을 면할 수 있었다니 과연 대장은 대장이구나 하는 생각이 들었다.

언젠가 아프리카 평원의 누우들이 공동으로 사자 무리들의 공격을 퇴치하는 장면을 TV를 통해 본 적이 생각난다. 왜 닭들도 공동으로 너구리들의 습격에 대항하지 못하고 그렇게 속수무책으로 당하고만 있었을까? 하긴 가진 무기라고는 변변치 못한 부리밖에 없으니 그것만 갖고는 사나운 너구리들과 게임이 되지 못했을 것이다. 오히려 무기력하게 희생당한 닭들이 그렇게 불쌍하게 생각될 수가 없었다.

구사일생으로 살아남은 장닭이 마냥 측은해 보이기만 했다. 대장 노릇 한번 제대로 못 하고 데리고 있던 그 많은 식구들이 너구리로부터 사정없이 물려 죽는 모습을 직접 눈으로 보고 얼마나 자괴감을 가졌을까. 내 사랑하는 아내들, 내 귀여운 새끼들이 무참히 짓물려 죽는 걸 바로 눈앞에서 보고도 손 하나 제대로 못 쓰는 자신의 무기력에 얼마나 괴로워했을까. 또 죽은 닭들은 그 사나운 너구리들에게 쫓기면서 얼마나 살아보려고 발버둥을 쳤을까.

그런 대형 사고가 있고부터는 왠지 닭 기르는 것을 꺼리게 되었고 아직까지 문제의 닭장은 텅 빈 채로 버려져 있다.

28
써니의 죽음

'죽음' 하면 먼저 슬픔이나 이별과 같은 말이 떠오른다. 얼마 전에 내가 아끼고 아끼던 써니의 죽음이 바로 나에겐 한없는 슬픔과 이별의 아픔을 안겨다주었다. 불과 40일도 채 같이 살지 않은 짧은 만남이었지만 나에겐 단순한 애완견 그 이상의 의미를 지니고 있었다.

내 시골집에는 몇 마리의 닭들과 생후 40일 정도 되어 입양해온 어린 강아지인 써니가 나와 같이 살고 있었다. 그러나 닭들과는 같은 식구라는 생각이 들지 않을 때가 많다. 모이 주고 풀 뜯어다 주느라 하루에도 몇 번씩 닭장을 들락거려도 도대체 알아보지를 못하고 번번이 후다닥 놀래 달아나곤 하는 게 닭이다. 도시 정이란 게 붙지를 않는다. 그래서 머리 나쁜 사람을 두고 '닭대가리'라는 말이 생겨났나 하는 생각이 든다.

그렇다고 그들 닭들을 미워할 생각은 전혀 없고 또 미워해서도 안 된다. 길가에 외로이 피어 있는 꽃 한 송이, 풀 한 포기가 나름 대로의 존재의의를 지니고 있듯이 닭들도 남을 의식하지 않은 채 창조주의 뜻대로 그들 나름대로의 삶을 열심히 살아가고 있는 셈 이다. 그러므로 닭들보고 머리가 좋으니 나쁘니 하며 그들을 평가 하는 행위는 인간들의 오만에서 나온 것일 뿐 창조주에 의한 자연 법칙과는 전혀 상관이 없다. 따라서 여기서 영리한 저 써니와 저 들 어리석은 닭들과를 서로 비교하는 것도 마치 인간과 강아지를 서로 비교하는 것만큼이나 어리석다.

'써니'(Sunny)라는 이름은 밝고 날쎄게 뛰어 놀라는 뜻으로 입양 해온 바로 그날 지은 이름이다. 종자가 진도견(珍島犬)이라서 그런 지는 몰라도 입양 온 첫날부터 정말 영리하고 날렵하게 뛰어다녔 다. 새 식구인지라 새집과 새 밥그릇도 구해다가 현관 앞 적당한 곳에 자리 잡아 주었고 한동안 먹을 양식도 농협 매장에 들러 두 포대 정도 미리 준비해놓았다.

진도견이란 원래 애완용이라기보다는 사냥이나 경비용으로 적합 한 개다. 그러나 나에게 있어서 써니는 다목적이요 단순한 개 그 이 상의 상징성을 지니고 있다. 물론 내가 시골에 머물러 있는 동안만 은 나의 벗이요, 사냥용이요, 집지킴이용 모두를 염두에 둘 수밖에 없다. 그렇다 해도 4년 전 내 곁을 떠난 내 어린 딸에 대한 그리움 을 조금이나마 보상받으려는 마음이 작용했음은 부인할 수는 없다.

불과 생후 40일 정도밖에 되지 않은 어린 강아지지만 첫날부터 엄마 품이 그리워 끙끙거리며 보채는 일도 없이 잘도 따라다녔다. 닭 모이 주러 갈 때든 밭에 풀 뽑으러 갈 때든 이웃집에 산책하러나갈 때든 그 어린 나이에 뒤뚱거리면서 잘도 따라주었다. 마치 분양되어 오기 오래전부터 미리 알고 있던 주인을 만난 양 전혀 낯선 기색 하나 없이 이곳저곳 내 뒤를 쫓아 누비고 다녔다. 이 세상 태어난 지 불과 40일 남짓하니 얼마나 엄마 품이 그리울 것이며 얼마나 주변 환경이 어설플 텐데도 그런 기색 하나 없이 모두가 마치 내 집이라도 되는 양 잘도 휘젓고 다녔다.

새 밥그릇에 담아준 밥(과자)도 익숙하게 오두둑오두둑 맛있게 씹어 먹고는 옆 물그릇의 물도 제법 큰 강아지처럼 쩝쩝대며 잘도 먹었다. 저 어린 강아지가 채 적응도 못 해 병이라도 걸리거나 밤새도록 엄마 찾느라 온 동네 헤매고 다닌다면 어떻게 하나 하고 한참 걱정을 했는데 여간 다행한 일이 아니었다.

그런 가운데 입양 후, 즉 생후 60일 되는 날이 다가왔고 때맞춰 예방주사약을 사다 직접 맞혔다. 이제 다시 20일이 되는 날 한 번 더 마치면 써니에게 필요한 예방접종은 다 끝나는 셈이 된다. 이젠 제법 외출했다가도 제 집이 있는 현관 앞까지 잘 찾아왔다. 그러나 아직도 너무 어려서인지 조금 높은 계단이나 높은 문턱을 올라오려면 몇 번씩 발버둥을 쳐야만 했다.

8월 한낮의 땡볕이 내리쬐이는 무더운 날이면 누가 시키지도 않았는데도 용케 집 주변 데크 밑이나 나무 그늘을 잘 찾아가 낮잠을 즐기곤 한다. 그러다가도 '써-니~' 하고 부르는 소리만 나면 어디서 오는지 쏜살같이 뛰어오며 꼬리를 흔든다. 마치 '주인님 저 여기 있으니 뭐 시키실 거라도 있으면 서슴지 마시고 언제고 불러만 주십시오'라고 말하는 듯하다. 이 얼마나 신통한가. 단지 말만 못 할 뿐이지 그 어린 나이에 그렇게 주인에게 충성일 수가 없다. 밥 흘리며 먹는다고 야단을 쳐도 반갑다고 꼬리를 흔들고 어쩌다 좀 늦게 따라온다고 싫은 표정을 지어도 반갑다고 꼬리를 흔든다. 도대체 써니가 싫은 표정을 보이는 것을 못 보았다.

그런 가운데서도 써니는 나름대로의 엄격한 규칙을 세워놓고 살아가는 듯했다.

우선 어떤 일이 있어도 처음 정해준 현관 앞이라는 주거공간을 절대로 떠나는 법이 없고 혹 떠난다 해도 아주 멀리는 안 떠나며 결국은 언젠가는 현관 앞에 돌아와 쭈그리고 엎드려 제자리를 지키고 있다는 것이다. 그다음 밤이 되면 볼일 보러 갈 때를 제외하고는 역시 현관 앞을 중심으로 반경 10m 이상을 벗어나지 않는다는 것이다. 또 하나 놀라운 것은 아무리 볼일(배변)이 급해도 절대로 자신의 주거공간 내에서 적당히 해결하는 경우가 없이 반드시 잔디밭 한 모퉁이나 산 밑 풀섶 어딘가에서 마치고 온다는 점이다. 이 얼마나 놀라운 일인가.

아무리 유전인자가 그렇게 프로그램이 되어 있다 해도 어찌도 저렇게 절제되고 철저할 수가 있는가. 심지어 인간도 가끔은 실수를 하거나 원칙을 어기는 때가 있는데 하물며 이제 생후 겨우 70일 가까이밖에 안 된 어린 녀석이 그렇게 철두철미하다니. 그러면서도 충견이라면 해야만 할 일은 다 한다. 어쩌다 잠이 안 와 현관문을 열고 나가면 어느새 쫓아와 꼬리를 흔들며 반긴다.

사람으로 치면 이제 겨우 유치원에나 갈 어린 나이가 아닌가. 우리 인간들도 저 써니처럼 지능적으로나 육체적으로 발육이 빨랐으면 얼마나 좋을까 하는 생각을 해본다. 그러면 아마 아이 기르는 젊은 부모들의 부담도 그만큼 적어지기 때문에 자연히 출산율도 올라가게 되고 정부의 인구정책도 훨씬 수월해질 수가 있지 않을까. 아이 많이 낳는다고 보상금까지 주지 않는다 해도 잘도 낳아 기를 것이다.

그러고 보면 인간은 저 써니와 같은 하찮은 강아지에게서도 배울 점이 많은 것 같다. 우선 우리 인간은 너무 새 환경에의 적응이라는 점에 있어서 저 철모르는 써니에도 한참 못 미친다. 욕심 많기가 끝이 없고 남을 시기, 질투하기를 밥 먹듯 한다.

요즘 자식들은 제 부모 알기를 우습게 안다. 주어도 주어도 고마운 줄은 모르고 더 주지 않는다고 불평, 불만이다. 안 주면 칼 갖고 대들기도 한다. 부모공경? 그건 이미 옛말이 된지 오래다. 어느새 부모에게 욕하고 주먹질 안 하는 것만으로도 다행으로 아는 세상이 되어 버리고 말았다.

그들은 마치 자신들이 부모 없이 어느 날 어디 하늘에서라도 갑자기 떨어진 것으로 착각한다. 도대체 갖은 고생하며 낳아 길러주고 공부시켜 준 은혜를 모른다. 모든 게 잘 되면 내 탓이요 못 되면 부모 탓으로 돌리며 도시 나밖에 모른다.

그래도 부모는 '우리 자식' 하며 밤낮으로 절이며 교회를 다니며 자식 잘되게 해달라고 열심히 기도한다. 그렇지만 자식들은 '당신은 당신들의 삶이 있고 우리는 우리의 삶이 있다'라는 식으로 관심이 없다. 그러다가도 부모가 늙고 병들어 외로이 고생하다가 죽으면 제일 먼저 달려온다. 슬프고 애통해서? 천만에. 혹시 무언가 남기고 간 것이나 없나 하고 베게 속이든 장롱 속이든 심지어 다 깨진 쌀독 속까지 샅샅이 뒤져볼 것이 분명하다. 장례식은 그런 조사활동이 끝난 연후의 얘기다. 우리나라의 노인 사망률이 가장 높다는 사실을 알고 있는가. 부모 모시기를 제일의 덕목으로 알던 우리나라가 어쩌다 이 지경까지 왔는지 모르겠다.

그러는 가운데 써니는 무럭무럭 잘 자라주어 어느 듯 입양 온 지 한 달을 훌쩍 넘기게 되었다. 어쩌다 서울에 2, 3일 머물다 오면 그렇게 반가워할 수가 없다. 홀로 시골집을 지키는 경우가 많다 보니까 써니는 단순히 집지킴이요 애완견에서 끝나지 않고 어느새 나의 진정한 보디가드요 효심 많은 나의 친자식과 같은 존재가 되어버렸다.

그러던 어느 날 정말 나에게 충격적인 사건이 일어나고 말았다. 애지중지하던 바로 그 써니가 집 앞 하천에 빠져 익사하는 끔찍한 사고가 일어나고 만 것이다. 뒷산 산책로를 만들기 위해 잠시 자리를 비운 불과 30분 사이에 벌어진 일이다. 그 호기심 많은 써니가 풀섶 이곳저곳을 돌아다니다 그만 발을 헛디뎌 물에 빠지고 만 것이다. 성견이라면 어떻게든 헤엄쳐 나왔겠지만 나 어린 써니가 그럴 능력과 경험이 어디 있었겠는가.

그래도 새 주인 만나 살아보겠다고 열심히 뒤뚱거리며 뛰어다니더니 불의에 그만 먼 하늘나라로 가고 만 것이다. 물에 빠지는 순간 얼마나 황당했을 것이며 차디찬 물에서 헤엄쳐 나오려고 그 어린 나이에 얼마나 발버둥을 쳤을까. 또 힘에 부쳐 숨을 거두는 순간 제때 건져주지 않고 있는 주인님을 얼마나 원망했을까 하는 생각이 든다.

강물에 허옇게 죽어 엎드려 둥둥 떠있는 써니의 가엾은 모습에서 갑자기 내 사랑하던 딸 서윤이의 4년 전 죽어 있던 모습이 오버랩된다. 아, 다시는 생각조차도 하기 싫은 4년 전 2월 26일 12시경 도곡동 아파트의 문간방. 우리 서윤이도 지금 저 써니와 같이 그날 그렇게 어린 나이에 아무 사전 예고도 없이 이 아비 곁을 홀연히 떠나고 말지 않았는가. 눈에 넣어도 아프지 않았고 내 전 삶의 의미와 희망 그 자체였던 우리 서윤이도 저 써니와 같이 아직 뒤뚱거리며 걸을 중 2라는 어린 나이가 아니었던가.

우리 서윤이가 쓰던 MP3, 공책, 노트, 연필통, 각종 사진 등 갖가지 유품들이 아직도 내 주변을 지키고 있듯이 써니의 새집이며 밥그릇이며 목줄 등 유품들도 있던 자리에 그대로 두기로 하였다. 단지 써니의 시신만은 산 밑 조용한 곳에 정성껏 묻고 그 위에 예쁜 맨드라미 한 포기를 심어 주었다.

이렇듯 지난 10년간 써니 말고도 내가 사랑하던 여러 사람들이 내 곁을 떠나는 아픔을 맛보아야만 했다. 1999년에는 사랑하던 내 인생의 동반자가 병고를 이기지 못하고 먼 나라로 가고 말았고, 2004년에는 서윤이가, 그리고 2006년에는 다시 날 낳아주신 어머님이 91세를 일기로 요단강을 건너셨다. 어머님을 제외하고는 모두가 인생의 참맛을 알기도 전에 아까운 삶을 마감하고 만 것이다. 또다시 2월이 돌아온다. 나에게 2월은 잔인한 달이다. 써니를 제외하고는 모두가 2월에 일어난 일들이다.

누군가 인생은 '잠시 동안의 소풍'과 같다고 했지만 그래도 죽음

특히 사랑하는 사람들과의 이별만큼 참을 수 없는 뼈아픈 고통이
또 어디 있을까. 이제 마지막으로 내 몸과의 이별만이 남아 있으
니 어떻게 보면 홀가분하다는 생각도 든다. 살아생전 내 몸과의
이별이라는 고통은 맛보지 않아도 되고, 죽은 후에는 그런 고통을
맛볼 수조차 없으니 이 어찌 사는 게 홀가분하지 않겠는가.

29
산이 거기 있기에

어느 알파니스트의 산(山)에 오르는 이유이다. 누구나 등산(登山)을 한다. 어떤 사람은 심신의 단련을 위해 어떤 사람은 산의 위용에 매료되어 아니면 나무와 풀과 꽃의 아름다움에 심취하기 위해 산을 찾을 게다. 또 어떤 사람은 단순한 소일거리로 아마 어떤 사람은 친구 따라 강남 가기 위해 아니면 그냥 산사람들이 좋아서……. 그런데 우리는 이처럼 갖가지 나름대로의 이유 있는 오름의 대상이 되고 있는 산을 너무 함부로 대하고는 있지 않은지 한번 반성해볼 필요가 있을 것 같다.

우선 산을 대하는 우리들의 자세다. 흔히 우리 주변에서 전국 어느 어느 산을 갔다 오고 나서는 그 산을 '정복'했다고 자랑삼아 말하는 것을 듣는다. 마치 칭기즈칸이 아시아대륙을 정복하고 나폴레옹이 유럽대륙이라도 정복이나 한 양 말이다. 우리는 산에 대해

보다 겸손해야 되지 않을까.

산을 정복하다니 그처럼 무례하고 사리에 맞지 않은 표현이 어디 있단 말인가. 산은 오름의 대상이고 경건한 자세로 위함의 대상이요 그 아름답고 오묘함에 심취될 대상이지 결코 정복(征服)하거나 함부로 공격할 대상은 결코 아니다.

산이 우주의 일부요 자연의 일부이듯이 우리 인간들 역시 자연의 일부로서 그것과 더불어 대자연을 이루고 있는 데 불과할 뿐 그것을 정복한다는 말은 자연에 대한 오만이요 신(神)에 대한 모독이라 아니할 수 없다. 따지고 보면 우리 인간 역시 산 이곳저곳에서 평화로이 노니고 있는 한 마리의 노루나 토끼, 한 포기의 풀, 한 마리의 나비와 하등 다를 것이 없지 않은가.

이 세상에 처음 태어나 잠시 짧은 삶을 살다가 씨만 남긴 채 안개처럼 아무 흔적 없이 사라지고 다시 그 씨는 죽어간 생명들을 대신하여 또 다른 삶을 이어가고. 그렇게 볼 때 자연을 정복한다느니 자연을 지배한다느니 하는 건방진 말보다는 자연과 더불어 살면서 자연의 일부 가운데 우리 인간에게 필요한 부분만을 잠시 동안 빌려 사용한다는 표현이 보다 정확하지 않을지.

내가 산에 오르는 이유에는 몇 가지가 있다. 여느 사람들처럼 건강을 위한다는 측면도 물론 있지만, 내 지나온 인생의 족적을 하나하나 더듬어보는 즐거움을 만끽하기 위한 것이 그중 하나이다. 그래서 나의 경우는 홀로 산에 오르는 때가 많다. 여럿이 같이 오르게 되면 가까운 친지들이라 해도 때로는 그런 나만의 즐거움에 방해가 되기 때문이다. 따라서 사람들의 왕래가 너무 많은 코스는 되도록 피해 한적한 길을 선택한다.

어렸을 때부터 시작하여 오늘날의 나에 이르기까지 그 수많은 시간과 공간들 속에 펼쳐졌던 다채로운 인생 파노라마. 기뻤던 일, 슬펐던 일, 잊고 싶은 나쁜 추억이 있는가 하면, 몇 번이고 되씹어도 마치 고기를 씹을 때처럼 싫증이 나지 않고 계속 달콤한 맛이 우러나는 그런 아름다운 추억들도 있다. 어떤 기억은 아무리 더듬거려도 끊긴 필름처럼 도대체 재생이 되지 않는다.

그런데 신기한 것은 힘들었던 일, 슬펐던 추억, 후회스러운 일들도 그동안 기나긴 세월이 지난 지금의 나의 머릿속에서는 그것이 한낱 아름다운 추억으로 미화(美化)되어 나타난다는 것이다. 그것이 이른바 수면효과(sleeping effect)라는 것 때문이 아닐까. 불쾌했던 옛일도 오랜 세월이 흐르고 나면 순화되어 기억되는 그런 효과 말이다.

그렇다. 만일 우리가 지나간 나쁜 일들을 하나하나 생생히 기억하며 살아간다고 하면 우리의 삶이 얼마나 괴로울까. 이 역시 신이 우리에게 내려준 '망각'이라는 선물 덕분이라 해도 좋을 것 같다.

산에 오르는 나대로의 두 번째 이유는 명상(瞑想)에 있다. 물론 명상이라고 하면 도교(道敎)나 수도승(修道僧)들의 가부좌를 틀고 있는 모습이 생각나기도 하고 미국의 어느 대학 캠퍼스에서 본 명상실(meditation room)이 머리에 떠오르기도 한다. 또 흔히 신비주의자들이 이른바 자아(自我)를 버리고 진아(眞俄)를 갈구하는 과정을 생각게도 한다. 인도의 오쇼 라즈니쉬나 베트남의 닉낫탄과 같은 그런 신비주의자 아니면 명승들이 흔히 행하는 명상이 그것 아닌가.

그러나 나의 경우는 그런 차원 높은 득도과정도 아니고 죽음의 순간이나 성적 클라이맥스에서나 찰나로 느낀다고 하는 참자아를 맛보기 위한 어려운 고행은 더욱 아니다. 그저 세상의 번뇌를 잠시 잊고 편안한 마음으로 그냥 힘들이지 않고 오르는 것이다. 그리고는 자신의 몸동작 하나하나를 객관화시켜 관조한다. 자신을 포함한 세상 모든 것을 이 거대한 우주의 바다 속으로 함몰시킨 가운데. 이때는 마음을 비우고 온 심신을 릴랙스하는 것이 무엇보다 중요하다. 그렇지 않으면 머릿속은 온통 잡다한 쓰레기로 지저분하게 꽉 들어차 있게 되고 더러운 파리 떼만 우글거려 골치만 딱딱 아프게 된다. 뿐만 아니라 신체적으로도 잔뜩 긴장상태만 계속되어 명상의 효과가 전혀 없다.

그런 과정을 통해 영(靈)과 육(肉) 모두를 쉬게 하여 세속에 오염되지 않은 본래의 나(我)에 이르도록 하자는 것이다. 일상의 긴장, 초조, 불안, 번거로움을 잠시 잊고 몸과 마음을 편안히 릴랙스시켜주는데 내 건강에 얼마나 좋겠는가.

그러나 이 작업이 그렇게 쉬운 것만은 결코 아니다. 임상심리학의 거장 시그문트 프로이트가 우리의 인격은 원초아(id), 자아(ego), 초자아(super ego) 등 세 가지로 이루어져 있다고 한 바를 기억하는가. 여기서 원초아를 인간본능의 저장고라고 하면서 그건 갖가지 심리분석적 기법을 이용해서만이 규명할 수 있다고 역설한 바 있다. 마찬가지로 온갖 세속적인 것으로 그렇게 오랜 세월 동안 오염되어 온 자아를 버리고 참된 '나'인 진아(眞我)에 이른다는 것은 많은 훈련과정이 필요하리라. 불교에서 말하는 해탈의 경지가 바로 이에 해당되지 않을까. 그렇다고 해서 크게 실망할 필요는 없다.

설령 진아에 이르지는 못한다 해도 그렇게 나의 영육을 잠시 릴랙스해주는 것만으로도 건강에 큰 도움이 되기 때문이다.

그렇기 때문에 나의 경우 산이 구태여 험하고 높아 도전감을 자아낼 필요까지는 없다. 아니 나의 그런 목적에는 오히려 높지 않고 구릉으로 된 완만한 산일수록 좋다. 서울근교로 치면 우면산이나 대치동의 대모산 아니면 구의동의 아차산 정도가 알맞다. 언제나 마음만 먹으면 전철이나 버스 한두 번 갈아타고 쉽게 이를 수 있고 별 부담 없이 오를 수 있으니 얼마나 좋은가. 따라서 멀리 떨어져 있어 장시간 차를 타고 가야 하는 치악산이나 속리산, 설악산 등 어느 것도 내 목적엔 적합지 않다.

서울 근교의 도봉산, 수락산, 북한산의 경우도 나의 그런 목적과는 부합하지 않는다. 가고 오는 번거로움도 그렇고 힘들고 위험하게 오르는 부담 모두가 마음에 안 든다.

산을 오르는 또 다른 이유는 그것이 극히 경제적인 스포츠라는 실용주의에 근거를 두고 있다. 여기서 경제적이란 의미는 반드시 화폐가치적인 것에만 국한하지는 않는다. 시간과 노력에서 특히 경제적이다. 어느 운동이 그렇게 시간과 장소에 구애됨이 없이 마음만 먹으면 언제든 쉽게 즐길 수 있단 말인가. 이것은 꼭 여러 사람이 팀을 이룰 필요도 없고 혼자서 언제나 가능하고 또 다행히도 우리 주변엔 어딜 가도 크고 작은 산들이 널려 있지 않은가. 우리 국토의 70% 이상이 산이니 말이다.

우리나라 이 좁은 땅덩이가 평평한 평지로 되어 있다고 한번 생각해보라. 얼마나 삭막하고 멋이 없었을까. 우리나라 국토의 지표

면적도 훨씬 줄어들어 쓸모도 그만큼 없어질 테고. 이 얼마나 큰 하나님의 은총이란 말인가. 실제로 등산스포츠에는 돈이 들 게 없다. 간단한 도시락 하나 배낭에 넣고 땀수건 하나 챙겨 그냥 떠나면 되지 않는가. 자연을 감상하며 명상에 도움 줄 만큼의 맥주 한 캔 정도가 더 있으면 금상첨화이고. 심신도 단련하고 명상을 통해 마음의 병도 고치고, 세상에 이보다 더 좋은 스포츠가 어디 있단 말인가.

누군가 인생은 고뇌의 교향악이라고 했다. 산새소리와 풀벌레 노랫소리만이 가끔 들리는 고즈넉한 산속을 홀로 거닐며 온갖 희로애락으로 수놓아진 나 자신의 인생예술품을 감상하는 즐거움을 맛보는 재미란 겪어본 사람만이 안다. 더불어 몸과 마음의 릴랙스를 통한 영육 간의 건강과 명상의 짜릿한 경험을 어찌 마다하겠는가. 제발 남보다 먼저 산 정상에 올라야 한다는 무리한 생각이나 산을 정복하고 말겠다는 엉뚱한 마음은 먹지 말고 말이다.

30
김 사장의 하루

내 시골집 옆에는 김 사장이 살고 있다. 읍내서 들어오자면 커다란 다리를 건너자마자 좌측 첫 집이 바로 평소 내 아우처럼 대하고 있는 김 사장 집이고 그로부터 30m 정도 더 들어가 내 집이 위치해 있다. 그 집에는 김 사장 내외와 그 부친 등 세 식구가 살고 있는데, 그의 부친은, 연세가 그렇게 많지는 않지만 치매기가 있으셔서 항상 그림처럼 누워만 계신다. 말이 세 식구가 살고 있지, 두 식구나 마찬가지로 절간같이 항상 조용하기만 하다.

김 사장은 소위 '1인 기업' 사장이다. 자연히 본인이 사장이요 영업사원이요 청소부 등 모든 역할을 혼자 도맡아서 한다. 인사, 재무, 경리, 관리, 총무 등 흔히 기업에서 필요한 기능들 모두도 독자적으로 수행한다. 당연히 아래도 없고 위도 없으며 누구의 눈치를 보며 일할 필요도 없다. 요즘처럼 경제가 어렵다 해서 해고

될 염려는 더더욱 없고 매출이 떨어졌다해서 종업원 월급 줄 걱정 같은 건 아예 할 필요가 없다.

제품생산에도 원부자제 같은 건 필요치 않고 몇 가지 생산도구만 있으면 충분하다. 상품은 생산과 동시에 소비되며 생산을 위해서는 소비자의 협조가 절대 중요하다. 상품은 생산과 동시에 소비되기 때문에 비축시킬 수도 없고 다른 곳으로의 이동은 더욱 불가능하다. 김 사장이 생산하고 있는 상품은 수(手)작업에 의해 만들어지기 때문에 표준화되어 있지는 못하나 장기간의 경험에 의해 대체로 그 품질만큼은 균일하다. 그것은 김사장 본인의 수(手)작업에 의한 것이기에 상품의 질은 그날그날 김 사장의 기분에 크게 좌우되게 된다.

그렇다고 따로 영업활동을 하는 것도 아니고 또 그럴 필요가 없다. 고객들 모두가 알아서 찾아오고 가끔 전화로 사전 예약을 받기도 한다. 상품을 얼마에 판매하느냐 하는 것은 물론 김 사장이 결정하고 기분 내키면 외상도 가능하며 주머니사정이 좋지 않은 사람에겐 가끔 할인도 해준다. 영업지역이 한정되어 있기 때문에 매월 매출은 거의 동일하며 영업이익 역시 월별로 큰 차이가 없다. 오는 고객들 모두가 같은 이웃이요, 학교 동창이요, 매일같이 얼굴을 대하며 지내는 잘 아는 사람들이기 때문에 매일의 영업이란 것이 어떤 기업활동이라기보다는 친목활동에 가깝다. 그렇다고 김 사장의 업태는 요즘 그 흔해 빠진 인터넷 사업도 아니고 도붓장사는 더욱 아니다. 김 사장은 바로 이용업소의 사장이다.

그가 비록 이용업소의 사장이긴 하지만 주변에서 그가 사장임을 부정하는 사람은 아무도 없다. 누구나 그를 '김 사장~' 하고 부르지 김 씨라든가 이름을 직접 부르는 사람은 아무도 없다. 워낙 오랫동안 같은 기업을 운영해왔기 때문에 김 사장이라는 호칭이 오히려 자연스럽고 또 본인도 그것을 당연시하는 듯하다. 그러니까 요즘 아무나 보고 '○○ 사장님' 하고 부르는데 그와는 달리 김 사장은 명실상부한 사장이다. 사장이 너무 흔하다 보니 요즘은 '회장'으로 승진한 사람들을 많이 볼 수가 있는데, 김 사장은 단지 '사장'에 만족하며 그날그날 묵묵히 자신의 역할에만 열중한다.

김 사장의 하루는 보통 아침 9시경 차를 몰고 업소로 출근하는 것으로부터 시작된다. 출근시간만큼은 도시 여느 회사와 똑같다. 그러나 김 사장의 기업행위는 훨씬 더 신축성이 있다. 출근만 9시일 뿐 퇴근시간은 따로 정해진 것이 없고 손님 끊어진 시간이 곧 퇴근시간이다. 회사 근무도 매우 자유롭다. 좀 볼일이라도 있다 싶으면 언제고 그냥 회사를 나오며 점심도 집에 와서 먹고 갈 때도 있다.

볼일 보러 사무실을 잠시 비운다 해서 회사 문을 일일이 잠글 필요도 없다. 회사 현관문에 써놓은 휴대전화번호가 있기 때문에 누구든 와서 김 사장이 없으면 전화로 연락만 하면 김 사장이 하던 일을 멈추고 쏜살같이 달려온다. 가까운 사람이면 가끔 '좀 기다려~' 하고 오히려 큰 소리 치며 아무렇지도 않게 자기 볼일만 챙긴다. 그렇다고 그런 명령조의 말에 불평하거나 짜증내는 사람은 아무도 없다. 순한 양처럼 아무 소리 않고 사무실 나무의자에 앉아 김 사장이 오기만을 잠자코 기다린다. 김 사장이라는 사람이 어떤 사람이라는 것을 너무도 잘 알고 있기 때문이다. 그래서 김 사장이 사업상 필수적인 두 가지가 있다고 한다면 그건 자가용과 휴대폰이다. 아무리 먼 데 있어도 전화 후 불과 2, 3분이면 달려올 수 있을 만큼 영업지역 자체도 넓지 않고 집과의 거리도 그 시간 대면 충분히 도착할 수가 있다.

김 사장은 비단 머리 깎는 일에만 능숙한 게 아니고 그야말로 만물박사다. 농사짓기, 가축 기르기에서부터 사냥, 기계수리 등 못 하는 게 거의 없다. 그러다 보니 어떤 때는 여기저기 불려 다니느 라 본업은 뒷전으로 밀려나고 이들 관련의 부업으로 더 바쁘다. 읍내 어디 대사(大事)라도 있다 하면 만사 제쳐두고 제일 먼저 뛰 어가는 것도 김 사장이다. 그렇다고 돈을 받고 도와주는 것도 아 니며 돈을 줄려고도 하지 않지만 받을 생각도 안 한다. 직접 확인 까지는 못 해 봤지만 도와준 대가로 필시 소주 한잔 얻어먹었으면 운 좋은 날일 것이다. 그렇게 김 사장은 부지런한데다 마음이 비 단결같이 곱고 남 도와주기를 좋아한다. 아마 읍내에서 김 사장을 모르면 간첩이라고 해도 과언이 아닐 것이다.

물론 김 사장 자신이 그걸 의식하고 하는 것은 아니겠지만 이런 것들은 모두가 알게 모르게 김 사장의 사업과도 밀접히 관련되어 있다. 머리 깎으려는 사람치고 누군들 그런 김 사장의 업소를 찾 지 않겠는가.

그렇다고 해서 읍내 상권을 김 사장이 독점하고 있는 것은 결코 아니다. 김 사장 말고도 두 개의 동일 업소가 더 있으며 미용실도 세 개나 난립되어 있다. 그러나 김 사장은 고객이 없어 걱정할 필 요는 조금도 없다. 워낙 단골고객도 많고 평판이 좋아 상(商) 기반 이 탄탄하기 때문이다. 다른 업소 모두 문을 닫는다 해도 김 사장

업소만은 그럴 걱정이 없다. 원래 성격이 낙천적인데다 사업 때문에 걱정이 없어서인지 언제나 보면 마냥 즐겁고 한 번도 얼굴 찌푸리는 걸 보지 못했다.

한 가지 결점이 있다고 한다면 정신없이 이곳저곳 뛰어다니기만 하지 별로 실속이 없는 듯하다는 것이다. 남에게 베풀기 좋아하고 남 주기 좋아하는데 실속이 있다면 오히려 이상한 일일 것이다.

그 부인과의 금슬은 또 김 사장의 압권이다. 도대체 부부간에 언쟁을 한다거나 큰 소리 치는 것을 들어본 적이 없다. 어쩌다 한참 동안 부인이 바가지를 긁어대도 김 사장이 아무런 반응을 보이지 않으니 싸움이 될 수가 있겠는가. 부부싸움이 성립되지 않는데는 물론 김 사장의 부인 역시 남편이 어떤 사람이란 걸 잘 알고 있어 그에 따른 배려의 측면 때문이기도 한 듯하다. 부인한테 큰 소리 한 번 안 치고 얼굴 한 번 안 찌푸리며 언제나 자기 일에만 충실한 남편을 싫어할 여자가 도대체 어디에 있겠는가.

그래서 집안은 마치 한겨울 산골 마을처럼 항상 조용하기만 하다. 치매에 걸려 고생하시는 할아버지가 계신다고는 하지만 그분 역시 조용하기는 마찬가지다. 여름 한철 무더울 때 가끔 나오셔서 들마루에 잠깐씩 앉아 계시곤 하는 것 외에는 집 안에 계신지 안 계신지를 모를 정도로 아무런 소리를 내시지 않는다.

그렇다고 큰 언어장애가 있으신 것도 아니고 조금 불편하시긴 하지만 활동하시는 데 큰 지장이 있는 것도 아니다. 가끔 자식이 보고 싶으신지 대문에 기대어 김 사장 업소 쪽을 잠시 물끄러미 바라보시다가 이내 방으로 들어가신다. 자신이 불편한 몸으로 살아 있어 아들 며느리 고생시킨다는 자격지심 때문인지는 모르나 1년

365일 하루같이 안방에만 하루 종일 잠자코 누워 계신다. 어쩌다 뒷마루에 잠깐 나와 앉아 계실 뿐 그날이 그날이시다. 웬만하면 그 길고 지루한 세월 살아 숨 쉬는 것 자체가 지루해 어쩌다 어떤 돌발행동을 보이실 만도 할 텐데 전혀 그렇지 않고 언제나 죽은 듯이 조용하기만 하시다.

가끔 우리나라 사람 모두가 옆집 김 사장네와 같이 모두가 부지런하고 착하다고 한다면 얼마나 좋을까 하는 엉뚱한 생각을 해본다. 요즘과 같이 거짓, 탐욕, 오만, 시기와 온갖 범죄로 얼룩진 사회가 아닌 그야말로 그런 이상사회는 과연 언제 우리에게 찾아올는지!

제5부

가을의 문턱에서

31
결혼의 의미

옛날과는 많이 달라졌지만, 요즘도 우리는 누구나 나이가 차면 결혼하는 것을 당연한 것으로 여긴다. 결혼적령기가 되면 으레 남자는 장가를 가고 여자는 시집을 가서 아들딸 낳고 사는 것이 정상인 것으로 받아들여지고 있다.

결혼이란 혼례절차를 거쳐 부부관계가 형성되는 과정이다. 그것이 결혼의 사전적 의미다. 그러나 결혼이란 그 자체가 목적은 아니며, 또 그것은 어디까지나 남자와 여자 간 사랑의 한 결과라 할 수가 있다. 그리고 그것은 그것이 원인이 되어 사랑과 행복을 보장해주는 것도 아니다. 물론 서로 얼굴도 모른 채 부모의 상호 약조나 필요에 의해서 강제로 아니면 의무적으로 결혼에 이르렀던 소설 속에서나 있을 법한 시절도 없었던 것은 아니다. 지금부터 80~90년 전까지만 해도 그랬다.

그런 때는 결혼이 곧 사랑의 결과가 아니라 그 원인이기 때문에, 좋든 싫든 서로 결혼했기 때문에 사랑해야만 하는 우스운 처지가 된다. 그러나 과거의 그런 기괴한 관습을 반드시 웃어넘기기만 할 일인가? "시인은 사랑을 노래하고 심리학자는 사랑을 연구하지만 경제학자는 사랑을 계산한다"라는 말이 있다.

너무 계산적인 것 같지만 하노 벡이란 작가는 「사랑의 경제학」이란 책에서 결혼을 "최소의 비용으로 최대의 효과를 노리는 경제행위"라고까지 말하고 있다. 물론 여기서 말하는 '최대의 효과'라는 말에는 '행복'이라는 비금전적인 것도 포함되어 있다. 그렇다. 오늘날의 결혼이라는 것이 반드시 '로미오와 줄리엣'이니 '성춘향과 이도령'이니 하는 것처럼 가장 이상적인 선남선녀들이 만나 서로 죽고 못 사는 그런 뜨거운 사랑이 원인이 되어 이루어지는 것만은 아닌 경우가 많다.

만일 그렇다면 결혼식 날 주례 앞에서 신랑·신부의 '혼인서약'과 주례의 '성혼선언'이라는 형식적인 절차가 구태여 필요 없는 것이 아닌가? 서로 사랑하겠다는 서약, 이 얼마나 우스꽝스러운 일인가. 주례 앞에서의 혼인서약을 어느 누군가가 위반했다 해서 책임추궁을 당했다거나 손해배상을 부과당했다는 말을 들어본 적이 있는가?

그렇다. 그토록 뜨겁게 서로 사랑하기 때문에 결혼해서 백년가약을 맺는데 무슨 혼인서약이고 성혼선언이 필요하단 말인가. 성춘향과 이 도령이 결국 서로 만나 '행복하게 잘 살았다'는 말만 있지 살면서 서로 다투었다거나 이혼할 지경까지 이르렀다는 얘기를 들어본 적이 있는가. 그럴 이유가 없다. 사랑이란 영원한 것이지 거기에 어떤 시한이 있다거나 조건이 부쳐진 것은 아니며, 만일 그렇다면 그건 더 이상 참된 의미의 사랑이라고는 할 수 없다. 특히 이성 간의 사랑이 그렇지 않은가. 자식에 대한 부모의 사랑이나 아가페사랑처럼 말이다.

그러나 이제 현실로 한번 돌아가 보자. 요즘 남녀 간의 사랑이 반드시 '순수함' 그 자체이며 또 그런 순수한 사랑 가운데 서로 결혼에 이르고 있는가. 사랑이 그렇듯이 결혼이라는 것도 결국은 이상과 현실 간 타협의 결과가 아닌가. 아니 보다 통속적으로 말해서 결혼이라는 것은 일종의 남녀 간의 '신사협정'이요 이해타산의 결과에 따른 일종의 거래관계가 아닌가.

실제로 에리 프롬이 「소유와 존재」에서 말했듯이 '난 누구를 진실로 사랑한다'라는 식으로 사랑을 묘사했다면 그것은 이미 참된 의미의 사랑이 아니다. 사랑이란 말로 표현하거나 어떤 형태로 묘사할 수 있는 성질의 것이 아니기 때문이다. 따라서 결혼이라는 순수하고 숭고한 남녀 간의 결연을 신사협정이니 거래관계라는 속된 언어로 표현하는 것이 얼핏 보기에 합당치 않은 것으로 들릴지도 모른다. 그러나 그것이 현실 아닌가.

우리는 남녀 간이 서로 결혼을 전제로 만날 때는 으레 상대방의 조건을 따진다. 남자의 경우 여자의 인물, 성품, 학벌, 집안 등은 기본이며 최근에는 여자가 직업을 갖고 있느냐 집안의 재산은 어느 정도냐 하는 것까지 보는 사람도 있다고 한다. 반대로 여자도 신랑감을 고를 때 아마 직업, 학벌, 월소득을 가장 중요시할 것이고 성품, 집안, 신장, 인물 등도 고려요인이 아닐까 생각된다. 결국 사전에 서로 거래(결혼)의 조건을 치밀하게 계산(?)한 다음 우선 둘만의 상견례에 들어가게 된다.

그러니까 둘 간의 어떤 내면적 사랑이 선행된 것이 아니고 먼저 염두에 두고 있는 여러 조건들이 부합된다고 생각할 때 비로소 서로 만나 '사랑(?)해보는' 절차를 거치지 사랑이 우선하는 예는 그다지 많지 않은 것이 현실 아닌가. 그러니까 그것이 설령 '사랑'이라는 말로 그럴듯하게 포장되어 있을 뿐 실은 속으로는 이런저런 '거래조건'들을 사전에 엄격하게 계산한 결과라는 것이다. 이렇듯 이성 간의 사랑이란 하나의 이상으로만 남아 있을 뿐 거래를 위한 여러 '조건들'이라는 현실이 오히려 지배하고 있는 것이 요즘의 결혼이 아닌가.

우리는 물건을 살 때 판매자에게 일정한 대금을 지불하고 그에 상응하는 물건을 받는 '거래'를 한다. 그것이 값싼 볼펜 한 자루, 비누 한 장일 때는 거래가 습관적으로 아주 쉽게 이루어지지만 값비싼 자동차나 주거용 아파트를 구입할 때는 여러 조건들을 신중히 고려하여 거래에 임하게 된다.

이와 같이 물건을 고를 때와 마찬가지로 배우자를 결정할 때도 은연중에 상대를 평가하기 위한 여러 단서들을 관찰한다. 아마 성격, 매너, 외모, 교양, 병력(病歷)과 같은 내재적 단서와 더불어 학력, 소득, 직업, 재산, 가문과 같은 외재적 단서들도 동시에 고려할 것이다. 그러나 이들을 고려하여 최종결정에 이르는 과정은 사람마다 다르다. 어떤 남자는 여자의 인물 하나면 그만이고 나머지는 무시해도 좋다는 사람이 있는가 하면 집안을 가장 중요시해 다른 조건이 아무리 좋아도 집안이라는 조건에 만족지 않으면 결혼 자체를 거부하는 사람도 있을지 모른다. 그런가 하면 이들 여러 내재적 단서들과 외재적 단서들에 각기 대략적인 가중치를 두고 각 후보 배우자별로 점수를 매긴 다음 가장 높은 점수의 배우자를 선택하는 극히 합리적이고 이성적인 사람도 있을 것이다.

이를테면 직업에 10점, 집안에 8점, 인물에 5점의 가중치를 각각 주고 여러 대안별 점수를 합산해보는 것이다. 남자의 경우도 마찬가지다. 전자의 방식은 긍정적 요인이든 부정적 요인이든 어느 하나에 치중하는 결정원칙을 따르지만 후자는 서로가 상쇄한 후의 순효과만을 중심으로 결정하는 원칙을 따른다.

전자는 쇼핑에 비유한다면 어떻게 보면 '충동구매'에 가까워 추후 후회한 나머지 반품(이혼)하기에 이르는 경우가 생길 수 있는 위험을 안고 있다.

반면에 후자는 이른바 합리적 의사결정 과정을 거치기 때문에 반품의 우려를 최소화할 수 있는 장점은 있으나 각 요인별 정확한 가중치의 결정이 어렵다는 문제를 지니고 있다. 따라서 이 두 가지 원칙을 절충한 방식을 고려하는 것도 괜찮지 않을까 생각된다. 이를테면 직업, 교육, 외모와 같이 주요 결정적 요인들만으로 상쇄원칙을 적용하여 최선의 대안을 선택하는 방식과 같은 것 말이다.

아무리 신중을 기한다 해도 물건을 구입할 경우에는 어떤 형태로든 위험이 내재해 있게 마련이듯이 배우자 선택에서도 항상 위험이 뒤따를 수가 있다. 결혼 후 심한 부부갈등을 겪은 나머지 별거나 이혼과 같은 파경에 이르는 경우가 얼마나 많은가. 최근 우리나라의 이혼율도 30% 이상에 이르러 이에 관한 한 선진국들을 닮아가고 있음을 볼 수 있다. 그러므로 있을 수 있는 위험을 최소화하도록 하는 것이 중요하다.

배우자 선택 시의 있을 수 있는 위험이란 과다한 혼수나 예물의 요구와 같은 재무적인 것, 불임(不姙)과 같은 기능적인 것, 선택의 오류를 추후 발견한 데서 오는 심리적인 것, 남들의 비난의 대상이 되는 사회적인 것 등 여러 가지를 들 수 있다. 이들 위험은 물론 그 정도에 따라 다르겠지만 결국 갈등 내지 별거나 이혼과 같은 파탄의 원인이 될 수 있다. 그러면 그러한 위험을 최소화하고 현명한 선택으로 결혼 후의 행복을 극대화하기 위해서는 과연 어떤 사전예방조치가 필요한가.

이를 제품구매에 비유해서 한번 생각해보자. 우리가 실수 없이 물건을 사는 가장 효과적인 방법은 실제로 그것을 시용(試用)해보는 것이다. 그 외에도 고가품, 상표, 메이커와 같은 품질의 지표가 되고 있는 요인들을 고려한다든가, 다른 사람의 추천이나 자문을 구하는 방법이 있다.

배우자 선택의 경우라고 무엇이 다를까. 별로 바람직한 방법은 못 되지만 '한번 살아보고 혼인신고'하려는 것이 한때 젊은이들 사이에 유행한 적이 있었지 않은가. 이른바 계약결혼이라는 것도 따지고 보면 그와 유사한 것이 아니겠는가.

최근 신혼부부들이 자녀 낳기 꺼려하는 것도 자녀 없이 인생을 마냥 즐기고 싶어 하는 젊은 세대들의 새로운 라이프스타일이라는 측면도 있지만, '끝까지 간다'는 확신이 없다는 심리도 일부 깔려 있을 수 있다는 것이다. 물론 별로 권장할 만한 관행은 못 된다. 아니 어찌 보면 극히 비도덕적이다. 배우자의 선택에서도 시용이라니?

그렇다고 해서 그 과정을 반드시 나쁘게만 볼 것인가. 배우자의 직업, 학벌, 가문은 물건 선택 시 흔히 그 평가기준이 되고 있는 브랜드, 메이커, 원산지와 하등 다를 것이 없으리라. 또 중매인을 이용한다든가 남에게 자문을 구하는 행위도 소비자들이 제품 구매 시 위험감소를 위해 흔히 채택하는 방식인 다른 사람으로부터의 추천이나 자문 혹은 전문 브로커의 활용과 큰 차이가 없다.

여기서, 결혼이라는 한 인간에게 일생일대에 있어 가장 중대한 문제를 단순히 소비자가 제품 하나를 구매하는 것과 비유하는 데는 분명 무리가 따를 수 있다. 더욱이 결혼이란 숭고하고 순수한 남녀 간의 사랑의 결과인데도 그것을 단순히 개인이 자신의 효용을 충족시킬 목적으로 이루어지는 상거래와 대등한 것으로 보는 데는 윤리적인 문제도 있을 수 있다.

그뿐만 아니라 결혼이란 단지 서로 따로 살던 두 남녀가 합쳐 한 가정을 이루어 산다는 어떤 물리적 변화에 그치지 않고 상이한 두 남녀의 몸과 마음이 '화학작용'을 거쳐 하나가 되는 오직 고귀한 인간에게서만 있을 수 있는 의식이지 않은가. 부인을 두고 '더 나은 반'(a better half)이니 '남편은 머리요 부인은 몸통'이라느니 '여자는 남자의 갈비뼈 하나를 취하여 만들었다'느니 하는 말들도 따지고 보면 결혼 후에 있게 되는 부부간의 관계를 상징적으로 나타낸 것이라 할 수 있다.

그 외에도 상거래에서의 물건이란 다 쓰고 나면 한낱 폐기물이 되어 버려지지만 배우자란 한번 결혼하면 쉽게 헤어질 수 있는 관계가 아니며, 평생을 반려자로서 동고동락하는 마치 자신의 분신과 같은 존재가 아닌가. 그리고 배우자란 결혼 후 가끔 크고 작은 갈등을 겪으면서도 가정을 저버리는 일 없이 함께 노년까지 이른다는 점에서 그것이 구매 후 마음에 안 들면 언제고 반품처리하거나 그것이 안 되면 폐기해버릴 수도 있는 상거래와는 결코 비교될 수는 없다.

그렇다 해도 결혼과 상적 매매행위가 그 거래과정에 있어서는 아주 흡사함을 부정할 수는 없을 것이다. 개인이 물건을 사는 것은 개인의 필요에 의해서며 여러 조건에 비추어 여러 대안 중 최선의 것을 선택하게 된다. 옛날과는 달리 최근 남녀 간의 결혼이란 것도 따지고 보면 극히 타산적으로 이루어지고 있지 않은가.

잘 납득이 안 간다면, 결혼정보회사를 한번 생각해보라. 여러 후보 배우자들 중에서 외모, 직업, 집안, 학벌 등 여러 조건에 비추어 가장 유리한 후보를 선택하게 되는 것이 현실 아닌가. 물론 제품구매와는 달리 사랑이라는 감정요인이 크게 작용할 경우도 있기는 하지만. 그러나 감정에만 치우친 그런 '충동구매'는 추후 후회할 가능성이 극히 높다는 점은 이미 지적한 바 있다. 어디 이 세상에 가장 이상적인 배우자란 것이 과연 있을 것이며, 설령 있다고 한들 쌍방 간 서로 만족하여 적극적인 합의가 있어야만 결혼이란 것이 이루어지는 것이 아닌가. 상거래가 그렇듯이 어느 한쪽만의 사랑으로는 '짝사랑'으로 끝날 수밖에 없지 않은가.

결국 결혼이라는 건 이상과 현실의 타협 문제요 남녀 쌍방 간 여러 조건들의 상호조정의 결과가 아닌가. 이왕 그럴 바에야 제품 구매 시 소비자들이 흔히 채택하고 있는 합리적 결정원칙들을 배우자 선택 시에도 잠시 원용해보는 것도 후회 없는 선택을 위해 한 번쯤 생각해봄 직하지 않을까?

32

고향땅을 되돌아보며

지금으로부터 약 5년 전쯤인 것으로 생각되는데, 볼일이 있어 내가 어린 시절을 보낸 고향땅을 잠시 내 형님들과 함께 들른 적이 있다. 그동안 우리 부모형제들 모두가 청주에서 살다가 그곳 고향땅을 처음 밟은 것이 내 나이 고작 5살 때란 말을 들었는데 그로부터 중학교를 졸업할 때까지 한 번도 그곳을 떠난 적이 없으니 줄잡아 12년간의 어린 시절을 보낸 곳이다.

그동안 변변치 못한 공부 한답시고 고향을 떠난 지 근 50년 만이니 말 그대로 반세기가 흘러버린 때가 아닌가. 이제 뒤늦게 가보니 산천은 유구한데 인걸(옛 죽마고우들)은 간데없고, 초라한 몇 몇 촌노들만이 어색한 얼굴로 우리들을 반기고 있지 않은가. 그날은 마침 나 자신의 출연으로 '곱냉기'라는 마을 이정표지물을 동내 입구에 설치하기로 한 날인지라 환영 차 여러 동내 어르신들이 나와 반겨주셨다. 항상 마음엔 있으면서도 조금이나마 뭐 마을에 도움이 되는 것이 없을까 하고 궁리하던 끝에 마을 이장인 박광훈 씨의 추천으로 결정한 것이 바로 마을 표지물이었다.

작업 완료까지는 꽤 시간이 남아 있어 잠시 마을을 둘러볼 기회를 갖게 되었다. 아니 내가 살던 자취들을 더듬어보며 옛 추억을 음미해보려는 것이 그곳을 방문한 나의 주된 이유였을는지 모른다. 어차피 표지물의 설치작업에 내가 도울 수 있는 것은 아무것도 없기 때문이다. 고향이란 누구에게나 가슴 설레게 한다. 하물며 거의 반세기 만에 찾은 고향은 날 적이 흥분되게 하였다.

그러나, 우선 내가 다니던 산외초등학교가 위치해 있던 거북티에서 곱냉기까지 이르는 도로부터가 나에게는 영 생소하였다. 김씨네 밭둑을 따라 길게 굽이굽이 나 있는 정겹던 옛 오솔길은 멋대가리 없는 널따란 포장도로로 변해 있었고 내가 살던 돌기와집도 온데간데없이 그 자리에 웬 돌로 만든 비석만이 물끄러미 서서 우리들을 쳐다보고 있지 않은가. 그래도 다행인 것은 우리 집 뒤에 우두커니 서서 항상 우리 집을 굽어보며 우리 식구들과 애환을 같이했던 바로 그 은행나무는 그 자리에 그대로 서서 우리들을 반기고 있지 않은가.

내가 살던 집이 어떤 집인가. 그래도 조부모님은 물론 부모님과 우리 육남매 등 모두 열 식구가 처음엔 할아버지, 다음엔 아버지의 엄격한 명령체계하에서 갖은 희로애락을 공유하며 오늘의 우리들이 있게 한 바로 그 집이 아니던가. 오른쪽엔 바로 우리 식구들의 총지휘본부에 해당하는 사랑방이 위치해 있고 그다음 윗방, 안방, 부엌 등이 일자의 형태로 자리를 하고 있었는데, 우리 형제들은 주로 사랑방을 아버지, 어머니와 같이 쓰거나 아니면 윗방에 옹기종기 모여 지냈다.

본채의 왼쪽엔 소외양간, 헛간 그리고 잿간이 오른쪽부터 차례로 자리 잡고 있었고, 마당 끝자락에는 퇴비장이 그 왼편에는 담배를 말리던 건조실 그리고 그 옆에는 콘크리트로 되어 있는 커다란 인분통이 있고 그 옆이 바로 우리 집 대문에 해당하는 삽짝문이 항상 빼꼼히 열려 있는 채 자리 잡고 있었다.

가장 기억에 먼저 떠오르는 건 아무래도 화장실이 아닌가 한다. 아니 화장실이라기보다는 '뒷간'이라고 말하는 게 옳다. 뒷간은 사랑채 뒤쪽과 외양간 옆 등 두 개가 있었는데, 남성용과 여성용으로 각각 사용하기 위해 분리, 설치한 것 같으나 실제로는 그때그때 급한 대로 사용했던 기억이 난다.

'시골 볼 일'이라는 게 작은 것은 별문제가 안 되나 항상 큰 것이 문제다. 특히 야밤중이 더욱 그렇다. 남자들은 요강이라는 것을 사용하지 않기 때문에 큰 볼일이라도 있게 되면 문제다. 한밤중이라도 잠자리에서 일어나 신발을 찾아 신고 칠흑 속 어둠을 뚫고 뒷간까지 가는 것도 문제고 볼일 보고 돌아올 때까지 정말 죽을 맛이다. 한 치 앞을 내다볼 수 없는 밤중에 금방 앞에서 머리 푼 귀신이라도 나타날 것 같으니 볼일인들 제대로 봐질 것이며 걸음인들 제대로 걸어지겠는가. 거기다 추운 겨울이라도 되면 정말 뒷간 가는 게 죽으러 가는 것 같은 생각이 든다. 뒷간이 해우소가 아니라 '생우소' 같다.

바로 그런 척박한 환경 아래서 그래도 오늘의 내가 있게 한 것은 바로 교육열에 불타 있으시던 어머님의 따뜻한 모성애와 다소 비교육적인 측면도 없었던 건 아니지만 자존심 강하고 엄격하기로 유명하셨던 아버님의 뒷바라지 그리고 나와 가끔 갈등관계에 있으면서도 그래도 향학열에 불타 있던 내 위 형님들 덕분인 것을 부정할 수는 없을 것 같다.

다른 가족들도 그런 경우가 있을지 모르지만 우리 가족들은 오직 자녀들 공부시켜 출세시키려는 일념만을 갖고 온갖 고난을 참고 견디시는 어머님과, 태생이 농촌일 싫어 하시면서도 자존심 강하셨던 아버님 사이에 항상 분쟁이 내재해 있을 수밖에 없었다. 다른 한편 어떻게든 진학해 농촌을 떠나고 보겠다고 발버둥치고 있던 우리 형제들이 아버님 부아를 더욱 북돋아 식구들 간에 갈등이 더욱 심할 수밖에 없었던 것은 당연한 일이다. 그러나 원래 가족관계란 것이 때로는 갈등이, 때로는 우애가 서로 교차하는 등 서로간의 애증과 소원과 연민을 토양으로 해서 각 성원들이 나름대로 성장하는 것이 아닌지.

준공식까지는 아직도 시간이 많이 남아 있어 마을 전체를 둘러보기 위해 차를 몰고 마을 안쪽으로 향했다. 원래 곱냉기는 내가 살던 집이 있던 아랫마을과 그다음 중간마을, 안곱냉기 등 세 부분으로 되어 있는데, 주민들은 주로 중간마을에 많이 모여 살고 있었고 아랫마을과 안곱냉기에는 몇 가구 되지 않았다. 지금 생각해보니 왜 안곱냉기를 윗마을로 하든지 아니면 아랫마을을 밖곱냉기로 해서 서로 대칭이 되게 이름을 짓지 않았는지 궁금하다.

중간마을에 가보니 번듯한 현대식 마을회관도 들어서 있었고 그

큰 방에서는 동내 아낙네들이 잔칫날이라고 다 같이 모여 깔깔대며 떡이며 마실 것을 준비하느라 바삐 움직이고 있었다. 아주머니들 있는 곳에 가 얼굴을 내미니 날 알아봐 주는 사람 하나 없었을 뿐만 아니라 반기는 기색도 없이 모두들 자기 일에만 열중이었다. 그래도 얼굴들을 보니 내가 오기 전에 생각했던 찌든 때로 꾀죄죄한 그런 시골 아주머니가 아니라 제법 세련미도 엿보여 한편으로는 대견스럽기도 하지만, 다른 한편으로는 옛날의 순박함을 찾아볼 수가 없어 실망감이 들기도 하였다. 아 그래서 고향 찾았던 대부분의 사람들이 실망하고 돌아선다는 얘기가 있구나 하는 생각이 든다. 어렸을 때의 아름다운 추억만을 머릿속에 그리며 찾아간 고향이라는 게 어디 옛 그대로의 고향일 수가 있겠는가.

우선 사람들이 옛 그 사람들일 수가 없고 집들도 바뀌었고 주변의 산천들도 그때 그 눈으로 보는 것이 아니지 않은가. 곱냉기 마을을 한 100여 미터를 남쪽으로 두고 앞산 밑을 굽이쳐 흐르던 개울도 볼품없는 웬 제방으로 길게 둑을 만들어 놓았는가 하면 그 깨끗하고 정겹던 개울물도 메말라 있어 영 옛 맛이 안 난다.

앞산, 뒷산 거북티로 멀리 보이던 산은 왜 그렇게 나지막해졌는지 알 수가 없다. 설마 그동안 풍화작용이 얼마나 있었다고 산들이 저렇게 낮아질 수가 있단 말인가. 내 눈이 바로 어릴 적의 그 눈과 같지 않아서이리라. 어릴 적 동네아이들과 물장구치며 가재 잡던 바로 그 개울도, 소풀 뜯기며 바우고개 소리 높여 부르던 바로 그 논두렁도, 방학이면 하루가 멀다 하고 지게 지고 나무하며 풀 베며 넘어지던 발 때 묻은 바로 그 산들도 이제는 추억 속에서만 아름답게 남아 있을 뿐이다.

이왕 온 김에 6년간을 하루같이 책보자기 둘러메고 매일같이 왔다 갔다 하며 어릴 적 꿈을 키워온 산외초등학교를 한번 가보기로 하였다. 낯설기는 여기도 마찬가지였다. 비록 깔끔하지는 못하고 허술한 양철지붕으로 기다랗게 늘어섰던 본관과 옛 공동묘지를 깎아 지어 비가 오거나 밤만 되면 유령이 나타난다고 하는 서관 건물 모두가 6년간의 추억들이 아로새겨져 있던 곳이 아닌가. 당시만 해도 한 반 60명 가까운 졸망구들이 공부를 한다고 북적댔으니 환경은 비록 취약했으나 그런대로 재미있었던 것 같다. 별로 넓지 못했던 운동장에서 시린 손을 호호 불며 딱지치기며 대못치기 하며 놀던 생각, 여학생들 고무줄놀이 방해하다 선생님한테 야단맞던 생각 모두가 소중한 추억들이다. 지금은 옛날의 그런 교정이 더 이상 아니다. 옛 건물터에 현대식 건물이 보란 듯이 들어서 있는가 하면 그 안에는 도서관이며 컴퓨터실이며 시청각실 등 없는 게 거의 없다.

얼마 전 못난 선배 노릇 한번 해본다고 어린이신문 정기구독 헌증관계로 한 번 찾아간 적이 있었다. 안내하는 교장이나 만나는 선생님들 모두가 옛날 생각하던 스승이라기보다는 그저 모두가 사무적이고 형식적이다. 말로는 시범학교 운운하며 학교자랑을 늘어놓기는 하는데 선생이라기보다는 동남아여행 가서 만난 가이드 같은 생각이 든다. 매일같이 잡무에 시달리고 또 잦은 전근이 있다 보니 당연히 선생님들이 어느 한 학교에만 애착심을 갖게 되기 힘들기 때문인 것으로 이해하려고 하였다. 우리나라 교육정책이 갖는 문제점 중의 하나가 아닐까 한다.

주변 환경도 모두 바뀌었다. 도로며 집들이며 옛 그대로가 아니다. 소달구지 털털거리며 다니던 비포장도로는 더 이상 찾아볼 수 없고 사방팔달로 훤히 뚫린 아스팔트 포장도로가 그 자리를 차지하고 있었다. 그러나 거북티 길 한가운데 속이 텅 빈 채로 언제나 우뚝하니 서 있던 느티나무는 그대로 있어 다소 위로가 되었다. 바로 그 나무 밑에서 아버지가 강제로 지워주고 팔라고 내모시던 참외지게 바쳐놓고 혹 아는 사람이라도 만나게 되지 않을까 조마조마하고 속을 태우던 생각이 난다. 후에 안 일이지만 내 바로 위 형님은 그런 수모를 나보다 더 여러 번 겪었다고 하니 그나마 난 어린 덕을 좀 보지 않았나 하는 생각이 든다.

거북티 길을 거쳐 삼거리를 지나 보은 읍내까지가 줄잡아 10킬로미터인데 바로 그곳에 내가 다닌 중학교가 있다. 당시 하숙이나 자취를 한다는 건 부잣집 얘기고 그 먼 길을 어린 나이에 매일같이 3년간을 왕복해야만 중학을 마칠 수가 있었다. 나뿐이 아니고 곱냉기, 거북티, 봉개 친구들 모두가 그랬다. 돌이켜보면 오늘 이렇게나마 건강을 유지할 수 있는 것은 바로 그때 선택의 여지가 없었긴 하지만 단련해놓았던 체력 때문이 아닌가 하는 생각도 든다.

아마 지금의 아이들 보고 하루 60리 길을 매일같이 걸어서 학교를 다니라고 하면 모두 놀라 넘어질 것이 분명하다. 지금처럼 어디 신발이며 책가방이 변변했으며 입고 다니던 옷인들 제복이라고는 하지만 지금에 비교할 수가 있겠는가. 그래도 어쩌다 보은장에 갔다 오던 소달구지 하나 얻어 타고 앉아 오거나 마음씨 좋은 트럭 운전수라도 만나 삼거리까지 공짜로 얻어 타고 오는 날이면 나와 같은 까까중머리의 중학교 또래들은 신이 나서 어쩔 줄을 모른다. 요즘의 기준으로 따지면 짜증 나고 힘든 일일텐데도 말이다.

흔히들 고향에서 잃어버린 정체성을 찾는다고 하는데, 몇 가지 뜨문뜨문 떠오르는 어릴 적의 추억 말고는 고향땅이 나에게는 도대체 어색하고 낯설기만 하다. 아마도 그동안 너무도 오랜 세월이 흐른 탓이리라. 그렇다고 그 누가 고향땅을 등질 수가 있단 말인가. 고향이야말로 언제나 어머님 품 안처럼 우리들을 포근히 껴안아주어 삶의 어려움 속에서도 위로와 생기를 불어넣어 주는 그런 곳이 아니던가. 고향이야말로 우리가 꿈과 희망을 싹 틔우고 자라 마침내 오늘의 우리가 있게 해 준 인큐베터와 같이 소중한 곳이 아니던가. 때로는 소원하고 서운하여 노여움을 당하는 등 온갖 희노애락으로 점철된 그런 다사다난한 곳이면서도 긴 세월이 흐른 지금 마냥 아름다운 추억으로만 남아 있는 그런 곳이 우리의 고향이 아니던가.

그러나 유독 나에게만은 어려웠고 노여웠고 힘들었던 일들이 더 크게 부각되어 떠오르는 것은 어쩔 수가 없다. 당시 여느 시골집과 같이 각박한 삶 때문이기도 하겠지만, 무모하리만큼의 엄격하였던 아버지와 개성 강했던 형제들 틈 속에서 자라야만 했던 나대로의 남다른 성장기의 환경 탓이기도 하리라. 그래도 고향은 고향이 아닌가. 마치 부모와 형제들이 좀 마음에 안 드는 면이 있다 해서 부모와 형제 됨을 부정할 수 없듯이 다소 싫은 추억이 서려 있다 해서 고향됨을 부정할 수는 없는 노릇 아닌가. 내가 과욕을 부리는 듯한 생각도 든다.

교회의 진입로 상에 하루방과 같은 '우상'을 세울 수 없다 하여 읍내서까지 원정 온 교인들과 다소 시비는 있었지만 표지물 설치 작업은 오후 5시경 무사히 마무리될 수 있었다. '문암리'라는 곱냉기의 정식명칭의 표지물 바로 옆에 마을을 오랫동안 상징해온 돌 하루방까지 나란히 세워놓으니 그럴듯해 보였다. 그제야 비록 형제들의 공동명의이긴 해도 이제 나도 내 고향에 그동안 진 빚을 조금이나마 갚게 되었다는 생각에 가슴이 뿌듯했다. 더구나 수십 년이나 나 모른 체하고 있다 뒤늦게 찾아온 나에게 분에 넘치는 환대를 해준 곱냉기 고향분들께 정말 눈물겹도록 감사함을 느꼈고 그래서 내 고향이 한결 더 대견스러워 보이기도 하였다.

그러나 한 가지 안타까운 일은 그런 표지물 설치에 헌신적으로 노력해주셨고 또 나와 어린 시절 내내 같이 친분을 쌓으며 가깝게 지냈던 당시의 이장 박광훈 씨가 얼마 전 세상을 떠났다는 소식을 접하게 된 것이다. 지면을 빌려 그의 명복을 진심으로 비는 바이다. 아울러 내 고향 '곱냉기'가 앞으로 더욱더 발전하고 살기 좋은 마을이 되어 누구나 가보고 싶고 찾고 싶어 하는 그런 고향으로 거듭나길 기대해 마지않는다.

33
현대의 삶은 셀링의 연속이다

셀링(selling)이란 우리말로 '판매한다'는 의미이다. 결국 우리의 삶은 일상이 모두 거래다.

현대사회를 사는 우리들은 하루하루의 생활이 온갖 구매와 판매의 연속이다. 물건 외에도 아이디어를 팔고 내 주장을 팔고 자신의 의견을 상대방에게 팔며 상대방은 그것을 구매한다. 어디 그뿐인가. 사람을 팔고 정당을 파는가 하면 한 국가가 판매의 대상이 될 때도 있다. 따라서 한 개인이든 단체든 아니면 지자체나 국가든 자신들을 셀링하는 데 얼마나 성공하느냐가 곧 자신들의 번영과 미래를 결정짓게 된다.

원래 셀링이란 제품이나 서비스를 생산한 기업이 그것을 필요로 하는 소비자들에게 그에 상응하는 화폐가치를 받고 소유권을 이전해주는 과정을 일컫는다. 현대 문명사회에 살고 있는 우리들은 우리의 일상생활에 필요로 하는 의식주관련의 각종 제품이나 서비스를 갖가지 크고 작은 기업들의 셀링활동에 의존하고 있다. 우리가 원시사회로 회귀하는 일이 없는 한 그럴 수밖에 없다.

기업들은 주택, 자동차, 가구는 물론 TV, 냉장고, 휴대전화, MP3를 셀링한다. 셀링의 대상에는 그러한 유형재 외에도 금융, 보험, 영화, 골프장 이용권, PC방, 학원교육과 같은 무형재도 포함되어 있다. 기업은 이들을 판매하여 수익을 올리고 그 수익의 일부는 재투자되어 생산활동에 이용된다. 반대로 구매자인 소비자들은 그러한 제품이나 서비스를 통해 효용을 충족시키면서 일상생활을 영위해간다. 그러나 중요한 것은 소비자들이 필요로 하는 대상의 구매가 반드시 성공하리라는 보장이 없는 만큼 판매자도 주어진 제품이나 서비스의 셀링에 반드시 성공한다는 보장이 없다는 사실이다. 그것은 '수요〈공급' 상황하에서 선택은 어디까지나 구매자의 손에 달려 있기 때문이다.

그래서 항상 제한된 구매자를 두고 수많은 판매자들이 경쟁할 수밖에 없는 상황이 일어난다. 이는 곧 기업들의 생존을 위한 경쟁이요 기업의 사활(死活)이 달려 있는 싸움이다. 산업계를 한번 살펴보라. 그런 전쟁은 백화점에서 시장에서 상가들이 밀접한 쇼핑타운 등 어디에서나 흔히 볼 수 있지만 보다 피를 말리는 싸움의 실상은 주로 물밑에서 이루어지고 있다. 때문에 그것이 외부에 노출되지 않을 때가 많다. 다시 말해서 오늘날 셀링의 성공 여부가 그 판매자의 사활을 결정한다는 것이다.

그런데 중요한 것은 그런 셀링행위는 요즘 아주 보편화되어 있어 우리의 일상생활을 지배하고 있다는 사실이다. 정당이나 정치적 입후보자들은 지역사회와 유권자들에게 당해 조직과 자신을 셀링하고 있고, 종교단체는 당해 종파를 확산시키기 위해 잠재교인들에게 문제의 종교나 종파를 셀링한다. 인도네시아나 말레이시아는 한 국관광객들을 하나라도 더 유치하기 위해 그들 나라를 셀링하기 위한 셀링광고를 국내 일간지에 대대적으로 게재한다. 평창은 동계올림픽을 유치하기 위해 대통령까지 나서서 셀링활동을 벌였지만 러시아의 소치에 빼앗기는 쓰라림을 겪은 바 있다.

말하자면 평창을 셀링하는 데 실패한 셈이다. 반대로 전남 여수는 2012년 세계박람회의 유치에 성공해 셀링에 성공한 셈이다. 그러나 셀링은 아주 가까운 곳에서도 흔히 일어난다. 남편은 외제승용차를 구입하자는 자신의 주장을 부인에게 셀링하고 아들은 보다 많은 용돈이 필요하다는 의견을 어머니에게 셀링한다. 딸을 가진 어머니는 아들을 가진 부모에게 딸을 셀링하고 반대로 아들을 가진 부모도 딸 가진 부모들에게 열심히 아들을 셀링한다. 이성(異性)은 상대의 호감을 얻기 위해 명시적으로 때로는 묵시적으로 자신을 셀링한다.

그러한 셀링활동은 '수요〈공급' 상황하에서 보다 적극적이고 격렬해질 수밖에 없다. 때문에 흔히는 단순한 설득에 그치지 않고 때로는 협박, 회유, 과장, 허위와 같은 바람직하지 못한 수단이 동원되기도 한다. 노동자들의 노조 가입과정에서 그러한 예를 흔히 볼 수 있지 않은가. 그러나 상거래에서와 같이 흔히 셀링에서는 호혜성의 원칙이 지배하며 상호협상에 의해 이루어질 때가 많다.

그런데 한 가지 놀라운 것은 우리들이 알게 모르게 매일같이 자행하는 그러한 셀링행위가 기업들이 제품이나 서비스를 셀링할 때와 아주 흡사하고 또 그와 동일한 과정을 거쳐 이루어지고 있다는 사실이다. 여기서 이 주제를 다루고 있는 이유이다.

배우자를 선택하려고 서로 만난 두 젊은 남녀들을 한번 생각해보자. 둘은 아마 누구의 소개로 아니면 모임에서 우연히 이끌려 따로 만나게 되었을지 모른다. 그러니까 서로 겉보기에는 그런대로 괜찮은 생각이 들었지만 아직 피차 속은 모르는 상태일 것이다. 따라서 이제부터 본격적인 셀링행위에 들어가는 셈이다.

남자는 틀림없이 자신의 나이, 직업, 월소득, 집안을 그럴듯하게 얘기함으로써 여자의 마음에 들려고 노력할 것이다. 만나기 전에는 아마 면도는 물론 형이나 친구가 입던 '괜찮아 보이는' 양복 한 벌을 빌려 입고 그럴듯한 상품(?)으로 포장하느라 꽤 신경을 썼을 것이다. 셀링에 성공하기 위해서는 상품이 쓸 만하다는 것을 아니 쓸 만한 것이라고 상대에게 인식시켜줘야만 하기 때문이다. 그래서 심한 경우 나이나 월급을 속이는 등의 '비도덕적' 셀링을 할지도 모른다.

이번에는 여자의 경우를 한번 생각해보자. 아마 포장술로 따지자면 이 세상에 여자만 한 것이 또 있을까. 실제로 여자들은 머리, 의상, 화장, 걸음걸이 등 모든 게 포장을 통해 상품의 획기적인 변신이 가능할 뿐만 아니라, 특히 여성들은 외양 그 자체가 '품질'의 중요한 지표이기도 하다. 요즘 너도나도 성형수술을 통해 '상품'의 디자인이나 스타일을 바꾸는 것도 여성의 경우 외양이 곧 셀링의 성공 여부에 얼마나 중요한가 함을 말해주고 있지 않은가.

상대 남성에게 셀링하는 과정에서 여성 역시 나이, 집안, 거주지를 알려줄 것이고 직업이 있는 경우에는 월소득과 같은 것도 상품의 질을 평가하는 데 참고가 될 것이다. 그러나 여성의 집안이나 직업과 같은 요인들은 남성에 비해 품질평가요인으로서의 중요성이 특별한 경우를 제외하고는 다소 떨어질지 모른다. 가족의 부양 책임은 어디까지나 남자에게 있다는 것이 우리나라 사회의 일반적인 통념이기 때문이다. 여성 역시도 품질을 과장, 허위화할 소지는 얼마든지 있다. 얼굴의 흉터를 화장술로 교묘히 감싸는 경우라든가 집안의 결정적인 약점을 숨긴다든가 하는 경우가 그 예이다.

그와 같이 상품의 품질을 과장하거나 허위화하는 예는 직장을 구하려는 젊은 응모자의 인터뷰과정에서 더욱 극적으로 나타나게 마련이다. 이때는 판매자가 아니라 회사인 구매자가 거래를 지배하는 경우이다. 즉 구매자지배의 거래다. 때문에 응모자의 경우 셀링의 성공 여부가 곧 자신의 취업 여부를 결정하게 마련이다. 학교 졸업증명서나 성적표와 같이 공문화되어 있는 것은 어쩔 수 없겠지만 그 외 과거경력, 경험, 능력과 같은 것은 모두가 허위와 과장 내지 오도(誤導)의 대상이 될 수 있다.

상업적 셀링은 극히 호혜성의 원칙하에서 이루어진다. 셀러는 셀링을 통해 자신의 이익과 번영을 꾀하고 구매자 역시 바잉(buying)을 통해 자신의 경제적·사회적·심리적 욕구를 충족시킨다. 개인들 간 혹은 조직과 개인 간에 흔히 이뤄지고 있는 비상업적 셀링 역시 따지고 보면 호혜적이다.

혼인관련 셀링을 보자. 남자는 훌륭한 부인을 만나 행복해질 것을 기대하고 여자 역시 직업 좋고 돈 많은 남편을 얻을 것을 기대하고 거래에 임하지 않는가. 직업을 구하는 응모자와 채용을 계획하고 있는 회사의 오너 역시 셀링이 성사될 경우 모두가 이득을 보게 될 것을 기대한다. 그러나 그 거래가 정말 호혜적이었느냐 하는 것은 거래에 앞서 거래대상의 품질을 얼마나 정확히 평가했느냐에 의해 좌우되게 된다.

혼인의 경우 대상을 잘못 구매함으로써 초래될 수 있는 결과는 경우에 따라 본인에게 크나큰 비극을 안겨다 줄 수도 있다. 배우자를 잘못 선택하여 결혼생활이 파탄에 이르는 경우가 얼마나 많은가. 그런가 하면 사원 하나 잘못 채용해 회사가 크나큰 손실을 본다든가 노사분규로 고통을 겪는 경우도 얼마든지 있지 않은가. 얼마 전 모 그룹회사 전 법무팀장의 폭로사건을 한번 상기해보라. 회사로 볼 때 얼마나 끔찍한 일인가.

그런가 하면 대통령 하나 잘못 뽑아 5년 내내 온 국민이 스트레스에 시달릴 때도 있고, 잘못된 종교에 빠져 가진 재산 모두 탕진하고 패가망신하는 예도 얼마든지 있는 것이다. 모두가 셀링과정에서의 판단착오가 초래한 비극이다. 상업적 선택이 잘못된 데서 초래되는 손실은 오히려 이에 비하면 훨씬 덜 심각하다. 추후 반품이나 환불로 시정될 수 있으며 기껏해야 그 과정에서 다소의 재무적 손실을 감수하는 것으로 그칠 때가 많기 때문이다.

그래서 특히 비상업적 거래일수록 '순간의 선택'이 중요하다. 그러나 셀링이란 호혜적 원칙하에서 이루어지는 만큼 그것은 동시에 교호적인 성격을 띠고 있다. 셀러는 바이어를 설득하여 셀링하지만 바이어 역시 셀러의 입장이 되어 자신의 아이디어나 주장·의견 같은 것을 셀링하게 된다는 것이다. 그런 것은 이성 간의 로맨틱한 만남에서 극명하게 나타나지만 대부분의 상업적·비상업적 거래도 그런 식으로 이루어진다.

엄격히 말해 그런 거래는 쌍방 모두가 이득을 보는 윈－윈게임(win－win game)이어야지 어느 한쪽만 이득을 보는 만큼 다른 쪽이 손실을 보는 제로섬게임이 되어서는 안 된다. 그러한 거래는 오래 지속될 수 없을 뿐만 아니라 때로는 어느 한 편에 비극적인 결과를 초래할 수가 있다. 문제는 거래 쌍방 모두가 자신이 지닌 판매대상의 우수한 점만을 과장해서 셀링하는 경향이 있기 때문에 자칫 상대방이 잘못된 선택을 하도록 오도하게 된다는 것이다. 어디 그뿐인가? 허위나 사기가 난무할 때도 있어 거래로 인해 엄청난 재산적·심리적 손실을 보는 경우도 허다하지 않은가?

그러면 셀링의 대상이 되고 있는 '상품의 품질'은 사전에 어떻게 정확히 평가할 수가 있느냐가 관건이 된다. 그런데 먼저 여기서 과연 '품질'이란 무엇을 뜻하는가? 또 품질의 평가요인에는 어떠한 것들이 있는가?

상업적으로 품질이라 할 때는 여러 의미로 사용되지만 그것은 "구매자가 요구하는 바의 속성들 및 그 수준"이라고 요약할 수 있을 것이다. 승용차의 경우 품질이라 할 때 내구성, 연비, 가격, 유지 및 관리, 디자인과 같은 속성들이 품질평가요인들이 될 것이고 이들 속성의 수준이 곧 그 자동차의 품질수준이 된다.

배우자 선택 시에는 아마 나이, 직업, 연봉, 집안, 신장과 같은 것들이 평가요인이 될 것이고 그 수준들이 바로 선택자가 원하는 바의 품질수준이 되는 셈이다. 그러한 평가요인들은 대통령을 선출할 때, 종교를 선택할 때, 사원을 채용할 때, 사교클럽을 선택할 때 각기 다르게 됨은 물론이다.

그러면 그들 속성들이 지니고 있는 수준이 얼마큼인지 과연 어떻게 알 수 있을까. 셀러의 말을 그대로 믿을 수는 없을 테고 바이어 나름대로 평가절차를 개발해야만 할 것으로 본다.

자동차의 성능을 알기 위해 시운전을 해본다든가 음식점을 평가하기 위해 직접 들러 음식을 시켜 먹어보는 것은 그 예이다. 그러나 비상업적인 경우에는 문제가 좀 달라진다. 얼마간 살아보고 배우자를 맞아들인다든가 대통령을 한 달쯤 시켜보고 뽑아줄 수는 없는 노릇이 아닌가. 그래서 평가자는 품질을 나타내는 갖가지 지표들을 동원하게 된다.

대통령 후보자의 경우 내세우는 공약 아니면 과거의 업적이라든가 정치철학과 같은 것이 될 것이고, 배우자의 경우 그의 평소 언행이나 직업, 집안, 용모와 같은 것들이 그런 지표에 속할 것이다.

그러한 지표로도 정확한 판단이 불가능하거나 확신이 서지 않을 때도 물론 많을 것이다. 그렇다면 배우자 선택의 경우 한두 번 더 만나본다든가 몇 가지 예정된 질문을 통해 추가적인 확인절차가 필요할 것이다. 이는 마치 의사가 환자의 병을 정확히 진단하기 위해 문진 외에도 맥박, 소변, 혈액검사, X-레이 검사 등을 병행하는 경우에 해당된다. 제품의 품질을 정확히 평가하기 위해 써보

고 두들겨보고 판매원에게 물어보고 하는 등의 이른바 다측면검사
와 같은 것이다.

현대사회를 살아가는 우리들은 이렇듯 각종의 유형재는 물론 아
이디어, 주장, 의견을 비롯한 갖가지 상업적·비상업적 서비스재의
셀링과 바잉의 연속으로 그 일상이 이루어져 있다 해도 과언은 아
닐 것이다. 그러나 셀링은 동시에 바잉을 수반하고 반대로 바잉은
셀링을 수반하기 때문에 두 활동을 얼마나 잘 하느냐에 따라 삶의
질이 결정된다고 해도 틀린 말은 아니다. 즉 상대편을 설득해 셀
링에 성공하는 것도 중요하지만 정확한 정보에 토대를 둔 예리한
판단력을 이용한 정확한 바잉행위 역시 그에 못지않게 중요하다는
것이다.

이와 같이 우리 인간들의 각종 비상업적인 거래활동을 상업적
셀링활동에 비유하는 데는 어느 만큼의 무리가 따르는 것을 부인
할 수는 없을 것이다. 그렇다 해도 비상업적 거래(셀링과 바잉)활
동의 본질도 결국 교환이며 그런 교환활동에서 필요시되는 기법을
상업적 교환전략으로부터 원용함으로써 당해 개인이나 조직의 발
전에 도움이 된다고 한다면 구태여 반대할 아무런 이유가 없지 않
은가?

34
인생은 짧고 조직은 길다

　흔히 오늘의 사회를 조직사회라고 부른다. 그 사회의 모든 기능들이 각종 크고 작은 조직(組織)들을 통해서 이루어지고 있고, 우리들 자신이 어떤 형태로든 한두 개 이상의 그런 조직에 속해 있기 때문이다. 또 개인들은 그러한 조직 내에서 나름대로 주어진 역할행위를 하는 가운데 사회 전체가 일사불란하게 운영되게 된다.

　조직이란 어떤 공통의 목적을 달성하기 위해 서로 교호작용관계를 유지하고 있는 두 사람 이상의 결성체이다. 한 사회 내에는 크게는 정부조직이나 대재벌조직에서부터 작게는 두세 사람에 의한 아주 작은 기업조직에 이르기까지 각종의 무수한 조직들로 서로 얽혀 있다. 그런 조직들 가운데는 정부와 같은 공공조직이 있는가 하면 회사와 같은 민간조직도 있다.

　또 종교단체와 같은 비영리조직이 있는가 하면 구성원들 간의 결속력이 강하고 주어진 목적이 뚜렷하며 어떤 주어진 정책이나 룰에 따라 운영되는 영리적인 공식조직이 있다. 반대로 그렇지 못하고 그 구조나 성원들 간 응집력 등 모든 것이 느슨한 형태의 비공식조직도 있다.

그런데 조직론적인 관점에서 그것이 하나의 조직이기 위해서는 우선 반드시 공통의 목적이 있어야 하고, 구성원들 간 주어진 목적달성을 위한, 즉 조직기능 수행을 위한 교호작용이 있어야 하며, 반드시 두 사람 이상으로 구성되어 있어야만 한다는 등의 조건이 필요하다. 특히 공식조직의 경우에 그렇다.

어떠한 조직이든 나름대로의 형성근거가 있다. 산업조직의 경우 투자자의 이익창출을 위해, 정부조직인 경우 국민들의 복리와 안녕을 위해, 학교조직은 학생들의 교육을 위해, 자선단체는 도움을 필요로 하는 사람들에 대한 선행을 위해 각각 형성되어 존재한다. 그러나 어떠한 조직이든 그 설립근거인 공통의 목적을 달성하기 위해서는 필연적으로 상호 간 긴밀한 커뮤니케이션이 필요하다. 조직 내 상·하위 간에는 물론 서로 다른 부서들 간에도 수평적 내지 직속부서가 아닌 부서와 그 하위부서 간의 혼합적인 교호작용이 있을 때만이 비로소 조직목적의 원만한 달성이 있을 수 있다.

조직목적이 구성원들의 행동방향을 지시해준다고 한다면 상호 간의 교호활동은 그들 각기 다른 부서, 각기 다른 구성원들 간의 행동을 서로 조정·통합도록 해주어 조직목표의 원만한 달성을 가능케 한다. 성원들 간의 교호활동은 서로 간 행동의 중복을 피하고 효율적으로 일사불란하게 이루어져야만 하는데, 이를 가능케 하는 것이 바로 그 조직의 갖가지 업무수행절차, 내규, 정책, 업무분장표와 같은 것들이다.

흔히 조직도표도 그런 일부의 기능을 수행하기도 하지만 이는 조직의 기능배치 상황, 상·하위 관계, 권한 및 책임의 공식적인 관계만 개략적으로 나타내줄 뿐이며 구성원들 상호간의 인적관계라든가 조직 내 갖가지 절차·내규·정책·업무한계 등을 나타내는 데는 일정한 매뉴얼이 필요하다.

그러나 조직구성을 위한 필요조건 중 가장 중요한 것이 사람(人)이다. 한 사람만으로는 조직이 될 수 없다. 한 사람밖에 없을 때는 사람들을 각 기능부서에 배치하고 그들 간의 공식적 관계를 규정하는 등의 조직화(organizing) 과정이란 있을 수 없기 때문이다. 따라서 조직의 키워드는 사람이다. 즉 공통의 목적이란 것도 사람들의 목적이요 교호작용도 사람들 간의 일 수행을 위한 커뮤니케이션 활동에 불과하다. 그러니까 조직을 그릇이라고 한다면 사람은 그 그릇 속에 담긴 내용물에 해당된다. 따라서 그 조직의 효과성과 능률성 역시 결국은 사람들에 의해 좌우된다.

효과성이란 목표선택의 적합성 여부 내지 목표의 달성 여부, 능률성이란 투입물에 대한 산출물의 비율, 즉 생산성을 일컫는다. 어떠한 조직이든 그것이 유형의 재화냐 무형의 서비스냐의 차이만 있을 뿐 모두가 생산을 목적으로 한다. 정부조직이나 종교단체와 같은 비영리조직의 경우도 마찬가지다. 그러한 생산을 위해서는 물론 사람이라는 인적 자원 외에 돈·생산설비·원자재와 같은 물적 자원도 필요시된다. 그러나 이런 물적 자원이 얼마나 유효하게 사용되느냐 하는 것은 역시 그 조직 내 사람들에게 달렸다.

조직이 일사불란하게 주어진 목적을 달성하기 위해서는 그 조직은 수평적으로 분화(分化)되어야만 하지만 수직적으로도 계층화되어 상·하위 간 위계질서가 확립되어야만 한다. 수평적 분화가 전문화의 이점을 살리기 위한 것이라면 수직적 계층화는 명령·보고관계를 명확히 함으로써 중복과 혼란을 최소화하려는 데 그 목적을 두고 있다.

수직적 계층화가 제대로 이루어져 있지 못한 조직을 한번 생각해보라. 보고체계와 책임한계는 엉망이 될 것이고 위계질서가 없어 구성원들 간 분쟁과 갈등을 심화시켜 결국은 '공통의 목적'도 달성될 수 없게 될 것이 분명하다. 현실적으로 조직 내 그런 위계질서가 무시되어 심한 경우 조직이 해체되거나 무기력한 상태에 빠지는 경우를 종종 볼 수 있다. 부하직원이 상사의 머리 위에 올라앉으려 한다든가 상사의 지시를 무시하고 멋대로 행동하려다 조직구성원들 간 갈등이 심화되고 결국은 해체되기까지 이르는 경우가 우리 주변에 얼마나 많은가.

이와 같은 조직의 예는 그 속성상 조직의 구조화 정도가 다소 느슨한 R&D조직이라든가 대학교수 사회와 같은 전문직조직에서 흔히 발견된다. 이들 조직의 경우 특히 조직의 장(長)의 리더십에 문제가 있다든가 구성원들 중 이른바 레이트 버스터(rate – buster)가 한두 사람 끼어 있어 주어진 행위규범이라든가 관행을 무시할 때 볼 수 있게 된다. 그와 같이 구조적으로 이완되어 있는 조직의 경우에는 조직 그 자체의 목적의식도 뚜렷하지 않을 뿐만 아니라

리더십 개념도 명확하지 않은 것이 보통이다. 때문에 가령 어느 한두 사람의 돌출행동이 있다 해도 그것을 적절히 제어할 뚜렷한 수단이나 제도적 장치가 없다.

뿐만 아니라 여타 구성원들 역시 자신들에게 직접 이해관계가 없는 한 구태여 앞에 나서서 잘못을 바로잡으려 하는 모험(?)을 하지는 않을 것은 당연하다. 문제는 그들 한두 사람의 돌출행위자들이 당해 조직의 내규나 제도상의 허점을 십분 활용함으로써 조직 전체에 해를 입히려 한다는 것이다. 가령 이러저러한 이유로 평소 적의를 지니고 있던 구성원들 중 어떤 사람을 이른바 왕따를 시키거나 신체적 위해를 가하기도 한다는 것이다. 아니면 그를 기타 어려운 지경에 처넣는 사태가 발생해도 누구 하나 용감히 나서서 이들의 잘못된 행동을 저지시키는 사람이 없게 되고 그 결과 당해 조직은 엉망이 되어갈 수밖에 없다는 것이다.

그런 돌출행위자들 가운데 불행히도(?) 누구 하나가 조그마하나마 권력(power)을 행사할 수 있는 위치에 있을 때는 그것이 자신들이 원하는 대로 악용될 가능성이 매우 높기 때문에 문제는 더욱 복잡해질 수밖에 없다.

조직 내 권력이란 다른 사람에게 어떤 행동을 하도록 하거나 하지 못하게 할 권리로서 그것은 어떻게 보면 하나의 필요악(a necessary evil)이다. 그것이 조직 내 질서를 유지해 구성원들이 주어진 방향으로 행동하도록 하는 데 없어서는 안 되는 요인이 되고 있기는 하지만 조직목적이 아니라 개인목적을 위해 행사되는 등 남용되거나 악용되는 예가 흔히 있을 수 있다는 것이다.

그러한 권력은 정치지도자의 경우는 유권자들, 회사의 경우는 주주들, 대학의 경우는 재단이사회에서 각각 연유한다. 그러므로 그들의 권력은 개인적이 아니고 조직적인 것으로서 그 조직에 내재적이며 어떠한 의미에서 합법적인 것이라 할 수가 있다. 이는 바꾸어 말하면 당해 리더의 권력행사가 정당한 것이 되기 위해서는 위의 유권자들, 주주들, 재단이사회의 동의가 전제되어야만 함을 의미한다.

언젠가 국내 모 전직 대통령이 바닥까지 추락한 자신의 인기에 실망한 나머지 "여론에 신경 쓰지 않겠다."라는 망발을 한 적이 있다. 여론은 바로 민심이요 민심은 천심(天心)이고 또 그것은 곧 자신을 뽑아준 유권자들의 소리인데 그것에 신경을 쓰지 않겠다니, 이건 국민들에 대한 모독이요 예의도 아니다. 뿐만 아니라 그것은 논리적으로도 합당성이 없는 도저히 한 나라의 대통령의 말이라고는 할 수 없는 황당한 사례라 하지 않을 수 없다.

어떠한 조직에서든 권력의 행사에는 그 결과에 대한 책임도 수반되어야만 한다. 실정(失政)에는 책임지지 않고 대통령에게 법률적으로 주어진 권력만 행사하면 된다고 하는 무모한 발상, 이 얼마나 반조직적·반논리적·반정치적인가. 사회조직도 생체조직인 사람과 똑같은 하나의 유기체이기 때문에 그것과 동일한 속성을 지니고 있다. 외부로부터 인풋을 받아 처리과정을 거쳐 아웃풋화하고 또 그런 과정을 통해 성장(발전)을 꾀한다. 그러나 조직이 생체조직과 다른 것은 특별히 한시적인 성격을 띤 특별한 경우를 제외하고는 모두가 영속성을 전제로 하고 있다는 것이다. 이 말은 매우 중요하다.

그 그릇에 담긴 내용물에 해당하는 인간들의 수명은 유한(有限)하지만 그 그릇에 해당하는 조직은 무한(無限)할 수 있고 또 그걸 전제로 하고 있다는 것이다. 대한민국이라는 거대 국가조직이 그렇듯이 삼성전자라는 조직이 단 몇 년까지만 운영되다가 문을 닫는다는 것을 감히 상상할 수 있겠는가.

그렇게 볼 때 우리 모두는 잠시 몸담아 있는 그릇인 당해 조직들에 대해 경건한 마음을 갖고 그것을 보호하고 유지 · 발전시키도록 최선을 다해야만 하지 않을까? 가정이라고 하는 가장 기본적인 사회조직에서부터 직장, 교회, 동창회, 사교클럽 등에 이르기까지 우리가 평생 아니면 일시적이나마 우리의 생계와 삶 그 자체까지도 의존해왔던 모든 조직들을 말이다. 우리 모두는 혹 그 그릇이 마치 자신의 개인소유인 것으로 착각하거나 아니면 그에 영원히 남아 있을 것으로 잘못 생각한 나머지 주어진 권력을 악용해 다른 내용물에 해를 끼치거나 그릇 그 자체에 손상이 가는 일을 하고 있지나 않은지?

우리 모두는 잠시 그 조직에 몸담고 있다가 때가 되면 훌쩍 떠나지 않으면 안 되는 시한부 인생이 아닌가. 다음에 우리의 뒤를 이어 그 그릇을 채우게 될 후임자들을 위해서라도 그 그릇(조직)에 남아 있는 동안 그것을 온건히 유지 · 발전시키도록 하는 보다 겸허하고 책임 있는 마음가짐이 필요하지 않을까? 또 그것이 조직사회에 살고 있는 우리 모두의 도리가 아니겠는가?

35
우리 모두는 공동운명체?

우리 인간들을 비롯한 이 우주에 존재하는 것들은 모두가 서로 공동운명체의 관계에 있다. 저 아프리카 평원의 임팔라 한 마리든 아랍의 어느 한 이슬람교도인이든 우리나라 서울 어느 한 길모퉁이에서 구두닦이를 하고 있는 소년이든 모두가 따지고 보면 한가족이나 마찬가지다. 전체가 한 우주요 각기 조그만 부분들 역시 우주의 한 축소판이다.

서울 지하철을 한번 타보라. 아침저녁 출퇴근시간대는 온통 콩나물시루가 따로 없다. 푸시맨이 밀어야만 차가 떠난다. 언젠가 대구 지하철 참사를 기억하는가. 희생된 사람들 모두가 비록 일시적이나마 동일한 운명들을 지니고 있었지 않았는가.

그러나 전철 안의 참된 풍속도를 보기 위해서는 낮 시간 때에 타보는 게 좋다. 대체로 오전 10시에서 오후 3시 정도가 그런 시간대일 것이다. 객차 안에 있는 사람들의 모습을 한번 자세히 관찰해보라. 자리가 없어 서서 힘들게 있는 사람이 있는가 하면 편안히 앉아 가는 행운을 만끽하고 있는 사람도 있다. 그들 가운데 똑같은 사람이란 한 사람도 없다. 남녀노소에다 나이, 직업, 사는 형편, 가족관계, 사는 곳, 얼굴 생김새 어느 것 하나 공통점이 없다. 그야말로 전철 안은 하나의 '소우주'다.

그들의 하고 있는 모습을 보면 천태만상이란 말이 더욱 실감 난다. 입고 있는 옷도 가지각색이요 여자들의 경우 목걸이, 귀걸이 어느 것 하나 똑같은 것을 볼 수가 없다. 하고 있는 몸짓들도 제각각인 것은 마찬가지다. 졸고 있는 사람, 열심히 휴대전화의 키를 눌러대고 있는 사람, 무언가 골똘히 생각에 잠겨 있는 사람, 열심히 옆 사람과 논쟁을 벌이며 입에 거품을 품고 있는 사람, 천 원짜리 겨울장갑 하나 팔려고 장갑 한 켤레를 들고 열심히 설명하고 있는 장사꾼 등 그야말로 각양각색이다.

얼핏 보기에 이와 같이 얼굴 모습, 하고 있는 행동, 가는 목적지, 입고 있는 의상 어느 것 하나 같은 데가 없으면서도 이들 모두가 어떤 의미에서 공동운명체라는 생각을 해본 적이 있는가. 같은 비행기, 같은 크루즈선, 같은 고속버스를 타고 장거리 여행을 가고 있다고 바꾸어 생각하면 그런 공동운명체적 성격을 더 분명히 느낄 수도 있으리라. 하루가 멀다 하고 일어나는 비행기 추락사고, 타이타닉호의 침몰사건, 특히 겨울철에 우리나라에서 자주 발생하는 버스 전복사고 등으로 동승했던 많은 사람들이 똑같은 운명의 길을 걷게 되었다는 것은 너무나 잘 알고 있지 않은가.

물론 그들 간에 사전 어떤 교호활동이나 조직적인 관계가 있었던 경우란 드물 것이고 또 그들이 같은 공간을 잠시 공유했다 해서 그런 사람들과의 일시적인 집합과 동일시하지도 않는다. 사고 발발 시 서로 합심해서 위기를 탈출하기 위한 일시적인 협동행위는 있을 수가 있겠으나 그것이 어떤 영구적인 인적 관계를 전제로 한 것은 결코 아닐 것이다.

비록 그와 같이 서로 잠시 동안만 같은 공간을 이용하고 있는 관계라 해도 그들은 분명히 공동운명체의 관계에 있다. 우리가 무심코 내뱉는 말 한마디, 습관적으로 행하는 자그마한 행동 하나하나도 알게 모르게 그 사람의 주변인들에게 어떤 형태로든 영향을 주고 더 나아가서는 전 우주로 확산되어 간다는 것을 아는가. 전철 안이라는 좁은 공간 안에서 어떤 사람이 무심코 보이는 명랑한 얼굴표정, 찌푸린 얼굴, 장애노인의 주머니 속에 꼬깃꼬깃한 천 원짜리 하나 넣어주는 어린 학생의 따뜻한 손길 하나하나, 열심히 책을 읽고 있는 옆 젊은이의 진지한 얼굴표정 어느 것 하나 독립되어 있지 않다. 그들은 마치 바이러스처럼 온 세상으로 한없이 번져나간다.

이 세상 어느 것 하나도 그대로 살아지지 않는다고 하지 않던가. 한 포기의 풀, 하나의 나뭇잎, 하나의 선행 등 모든 것들이 언젠가는 어디에선가 씨앗이 되어 열매를 맺게 된다고 한다.

하버드대의 니콜라스와 캘리포니아대의 제임스 파울러 교수의 실증적 연구에 의하면, 심지어 비만이나 흡연습관과 같은 것까지도 개인적인 문제가 아니고 집단적 현상임이 밝혀졌다고 한다. 그런가 하면 어느 한 사람이 행복하면 그 친구는 25%, 그 친구의 친구는

10%, 다시 그 친구의 친구의 친구는 5.6%의 행복감을 느끼게 되는 등 그것이 결국 모든 사람들에게 확산되고 있었다는 것이다.

웃음 바이러스란 말이 있지 않은가. 아니 그것만이 아니고, 울음 바이러스, 얼굴 찡그림 바이러스, 남에 대한 호의 바이러스, 친절 바이러스, 폭언 바이러스, 공부 바이러스, 공포 바이러스인들 왜 없겠는가. 어느 한 사람의 웃음은 그 옆 사람을 즐겁게 하고 이는 다시 그 옆의 옆 사람, 그 옆의 옆의 옆 사람에게 확산되듯이 좋은 것 나쁜 것 모두가 전 우주로 바이러스와 같이 전염되어나간다. 고 김수환 추기경의 '감사·사랑'바이러스며, '장기기증'바이러스가 얼마나 급속히 퍼져 나가는가를 한 번 생각해 보라.

"할머니 다리 아프신데 여기 앉으세요." 하며 자리를 양보하며 일어나는 어느 젊은이의 따뜻한 마음 하나는 보는 이로 하여금 모두가 기분 좋게 할 것이고 이들 모두의 하루 생활이 마냥 즐거울 것은 당연하다. 그뿐만이 아니라 그들과 그날 접하는 모든 사람들, 다시 접하는 사람들의 접하게 되는 사람들 모두가 그 영향을 받을 것은 분명하다. 아침부터 무심코 내뱉은 욕설 한 마디가 결국 그 사람만이 아니고 얼마나 많은 사람들에게 나쁜 영향을 주게 된다는 것을 우리는 결코 가볍게 여겨서는 안 된다.

앞서 전철의 예를 들었지만, 그들이 일시적이나마 공동운명체에 있다는 말에는 또 다른 의미가 포함되어 있다. 그것은 보다 실제적이고 직접적이다. 지금까지가 정신적이라고 한다면 이는 신체적이라는 데 차이가 있다.

우리는 전철 안이라는 제한된 공간을 잠시 공유하면서 동시에 그 안의 공기나 공기 속을 떠도는 각종 병균까지도 공유하고 있다는 사실이다. 우리는 하루에 보통 25,920번 숨을 쉰다. 그 가운데 들숨과 날숨이 각각 반씩이다. 들숨은 곧 생(生)을 날숨은 사(死)를 각각 가리킨다. 살기 위해서는 산소가 필요하니까 들숨이, 죽음에 이르면 그것이 더 이상 필요 없게 되니까 날숨만 있게 된다. 임종하는 사람을 보라. 크게 숨을 내쉬는 것으로 생을 마감하지 않는가. 그러니까 우리는 하루 보통 13,000번 생과 사를 오가는 셈이다.

전철 안의 공기까지도 공유한다는 것은 공기 중의 온갖 병균이나 유해성분까지도 함께 공유함을 뜻한다. 내가 타고 있는 전철 안에 폐질환자, 암환자, 에이즈환자, 전염성 독감환자 등 온갖 환자들이 있고 이들로부터 쉴 새 없이 병균이 퍼져 나와 내 코를 통해 몸 안 깊은 곳까지 들어가고 있다고 한번 생각해보라. 이 얼마나 끔찍한 일이겠는가.

더구나 요즘 슈퍼바이러스라 해서 통상의 항생제로는 치료도 되지 않는 괴질이 있다고 하지 않는가. 물론 전철 한 번 잘못 탔다 해서 이런 바이러스에 감염되거나 그렇게 쉽게 유행병에 걸린다고 한다면 과연 누가 그런 대중교통수단을 이용하겠는가. 설령 그런 바이러스에 노출된다 해서 모두가 그에 감염되는 것은 아니고 또 우리 모두는 면역성을 지니고 있기 때문에 크게 걱정을 안 해도 된다. 그렇다고 그 가능성까지 배제하는 것은 결코 아니다.

이렇듯 우리는 항상 '좋은 바이러스'와 '나쁜 바이러스'에 노출되어 있다. 아니 우리 자신들이 그런 바이러스를 끊임없이 발산하고 있다는 사실을 명심해야만 한다. 때문에 우리 다 같이 가급적 나쁜 바이러스가 아니라 좋은 바이러스만을 발산하도록 노력할 필요가 있지 않을까.

36
삶과 죽음 –그 세속적 의미

우리 인간, 아니 나는 도대체 누구이고 내가 이 세상에 존재하는 의미는 도대체 어디에 있는가. 나는 어떻게 이 세상에 존재하게 되었고, 또 마침내는 죽음에 이를 것이 분명한데 죽음이란 과연 '나'에게 무엇을 의미하는가. 또 죽음 후에 내 영혼은 과연 어떻게 될 것인가. 흔히 종교에서 말하듯 사후(死後)의 세계란 과연 존재하는 것이며, 영혼불멸설은 믿어도 되는가. 신(하느님)이란 실재하는가 아니면 단순히 인간에 의해 만들어진 허구에 불과한가?

이와 같은 인간존재의 본질에 관한 질문은 그동안 각종 동서양 철학, 다양한 종교들, 무수한 신비주의자들은 물론이고 우리 일반 세속인들에게까지 중요한 관심과 논의의 대상이 되어 왔다. 왜냐하면 삶과 죽음이란 이 세상 누구 할 것 없이 현재 누리고 있고 또 앞으로 필연적으로 맞이하지 않고는 안 되는 운명적인 것이기 때문이다.

그러나 철모르는 어린아이에서부터 인생의 종말이라 할 수 있는 노년층에 이른 사람들에 이르기까지 그 대답이 각기 다른 만큼이나 그들 철학자·종교가·신앙인·신비주의자들이 인간의 삶과 죽음에 부여하는 의미도 각기 다름을 알 수 있다.

또 과거 태초로부터 오랜 진화과정을 거쳐 오늘에 이르기까지의 장구한 역사 속에서 설명된 삶과 죽음의 의미 역시 인류의 진화과정만큼이나 복잡하고 잡다함을 알 수가 있다.

그러나 이 문제를 근본적으로 해결하기 위해서는 먼저 과연 신(하느님)이란 것이 존재하느냐 하는 문제부터 생각해보아야만 한다. 왜냐하면 기독교, 이슬람교, 천주교, 유태교 등 각 종교에서 그에 대한 설명에 각기 차이가 있기 때문이다.

만약 우리 인간이 처음 태어났다가 죽음에 이르는 것은 모두가 하느님, 즉 창조주(보다 통속적으로는 조물주)가 있어 기독교에서 주장하는 것처럼 '만세 전에 우리를 예비'하셨다고 한다면 우리의 출생과 사후의 문제는 모두가 하느님 나름대로의 치밀한 계획에 의한 것이라는 설명이 가능하다. 그렇다 해도 왜, 하필이면 우리에게만 전능하신 하느님께서 그런 출생의 특혜와 사후천국이라는 영광을 주셨느냐 하는 의문은 남는다.

<시편> 127장 2절에 "주님은 사랑하시는 자에게 잠을 주시는도다."라는 말씀은 곧 영광된 사후를 암시하고 있지 않은가. 그렇다고 우리 모두가 사후천국에서 영원한 행복을 누리는 특혜를 받는 것만은 아니지 않은가. 십자가보혈로 구원을 받게 해주신 예수님을 구주로 영접하고 믿는 자만이 천국에 갈 수 있다는 것이 기

독교의 주장 아닌가. 그렇다면 예수를 믿지 않는 자는 모두 영원히 지옥불에 떨어지게 된단 말인가. 갖가지 의문은 꼬리에 꼬리를 물고 끝없이 이어진다.

하느님의 존재 여부에 관해서는 전통적으로 불교를 제외한 대부분의 종교와 신앙인들이 주장하는 유신론, 프롬(E. Fromm)이나 러셀(B. Russel) 혹은 라즈니쉬(O. Rajneesh)와 같은 신비주의자 내지 심리학자·철학자 그리고 대부분의 세속인들이 내세우는 무신론, 그 외 불가지론 등 세 부류가 있는 것 같다.

또 하느님의 존재 여부에 관한 논의는 사후 영혼불멸설과 영혼부재설 중 어느 것을 따르느냐 하는 것과도 맥을 같이한다. 하느님이 실재하시는 한 사후의 세계까지 주관하시지 오직 생존 기간 동안만 우리들에게 관심을 두지는 않을 것이라는 논리에서다. 그러나 문제는 지금까지 하느님을 직접 목격한 자는 아무도 없다(요한 1세)는 데 있다. 그러니까 하느님의 실체를 인정한다 해도 그 정확한 형상은 다만 상상에 의존할 수밖에 없지 않은가.

그런데 흔히 기독교에서는 "우리 인간은 하느님의 형상대로 지으셨다."라고 주장하고 있지만, 대부분의 신비주의자들을 포함한 무신론자들은 하느님이 인간을 하느님 형상대로 지으신 것이 아니라 우리 인간이 하느님을 인간의 형상대로 지었다고 주장한다. 이 주장은 "하느님은 천(千)의 얼굴을 가지셨다."라고 한 어느 종교학자의 주장과도 밀접한 관계를 지니고 있다. 그러니까 만일 하느님의 실재를 믿는다고 한다면 그 형상은 우리 인간과 동일하다는 결론을 이끌어낼 수 있다.

그러면 과연 인간에 의한 하나님 창조론이 많은 무신론자들의 공격에도 불구하고 아직까지도 상당한 설득력을 지니며 계속 명맥을 유지해올 수 있었던 이유는 과연 어디에 있는가.

종교는 인간이 갖게 되는 죽음의 공포에서 출발하였다는 에리 프롬의 주장은 일리가 있어 보인다. 실로 인간이란 대자연 앞에 나약하기 이를 데 없는 한낱 미미한 존재에 불과하지 않은가. 우주를 포함한 자연의 힘은 비인격적·절대적이며 화산폭발·쓰나미·대홍수 등 때로는 인간들에게 무자비한 공격을 가해 무순한 생명까지 빼앗았던 일은 지금까지 비일비재하지 않았던가. 그와 같이 무기력한 존재인 인간이 태초부터 종교라는 매개체를 통해 하느님께 의지하려 해왔던 것은 너무나 당연하다.

우리 인간은 역사 이래 태양·별·달은 물론 산·땅·나무·바위 등 자연을 구성하고 있는 모든 것에 신성을 부여해왔는가 하면 샤머니즘으로 인간의 어려움을 그때그때 신에게 호소하지 않았던가. 이와 같은 예전의 다신교는 유일신을 믿는 오늘날 대부분의 보편화된 종교와 더불어 아직도 많은 사람들의 신앙의 대상이 되고 있다.

때로는 그것이 환시(幻視)나 환영(幻影)에 의한 경우가 많다손 치더라도 우리의 현실세계에서 신(그것이 신령이든 악령이든을 막론하고)은 곳곳에서 경험되고 있는 것이 사실이다. 흔히 꿈에서 하느님(예수님)이나 돌아가신 조상(신)들을 만나기도 하지만 때로는 간절한 기도 중에 목격되기도 한다고 한다. 아니면 유령의 형태로 나타나는 예는 많이 볼 수 있다. 또 말기의 암환자가 이른바 신유의 기도 중에 갑자기 피를 쏟고 씻은 듯이 완쾌되는 등 '하나님의 기적'들은 종교계에서 흔히 일어나고 있는 일들이 아닌가. 물론 그러한 기적을 단순히 심리변화에서 기인된 '풀라세보효과'에 불과하다 하여 믿지 않는 사람들도 많은 것이 사실이다.

그런가 하면 종교생존론적 관점에서 하느님의 실재와 영혼불멸설을 내세운다고 하는 것도 설득력이 있어 보인다. 하느님은 무소부재하신 만큼 실존해 계시고 우리의 삶 하나하나는 물론 온 우주까지도 일일이 주관하고 계신다고 한다면, 누구나 종교를 믿고 하느님의 말씀을 실천함으로써 사후의 천국까지 보상받으려 할 것이라는 것은 인간들의 당연한 심리가 아니겠는가.

반대로 살아 있는 동안의 축복도 죽은 후의 영혼구원 어느 것 하나도 보장받지 못한다고 한다면 이 세상 어느 누가 종교를 가질 것이며 어느 누가 과연 많은 시간과 노력을 희생해가며 교회(사원)에 나가겠는가. 교회에 내는 헌금이라는 금전적 희생은 그만두고라도. 이렇듯 모든 종교는 어떻게 보면 신의 실재를 전제로 한 인과법칙에 토대를 두고 있다. 살아 있는 동안 열심히 하나님의 말씀을 좇아 사랑을 베풀고 의를 행하고 율법을 지키면(因) 죽은 후 천국에서 하나님과 함께 영원복락을 누리게 된다(果)는 것이다.

그러나 하나님의 법칙은 아주 가혹한 측면도 있다. 즉 살아서 하나님의 율법을 어긴 자는 죽어서 영원히 유황불이 훨훨 타오르는 속에서의 괴로운 지옥생활을 면치 못하게 된다는 것이다. 즉 선을 행한 자와 악을 행한 자는 사후에도 그에 상응하는 엄격하고 냉혹한 상벌이 내려진다는 것이다. 이러한 권선징악의 논리가 바로 대부분의 종교가 신도들을 규합하기 위한 합리적 선교방식으로 채택되고 있는 듯하다.

이에 대해 무신론자나 신비주의자들은 그러한 하나님의 율법 내지는 하나님의 말씀이라는 것이 정말 하느님이 직접 기록한 것이며 아니면 하나님이 불러준 것을 인간(예언자)들이 받아 쓴 것이냐에 대해 의문을 제기한다. 프롬은 이를테면 <구약>은 기원전 1,200년에서 1,000년에 걸쳐 각기 다른 세대에 속한 사람들에 의해 그것도 자그마한 한 원시국가의 발전과정을 서술한 데 불과하기 때문에 그것을 하나님 말씀으로는 보지 않고 있다.

즉 '성서'는 수 세대를 통하여 삶과 자유를 위해 투쟁해온 한 민족의 정신을 기록한 하나의 책에 불과할 뿐, 한 사람에 의해 쓰인 것도 아니고 또 하나님으로부터 직접 의탁받아 쓰인 것도 결코 아니라는 것이다. 버트란드 러셀 경이 왜 뉴욕 시립대학 임용이 거부되었고 프롬이 왜 뉴욕 시립대학에서 강의를 거부당했고 신비주의자인 라즈니쉬가 왜 미국에서 추방된 후 본국인 인도로 되돌아갈 수밖에 없었느냐 하는 사건의 연유를 다시 한 번 더 생각해 볼 필요가 있다. 미국이란 나라는 오래전부터 기독교사상이 지배해오지 않았는가.

우리들이 어떤 유형이든 하나의 종교를 갖고 교회나 사찰에 다니는 등 신앙생활에 젖어드는 것도 살아 있는 동안의 축복과 사후의 천국행이라는 보상심리 외에도 어떻게 보면 어릴 때부터의 부모나 주위 인물들로부터의 상투적인 교육 때문일 경우도 있을 수 있다. 취학연령이 되면 으레 초등학교에 입학하듯 부모나 형제들이 교회에 나가 하나님을 부르짖으니까 당연히 나도 그래야만 하는 것으로 어렸을 때부터 알게 모르게 길들여졌을 수 있다는 것이다. 그것이 대부분의 사람들이 기복신앙에 의존하고 있는 이유가 아닐까. 그냥 눈 감고 엎드려 '~해주세요.' 하는 식의 신앙. 물론 종교가 종종 선(善)의 최상의 원천이요 그 표준으로 간주되기 때문에 교육적 차원에서 종교를 갖도록 강요된 경우도 없지는 않다.

그러나 역사적으로 자행된 무자비한 살육을 수반한 종교전쟁을 비롯하여 종교인들의 비일비재한 비도덕적 행위가 자행되고 있는 현실을 감안할 때 종교의식의 장(場)인 교회나 사원 아니면 시너고그가 반드시 도덕교육을 위한 최선의 장소인가 하는 것은 한 번 더 생각해볼 필요가 있지 않을까.

결론적으로, 인간 삶과 죽음의 참된 의미는 창조주 하나님의 실재 여부에 대한 시비(是非)와 독립해서 생각할 수는 없다는 것이다.

창조주 역사설을 잠시 젖혀두고 본다면 우리의 삶은 우리의 부모에서 연유했고 그런 삶이 주어졌기 때문에 살아가는 것뿐이고 만일 그런 삶을 거부한다면 죽음을 택하는 대안 외에 또 무슨 선택이 있을 수 있는가. 주어진 삶을 그냥 남들처럼 살아가느냐 아니면 죽음을 택하느냐 만이 남아 있다는 것이다. 그러나 그런 삶을 어떻게 사느냐 하는 삶의 방식에 관한 것은 별개의 문제이다.

우리 인간이란 무수한 원자와 분자들의 우연한 집합체에 불과하다고 하는 것만큼이나 우리의 태어남은 3억 마리의 정자와 1마리의 난자가 우연히 만난 결과의 산물에 지나지 않은 건 아닌가. 그렇지 않으면 그러한 난자와 정자의 결합 내지 원자와 분자들의 결정(結晶)과정을 과연 하느님이 주관하셨느냐 하는 것이다. 그렇지 않고 그것이 마치 한 알의 씨앗이 '우연히' 땅에 떨어져 자라 꽃을 피우듯이 아니면 새 한 마리가 우연히 나뭇가지에 앉아 있다가 옆에 기어가던 벌레 한 마리를 잡아먹음으로써 그 벌레에게 죽음의 운명을 안겨주는 것만큼이나 '자연스러운' 것이냐 하는 것이다.

따지고 보면 우리 인간도 한 마리의 새, 한 그루의 나무나 풀, 한 마리의 보잘것없는 벌레가 그렇듯이 자연의 일부에 불과하지 않은가. 그렇다면 인간도 마땅히 자연의 지배를 받고 자연법칙에 따라 이 세상에 태어났다가 자연의 섭리에 따리 '자연스럽게' 죽어 땅에 묻히게 되는 것이 아닌가. 한 마리의 잠자리가 태어나 벌레를 잡아먹다 다시 우연히 새에 잡아먹혀 생을 마치는 데 아무런 의미를 부여할 수 없듯이 인간이 태어나 살다가 죽어 땅에 묻히는 것이 하나의 자연현상 그 이상 무슨 의미가 있단 말인가.

또 설령 확인할 수는 없지만 그 모든 과정이 하느님의 치밀한 계획과 의지에 따른 것이라 한들 달라지는 것은 아무것도 없지 않은가. 오직 인간만이 사후 또 다른 삶을 그것도 영원한 삶을 누리게 된다고? 하느님은 그 많은 생물체 중에서 왜 오직 인간에게만 그런 특권을 주셨을까. 또 그것을 어떻게 입증할 수 있단 말인가. 인도의 철학자이며 저명한 의학자인 디팩 초프라가 주장하는 것처럼 죽음은 삶의 연장이요 의식수준의 확대에 불과하다는 보편론도 일리가 있지 않은가. 또 교회라는 시설물까지 힘들게 나가 자신을 죄인으로 비하하여 용서를 구하며 울부짖는 구차하고 자존심 상하는 일을 일삼는 것보다는 차라리 하나님의 의지의 표현인 양심의 소리에 따라 선을 행하고 덕을 베푸는 것이 보다 현실적이지 않을까.

비록 교회가 하나님의 몸체요 성전이라고는 하지만 그토록 화려한 건물, 엄청난 유지관리비, 상상을 초월하는 교인들의 거액에 달하는 헌금, 주일마다 몇 시간씩 허비하는 시간의 기회비용까지 감안한다면 그것이 과연 합당한가, 또 그 천문학적 자금을 건물 치장이나 인테리어에 투자하지 말고 우리 주변 못사는 이웃, 불쌍한 아프리카난민들에게 사용하는 것을 하나님은 오히려 더 좋아하시지 않을까. 그토록 '자비로우시고', '좋으시며', '전능하신' 그런 하나님이 실재하신다면 말이다.

"네 이웃을 사랑하라."라는 모세의 십계명이라는 종교적 율법을 '마지못해' 지키기보다는 이웃이 잘살고 행복해야만 나도 행복해질 수 있다는 평범한 진리에 따라 선을 베푸는 것이 보다 논리적이고 현실적 타당성이 있지 않을까. 사는 동안의 축복도 모자라 죽은 후까지도 남들 가지 못하는 천국행 티켓까지 미리 챙겨놓으려 하는 우리 인간들의 도에 넘친 이기심들이 하나님이 창조해놓으신 이 아름다운 '인간사회'를 얼마나 황폐화시키고 있는지 우리 다 같이 한번 반성해볼 필요가 있지 않을까. 하느님의 살아계심을 믿고 또 그러한 하느님이 우리 인간들을 비롯한 우주 만물을 창조하신 숭고한 뜻을 믿고 있다면 말이다.

또 '사후(死後)의 삶'이란 것이 실제로 존재한다 해도 각 종교들 나름대로 묘사된 그런 특이하고 배타적인 것이 아니라 차라리 꿈, 텔레파시, 영감과 같이 의식의 확대요 영이 연장된 세계라는 일반론이 더 타당하고 설득력을 지닌 것은 아닌가. 무신론자들의 주장과는 달리 그런 어렴풋하나마 존재할지도 모를 내세에 대한 다소는 막연한 믿음이 우리의 현세를 조금은 더 행복하게 하지 않을지. 그러한 점에서 종교는 '없는 것보다는 낫다.'(better than nothing)는 주장도 과히 틀린 말은 아닐 것 같다.

37

정년퇴임을 맞으며

김 형!

'가는 세월 그 누구가……' 하는 노래가 생각나는가?

대학에 처음 부임해 학생들을 가르치기 시작한 것이 바로 엊그제 같은데 벌써 30여 년이나 흘렀다네. 30년이면 강산이 변해도 세 번이나 변할 수 있는 오랜 세월이지 아닌가. 한참 황금 같은 나이 30에 변변치 못한 공부한답시고 멀리 낯선 외국에 가서 지지리 고생 많이 했지.

그 덕택에 귀국 후 바로 대학강단에 서기 시작할 수 있었지 않은가. 그동안 학생들 가르치랴 논문 쓰랴 하다 보면 한 학기가 훌쩍 지나가곤 하는 것을 몇 번 반복하다 보니 그냥 40대를 넘어 50이 될 때까지 쏜살같이 지나가더니 마침내 오늘에 이르게 되었다네.

그동안 대과 없이 정년까지 이르게 해준 것에 대해 하나님께 감사할 뿐이지. 대학당국과 동료교수들 및 여러 후배교수들께도 감사를 드려야 하겠네. 굴곡 많던 내 개인 삶을 추스르느라 제대로 가르쳐주지 못한 학생들에게는 고맙기에 앞서 미안한 마음이 먼저 든다네. 교수들한테 한참 동안 사퇴압력의 광풍이 휘몰아치던 지난 80년대 초, 서슬 퍼런 학생들의 독기 어린 눈총 앞에 '자아비판' 한 번 안 받아본 행운도 따라주었다네. 그 당시엔 학생들로부터 일단 '무능교수'로 찍혔다 하면 정말 망신스러워 당장 사표를 던지고 나오든지 어디 잠깐 외국에라도 피신해 바람을 쐬고 오든지 해야지 도저히 강단에 설 수가 없었지.

내가 있던 학교에서도 몇 명의 교수들이 그런 곤욕을 치렀다네. 시국도 시국이고 사회분위기도 있기 때문에 교수들에 대한 학생들의 태도란 말 그대로 기고만장해서 당시엔 '교수'라는 신분을 가진 것에 대해 자괴감마저 들었지. 그에 비하면 요즘의 학생들은 아주 얌전해.

그렇다 해도 요즘 교수와 학생들 간의 관계는 전혀 예전 같지 않다네. 예전엔 그래도 학생들이 연구실로 수시로 찾아와 인생상담도 하고 진로에 관해 진지하게 상의도 하는가 하면 심지어 이성문제까지도 물어올 정도로 사제지간의 관계가 아름다웠다네. 학생들과 더불어 술도 한잔 기울이며 거나하면 노래방까지 진출할 때도 종종 있었다네.

그러나 지금은 달라. 스승과 제자 간의 그 아름답고 인정미가 넘치던 그런 관계는 온데간데 없고 오직 가르치는 선생과 배우는 학생이라는 형식적이고 사무적인 관계만 남았다네. 교수는 학생들 가르치는 대가로 학교에서 월급 받고 학생들은 강의 듣는 대가로 등록금을 내는 그런 무미건조한 상업적인 관계 말일세. 요즘 사설 학원에서 흔히 볼 수 있는 선생과 학생들 간에나 있을 법한 그런 관계로 보면 틀림없어.

그뿐이 아니라네. 교수 앞에서 빤히 쳐다보며 담배연기 푸푸 내뿜는 건 예사고 혹 복도에서 교수를 만나도 인사는커녕 길도 비켜주려 하지 않는 걸 당연한 것으로 생각하고 있다네. 마치 동내 아저씨들 대하듯 한다고 보면 틀림이 없네. 그러니 자연히 예전처럼 졸업반 학생들이 베풀어주던 사은회라는 것도 있을 리 없지. 대학에서 사은회가 사라진 것은 지난 80년대쯤 되나.

그렇다고 예전 학생들보다 공부를 더 열심히 하는 것도 아닐세. 아니 수강태도는 전보다 더 엉망인 것 같아. 수강 중에 모자 쓴 채로 앉아 있는 건 보통이고 음료수를 홀짝홀짝 마신다든가 휴대전화를 꺼내서 게임인지 문자메시지를 보내는지 하는 등의 엉뚱한 짓을 하는 것을 대하면 화내기에 앞서 긴 한숨만 난다네. 물론 모든 학생들이 그렇다는 건 아니고 요즘 대학생들의 대학생활이 그런 분위기라는 것일세.

그러면서도 학점에 대한 애착은 대단하지. 이를테면 B^+ 받은 학생이 A^+로 올려달라는 거야. 그러면 장학금을 받게 된다든가 평점이 얼마가 뛰어 취업할 수 있다든가…… 갖가지 구실을 달지. 그것도 직접 찾아와서가 아니고 전화나 e-메일로 말이야. 김 형이나 나나 어디 우리 대학 다닐 때 감히 상상이나 할 수 있었던 일이냔 말일세.

어쩌다 이 모양까지 왔는지 선생인 나도 잘 모르겠네. "당신 교수들한테도 책임이 있는 것 아냐? 잘못 가르친 책임 말일세" 이렇게 나에게 핀잔을 주어도 할 말은 없네. 불효자식을 둔 아버지가 아들보고 '못 배운 놈!' 하고 욕해 보아야 결국 하늘보고 침 뱉는 격이 되는 것과 같은 것이 아니겠나.

예부터 인간교육은 원래 가정, 학교, 종교 등 세 요인들에 의해 영향을 받는다고 해왔지만 내 생각으로는 좀 달라. 오히려 어린 학생들에게는 무엇보다도 인터넷을 포함한 각종 영상매체가 가장 큰 영향을 미친다고 생각해. 이 점에 대해서는 자네도 동의할 걸세.

다른 한편, 요즘 대학생들은 졸업을 해도 대부분이 취업에 실패하고 고시원이다 대학원이다 유학이다 아니면 노동판 같은 데를 전전하는 걸 보면 정말 안타까워 죽겠다네. 밭 팔고 논 팔아 공부시킨 부모들의 심정은 어떻고. 또 부모님들의 기대에 미치지 못한 취업재수생들의 애타는 마음인들 오죽하겠니?

그 어린 학생들은 얼마나 국가를, 위정자들을, 심지어 가르친 교수들까지도 원망하겠니. '일자리창출'이니 '취업난해소'니 하는 정치인들의 입에 발린 구호는 모두가 공염불이라는 것은 자네도 익히 알고 있지 않은가. 또 학생들도 그렇게 생각하고 있을 걸세. 어디 한두 번 속은 학생들인가. 요즘 학생들의 불손한 태도에 격세지감을 느끼긴 하지만 차마 장래가 불안정한 학생들 대하기가 민망스러워 그냥 모르는 척하고 지나치고 있다네.

김 형!

세상 바뀐 건 비단 학생들, 사회뿐인 것은 아닐세. 교수들 사회도 마찬가지라네. 자넨 대학교수가 아니었기 때문에 잘 모르겠지만 대학에는 맨 위 총장이 있고 그 아래 학장 등 여러 보직교수가 있지. 그 밑에는 몇 개의 학부 또는 과로 구성된 여러 개의 단과대학이 있으며 대부분의 단과대학관련 교무 및 학사행정은 각 단과대학별로 이루어지고 있지. 그러나 교수들에 관한 신규채용, 재임용, 승진을 비롯하여 학교 전체와 관련한 대부분의 교무 및 학생들 관련 사무는 학교 본부에서 이루어지고 있는 것이 보통일세. 물론 학교마다 좀 차이가 있겠지만.

단과대학으로 내려가면 각 단과대학별 학장이 있고 그 밑에 학부장 내지 학과장이 있으며 최하위에는 각 전공부서가 있어. 통상의 관료조직이나 기업조직처럼 피라미드 형태로 되어 있지. 단과대학의 학사행정은 주로 학교 본부의 지시에 따라 이루어지고는 있으나, 대학이란 곳이 원래 전문가들 집단이다 보니 조직구조 그 자체도 느슨하고 책임한계도 불명확하여 때로는 행정이 지연, 중복되고 비능률적으로 이루어지는 예가 많다네.

학사행정에서 발생하는 문제점들은 종종 구성원인 직원들 외에도 교수들의 잘못된 행태와도 밀접한 관계가 있지. 대학사회에서 흔히 발생하는 문제라 하면 대체로 보직결정, 교수채용, 강의배정 등 세 분야와 관련된 때가 많다네. 보직은 본부보직과 각 단과대학이나 특수대학원관련의 보직 등 두 유형이 있는데, 대체로 본부보직은 임명, 단과대 및 득수대학원보직은 임명 아니면 선출형식을 띠게 되지. 요즘은 직선제가 갖는 문제점 때문에 임명제로 돌아선 대학들이 많아.

학교마다 조금씩 달라. 총장임명제든 교수들 직선제든 모두 나름대로의 장단점이 있어. 보직이 새로 결정될 경우 전자의 경우에는 총장 및 그 외 총장측근에게 후자의 경우에는 유권자인 개별교수들에게 제한된 보직 자리를 두고 각각 이른바 정치행위(politicking)가 있는 것이 보통인데, 그 내막을 한번 들여다보면 목불인견일세. 완전히 정치판이야.

누가 대학사회를 두고 최고의 교육적 배경과 최고의 사회적 지위를 지니고 있는 고고한 학자들의 집단이라고 하였던가. 선거 때만 되면 온갖 학연이나 지연과 같은 정치판에서나 흔히 볼 수 있는 것이 총동원되어 자신들에게 유리한 후보를 임명 내지 당선시키기 위한 추악한 물밑작당행위가 횡행하지. 흔히 일부 리더(흔히는 선배교수로서 오피니언 리더이거나 나름대로 비공식파워를 지니고 있는 사람)라고 자타에 의해서 공인된(?) 사람을 중심으로 세가 규합되게 되는데, 대체로 주말산행이나 술을 겸한 저녁식사모임과 같은 것이 자주 이용되는 세규합과 작당을 위한 장소가 된다고 하네. 그런 모임에서 과연 무슨 얘기가 오고 갈 것인가는 불문가지 아니겠는가.

상대후보에 대한 험담은 기본이고. 얘기 나온 참에 평소 마음에 안 들어 못마땅하게 여기던 사람 약점 잡아 헐뜯는 것도 술안주로선 짭짤할 테고. 얼마 전 모 대학총장 후보가 논문표절로 물의를 빚었을 때 교수들이 두 패로 나뉘어 서로 진흙탕싸움을 하던 일 자네 생각나지? 직선제가 민주적이라는 장점도 있지만 점잖은 교수사회를 추악한 정치판으로 전락시킨다는 문제점도 안고 있어. 학생들의 강의와 연구에만 몰두해야 할 대학교수들이 그런 엉뚱한 정치꾼 노릇이나 하며 귀중한 시간을 허비해서야 되겠니? 학교로 보아서도 바람직하지 못하고 전체 국가적으로도 이로울 것이 없어.

내 개인 생각으로는 차라리 총장은 대학의 재단이사장이 임명하고 그 외 학내 모든 보직은 총장이 직접 임명하는 것이 더 낫다고 봐. 현재 대체로 그런 추세로 가고 있는 건 큰 다행이야.

교수사회에서 흔히 볼 수 있는 추태는 교수신규채용을 둘러싸고 더욱 노골적으로 나타날 때가 많아. 대부분 내로라하는 대학들의 교수모집업무는 학교 본부에서 담당하고 추천(흔히 2배수로)은 해당 학과나 전공파트에서 그리고 임명은 총장이 각각 하는 비교적 합리적이고 민주적인 절차를 따르지. 그렇다고 이 방식 역시 완전 무결할 수는 없어. 문제는 주로 누구를 후보로 추천할 것이냐를 결정하는 과정에서 발생하게 되지.

이는 흔히 논문 프리젠테이션을 통해 결정되게 되는데, 그 결과를 평가하고 2배수로 후보들을 축소해나갈 때는 역시 온갖 혈연, 학연, 지연이 모두 동원되는 등 또 다른 형태의 정치판이 물밑에서 때로는 노골적으로 이루어진다네. 총장이나 이사장 선에서의 요청이나 압력은 흔히 있는 일이고 여타 전공파트나 다른 과의 교수들이 문제의 과나 전공부서교수들 가운데 누군가와의 비공식적인 관계가 동원되기도 하지. 그런 와중에는 교수들 상호 간 주먹다짐은 아니라 해도 험담, 압력, 배신행위들이 난무하는 등 혹 밖에서 본다면 교수라는 직업이 의심될 정도의 저속한 싸움들을 할 때가 많다네.

교수사회에서 발생하는 또 다른 갈등의 원인은 강의 배정과정에 있다네. 오픈되는 하나하나의 강좌는 나름대로 각 교수들의 개인적 이해(利害)와 직접 관련이 있기 때문에 서로 더 많은 아니면 더 유리한 강좌를 차지하려는 데서 문제가 발생한다네.

좀 치사한 얘기지만 자신들의 강사료수입이 관련되어 있거나 아니면 집중연구 분야나 커리어 쌓기가 흔히는 어떤 강좌들을 또 얼마나 많은 강좌들을 강의하느냐에 따라 좌우되기 때문일세. 극심한 정치행위는 아니라 해도 강좌배정과정에서 험한 말투와 고성이 오고 갈 때가 있지. 그런 현상은 아마 다소 서열이 낮은 지방 대학일수록 더욱 심할 것으로 생각돼. 그 외에도 연구년의 우선순위 결정과정이라든가 석·박사과정 학생들의 지도교수 배정문제 등 이해의 정도로 보면 거의 보잘것없는 것을 둘러싸고도 치사하게 티격태격 다툴 때도 있지.

직업 그 자체가 늘 책상머리에 앉아 읽고 쓰고 생각하는 것이라 그런지는 모르나, 교수사회에서는 따지기 좋아하고 곧잘 잘잘못을 두고 서로 다투는 일이 많다네. 오죽하면 예부터 선생의 무엇은 개도 안 먹는다는 우스갯소리가 다 있었겠나. 자네와 같은 바깥 사람들이 흔히 생각하는 것과는 너무나 달리 교수들의 실제 학내 행동들은 실망스러울 정도로 비지성적일 때가 너무나 많다네. 물론 모두가 다 그런 것은 아니지만.

의사나 변호사 등 대부분의 전문직 사회의 경우에도 마찬가지겠지만 교수들의 자질에 있어서도 그 스펙트럼이 한없이 넓다네. 교수들의 업적은 흔히 연구, 보직, 강의 등 세 요인에 따라 평가되고 그 결과에 의해 승진, 승급, 재임용 여부가 결정되지. 그래서 난 지난 30여 년 이상의 교직경험을 토대로 교수들을 한번 몇 가지로 유형화해보았네.

즉 연구, 보직, 강의 모두에서 그저 무난한 자기충실형(A), 연구와 강의(학생지도)에는 남달리 열성적이면서도 보직만큼은 고사하는 청렴결백형(B), 연구와 학생지도에는 소홀히 하면서도 유난히 보직이라면 사족을 못 쓸 정도로 밝히는 보직추구형(C), 연구와 학생지도 모두에서 능력이 미치지 못해 겨우 그날그날 현상을 유지해가지만 어쩌다 운이 좋아 보직을 맡아도 큰 실적 없이 임기만 겨우 때우는 호구지책형(D) 등 네 가지가 그것이네. 이런 D형이 생존해갈 수 있는 것은 자네가 잘 알다시피 교수란 '철밥통'이 아닌가.

이젠 사정이 크게 바뀌어가고는 있지만. 물론 확실한 건 설문결과를 갖고 요인분석이라는 기법을 적용해보아야 알겠지만 내 구분이 그다지 틀리지는 않을 것일세. 그런데 전체 비중으로 따진다면 이 가운데 C와 D형이 70~80%는 되지 않을까 생각되는데, 크게 놀라지 말게. 나 역시도 그런 부류에 속하지 않는다고 장담은 못하니 말일세.

정치판에서 놀아나며 허송세월하고 실력이 없는데 연구인들 제대로 될 것이며 학생강의가 뭐 그리 신통하겠나. 그런데 D형에 속한 사람들 가운데는 부자가 꽤 많은 것도 특이한 현상이라네. 돈 쓰다 보니 외국저널에 논문 한 편 쓸 생각은커녕 강의 역시 매 학기 그 밥에 그 나물일 수밖에 없겠지. 골프를 치랴 외국 드나들랴 명품 찾아 여기저기 쇼핑하러 돌아다니랴 정신없지. 그러니까 만만한 교수들 붙들고 아니면 심지어는 학생들 강의시간에 자기변명 늘어놓느라 여념이 없겠지. 이렇듯 의외로 이런 부류의 교수들일수록 항상 바쁘다네. 또 값비싼 자동차 몰고 명품 걸치고 다니며 교수들 심지어는 학생들에게까지 자신의 부를 과시하는 등 교수직에 걸맞지 않게 추태를 부리기도 한다네. 항상 빈 수레가 더 요란한 것 아닌가?

아무리 멋진 풍경화도 몇 발짝 떨어져서 보아야 아름답게 보이듯이 대학교수 사회라는 것도 가만히 속을 들여다보면 온갖 부조리・부도덕・비지적인 것들이 무질서하게 난무하고 있지. 결코 최고의 지성인이요 최고의 사회적 신분을 지닌 사람들의 집단이라고는 할 수 없는 그런 볼품없는 사회라네.

자네도 나 역시 그런 겉보기에만 그럴듯한 풍경화의 한 작은 부분으로 생각하고 너그럽게 봐주게나. 그런 가운데서도 대학생 하나 겨우 가르치기에도 모자랄 만큼의 박봉을 받으면서 나름대로 긍지를 갖고 지금까지 우리 사회에서 주도적인 역할을 수행해온 것이 우리 대학교수들이 아니겠나. 또 오늘날 우리나라를 이만큼이나마 이끌어온 것도 따지고 보면 지금까지 대학에 몸담아왔고 또 현재 몸담고 있는 대학교수들 덕분이라는 것을 굳이 부정하지는 않을 걸세.

김 형!

자네나 나나 이제 저물어가는 인생석양빛을 물끄러미 바라보며 다소는 지루한 나날 속에 아쉬운 여생을 보내고 있을 그런 나이가 된 것 같네. 아직은 아니라고? 그렇다면 다행이네만.

이제는 앞으로의 희망을 논할 것이 아니라 지나간 옛 추억들을 되씹어보는 재미로 살아가야 하는 그런 나이란 말일세. 다행히 정부의 은총으로 전철요금은 내지 않아도 될 나이가 되었으니, 마누라한테 소주 값이나 챙겨갖고 전철역 1번 출구에서 자주 만나세. 나 역시 정년(停年)을 정년(丁年)으로 생각하고 구구팔팔하게 열심히 살겠네.

38
어머니 예찬

　　1911년 음력 11월 27일 충북 보은군 마로면 수문리(방아실) 2구 12번지에서 탄생, 나이 11살 되던 해 남편 최종태에게 시집와 자녀 아홉을 낳아 그중 셋은 실패하고 육남매를 잘 길러 성장시킨 후 2002년 양력 2월 8일 충북 청주시 율량동 차남 집에서 향년 91세로 별세하시다.

　　여느 평범한 한 여자의 무덤 앞 비문(碑文)에나 씌어 있음직한 내용이지만 나의 어머니 약력이시다. 유독 나의 어머니라 해서 남달리 크게 내세울 것은 없지만, 적어도 현재 살아 있는 우리 5남매와 그에 딸린 여러 식구들의 눈에 비친 어머님은 남다르기 때문에 그에 관해 예찬론을 편다 해도 누구 하나 이견을 보일 사람은 없으리라.

　　그가 시집온 연령부터가 우선 특이하지 않은가. 11살의 나이란 지금의 기준으로 따지자면 겨우 초등학교 3, 4학년이나 되었을까 하는 철부지의 코흘리개가 아닌가. 당시 아버지의 나이도 고작 10살이었다고 하니 코흘리개가 또 다른 코흘리개한테 시집을 간다? 코미디도 그런 코미디가 어디 있을까. 그것도 연하의 남편에게. 하긴 요즘 연하의 남편을 찾는 여성들이 많다고 하던데 이것도 일종의 복고풍이라면 복고풍?

그렇다고 해서 신랑, 신붓감이 가족들과 사전에 서로 만나 상견 례라도 갖는 것도 아니다. 부모들 간 사전 합의만 이루어지면 신랑, 신부의 의견과는 상관없이 짝을 지어 강제로 결혼시키는 것이 당시의 관행이었다. 이것도 어떻게 보면 요즘 고위공직자들이나 재벌가에서 볼 수 있는 정략결혼에 해당된다고나 할까.

당시 특히 아들보다 더 나이 많은 며느리를 선호했던 데는 그 나름대로의 이유가 있었을 것으로 생각된다. 며느리를 단순히 아들과 백년해로를 시키기 위한다거나 가족의 일원으로 생각하기보다는 농촌일손을 돕기 위한 하나의 인적 자원이요 '자손생산'을 위한 하나의 생산도구로 여겼던 것 같다. 이 얼마나 잔인하고 비인간적인 처사였던가. 11살의 나이라면 아직 신체적으로나 정신적으로 한참 미성숙한 어린 철부지를 단순히 일 부려 먹고 '애나 낳아주는 기계'로 간주하다니. 오늘의 기준으로 따지자면 미성년자 약취요 미성년자 학대에 해당한다.

그렇다고 애를 아홉씩이나 낳으면서 어디 산후조리원이라도 한 번 가보길 했겠는가. 당시 도시에는 '조산원'이라 해서 애 받아주는 것을 업으로 하는 사람이 따로 있었지만 시골에 그런 사람이 있을 리 만무하다.

산모 혼자 문고리 잡고 애 낳아 탯줄도 가위 찾아 직접 끊어 실로 동여매는 등 모든 것을 누구의 도움 없이 혼자서 해야만 했으니 그 얼마나 끔찍한 일이었겠는가. 내 어머니의 경우 그런 고통스러운 과정을 아홉 번씩이나 겪으셨다고 하니 슈퍼우먼이 아니고서야 어디 가능한 일이겠는가. 3년 간격을 두고 하나씩 낳는다고 쳐도 근 30년간 다시 말해 인생의 반을 애 낳는 일에만 매달려야만 한다는 계산이 나온다. 하물며 집에서 기르는 강아지조차도 평생 그렇게 새끼만 낳으라면 과연 견딜 수 있겠는가.

또 애 낳았다고 해서 한두 달 정도 방 안에 편히 누워 쉴 수 있는 것도 아니다. 삽짝문의 금줄이 걷히기가 무섭게 젖먹이 둘러업고 땡볕 내리쪼이는 밭에 나가 일하지 않으면 안 되었으니 당시 '여자의 일생'이 그런 것이었고 나의 어머니라 해서 결코 예외가 아니었다. 밭일 말고도 또 집안일은 얼마나 많고 힘들었는가. 심하면 삼대, 사대의 대식구들이 한집에 옹기종기 모여 살았으니 그 치다꺼리하는 일이 모두 며느리 책임이었다는 것은 불문가지다.

나의 어머니는 아홉을 낳아 셋은 중간에 잃으시고 나머지 여섯 자식만 기르시게 되었는데 어떤 점에서 그것이 어머니로서는 그나마 다행한 일이었다는 생각도 든다. 그 셋이 마침 어렸을 때 죽었기에 망정이지 끝까지 살았다고 한다면 그들까지 기르고 공부시키시느라 그 고통은 배로 증가하지 않았겠는가. 어머니가 들으시면 좀 서운하게도 여기시겠지만. 그것은 진화론적인 관점에서 보면 적자생존의 법칙에 따른 것이기도 하다. 당시 홍역이나 장티푸스와 같은 전염병이 한번 돌았다 하면 대부분의 면역성 없는 어린이들은 거의 죽어나가고 마는 실정이었으니까.

나의 아버지와의 잦은 갈등과 할머니의 괴팍한 성격은 당시 어머니의 노예 같은 삶을 더욱 힘들게 하신 것 같다. 물론 할아버지는 며느리인 어머니를 꽤나 사랑하셨고 그래서 돌아가신 후 심지어 어머니가 그렇게도 아끼시던 금비녀를 팔아 비석까지 세워주셨지만, 할머니 먼저 일찍 돌아가시는 바람에 시아버지 사랑은 끝까지 받지도 못하시고 홀시어머니 밑에서 고생하셔야만 했다.

당시 나의 아버지란 분이 자식사랑이나 부인을 아끼는 마음이 아주 없었던 것은 아니겠지만(특히 고분고분했던 둘째아들과 맨 밑의 두 딸은 꽤 사랑하셨던 걸로 기억됨), 원래 자존심 강하고 호탕하며 고집 세고 급한 성격의 소유자이셨기 때문에 어머니와는 물론 우리 자식들과도 잦은 갈등을 빚으셨다. 더욱이 남자로서의 야망 같은 것이 남달리 강하셨던지 당시 만주로, 한양으로, 청주로 온 세상을 내 집처럼 휘젓고 돌아다니기를 좋아하셨다. 때문에 곱냉기라는 시골에 묻혀 두 부모님 모시며 농사일하려니 자연히 죽을 맛일 지경이셨을 것 같다.

내 땅 변변한 것 한 평 없지요, 밑에 줄줄이 자식들 매달려 있지요, 마누라라는 사람은 아버지 농사일보다는 아이들 공부시켜 출세시키는 데만 관심이 있지요, 자신이 죽어도 농사일은 하기 싫지요. 아버지 입장에서는 당시 부양하셔야 할 부모님만 안 계셨으면 어디라도 탈출하고 싶었던 심정이셨을 것이다. 그러다 보니 자연히 아버지는 걸핏하면 짜증을 내시고 온갖 스트레스로 나날을 보낼 수밖에 없었고 그걸 푸는 대상은 당연히 우선은 제일 만만한 어머니요 그다음은 우리 자식들이 될 수밖에.

남편은 커가고 있던 자식들을 단지 당신의 농촌일손을 돕는 노동력으로 보고 있었던 데 반해 어머니는 어떻게든 우리 아들들 공부해 장래 농사일을 면하게 하는 데만 신경을 쓰셨으니 두 분 간에 갈등은 점차 심해질 수밖에 없었다. 자식들이 장래 커서 '농사꾼'으로 남아 있는다는 건 어머니로서는 도저히 상상도 할 수 없는 일이었다. 그러나 아버지 자신이 워낙 농사일을 싫어하시는 데다 자식들마저 당신 뜻대로 따라주지 않으니 그 욕구불만은 나날이 더해갈 수밖에 없었을 것이다. 게다가 시어머니마저 작은 며느리만 예뻐하고 큰 며느리인 어머니를 이유 없이 미워하는가 하면 틈만 나면 속 뒤집어 놓는 소리만 늘어놓으니 어머니의 마음고생이 오죽했으랴. 그렇다고 멋대가리 없는 자식들 어느 누구 하나 어머니의 속마음을 이해해 드릴 만큼 곰살맞게 잔정이 있었던 것도 아니었다.

그러니 어머니의 하루하루 삶이 얼마나 괴롭고 슬픔의 연속이셨을까 감히 짐작이 간다. 그래서인지 어머니는 그 당시 남몰래 눈물 흘리실 때가 많으셨던 것으로 기억된다.

그 어린 나이에 찢어지게 가난한 산골집에 시집와서 시어머니 사랑은커녕 남편 사랑 한번 제대로 못 받고 없는 살림에 자식 아홉 낳아 기르느라 갖은 고통 다 겪으셨으니. 이른 봄 따스한 햇살 아래 보리밭 매시며, 가을 햇볕 받아가며 홀로 저 안골밭 목화송이 따시며, 한겨울 우리들 다 헤어진 무명바지 헝겊 대어 기우시며, 아무도 없는 안방 아랫목 홀로 앉아 성질 못된 남편 두루마기 깃 대리며 아마 만감이 교차되는 가운데 온갖 슬픔이 몰려왔으리

라. 어릴 적 방아실 고향땅을 떠나 낯설고 물선 곱냉기에 시집와 그동안 겪어왔던 크고 작은 슬픈 사연들이 마치 파노라마처럼 펼쳐지셨으리라.

어디 그뿐이시랴. 시집온 후 그동안 친정식구들에게 이렇다 하고 내세울 만한 것도 이루지 못했을 뿐더러 번듯한 옷 한 벌 해 입고 친정나들이 한 번 제대로 못 간 당신의 신세가 너무도 가여웠다는 생각도 드셨으리라. 아마 채 제대로 키우지 못하고 어릴 적에 땅에 묻고만 병덕, 병희, 병일이 등 세 새끼들이 너무도 불쌍하다는 생각이 갑자기 몰려와서 흐르는 눈물을 주체할 수가 없으셨을 수도 있다.

아니면 시어머니, 남편의 갖은 폭언과 폭행에 속수무책 당하기만 하시면서도 오직 자식들 출세시키기 위해 홀로 외로운 싸움을 언제까지 계속해야만 할지 너무 막막한 가운데 일종의 자기 연민에서 나는 눈물일 수도 있었으리라. 어느 때는 얼마나 눈물을 많이 흘리셨던지 앞치마가 눈물자국에 얼룩얼룩하기까지 한 경우도 있었다. 지금 생각하니 어머니의 그런 외롭고 슬픈 마음을 그저 지켜만 볼 뿐 뭐 위로의 말씀 한마디 못 해 드린 게 그렇게 아쉬울 수가 없다. 그럴 때 "어머니, 아무 염려 마세요. 이다음에 제가 커서 어머니께 효도하고 편안히 모실게요" 하는 말 한마디만 해 드렸던들 어머니에게 얼마나 용기를 주고 큰 힘이 되었을까 하고 후회를 해본다.

그 어려움 속에서도 어머니가 조금도 좌절하지 않고 꿋꿋이 당신의 의지대로 우리 형제들 모두를 훌륭히 키워 가실 수 있었던 것은 그만이 지니고 있던 특유의 '종교' 때문임이 확실하다. 어머니가 가지셨던 종교란 그 당시 시골에서라면 누구나 한 번쯤 가져봄 직했던 무속신앙과 유사한 것이긴 하지만 나름대로 보다 체계화되어 있고 규칙적이며 강력한 신념에 바탕을 두고 있다는 점에서 다소 차이가 있다. 그렇다고 불교, 기독교, 천주교, 유교와 같은 제도화된 그런 종교도 아니었다. 또 어떤 번듯한 시설물에서 여럿이 공동으로 갖는 집회의 성격을 띤 것도 아니었다.

내가 어린 시절을 보낸 보은 곱냉기 집은 좌로부터 부엌, 안방, 작은 방, 사랑방 등이 일자로 되어 있는 남향의 낡은 돌기와집이었다. 헛간채에는 소외양간과 다 허물어져 가는 창고 및 뒷간이자리 잡고 있어 전체로 기역 자 형태를 띠고 있는데 다른 집들처럼 집 뒤에는 부엌 가까이에 장독대 하나가 놓여 있었다. 그 장독대가 바로 어머니가 새벽 4시만 되면 일 년 365일 하루도 빠짐없이 나름대로 일정한 절차에 따라 종교적 의식을 행하는 성소(聖所)요 성당이시다.

그런 의식이란 대체로 다음과 같은 절차에 따라 행해진다.

새벽 4시에 어김없이 일어나시어 목욕재계하신 다음 아주 경건하신 자세를 하시고 문제의 성소로 향하신다. 먼저 사전에 깨끗한 흰 사발에 정성스럽게 담아놓으셨던 정수 한 그릇을 장독대 맨 앞자리에 조심스럽게 올려놓으신다. 그러신 다음 그 앞에서 수십 차례 절을 하시는데 그 절은 흔히 명절 때 차례상 앞에서 하는 것과는 사뭇 다르다.

먼저 정수 그릇 앞에 조심스럽게 다가가 똑바로 선 다음 양팔을

천천히 벌려 뒤로부터 크게 원을 그리면서 합장을 한다. 그와 동시에 정수 그릇 앞에 다소곳이 꿇어앉으시며 무언가 들릴까 말까 하는 작은 목소리로 주문을 외신다. 그런 동작은 수도 없이 반복되는데 약 30~40분이 되어서야 비로소 끝이 나는 것 같았다. 그 주문의 내용이 어떤 것인지는 확인된 바 없지만 필시 "신령님께 비오니, 아무쪼록 우리 아들들 공부 잘해 대학시험…… 군에 가 있는 우리 큰아들 건강하게……." 아니면 "제발 지 아부지 성질 좀 죽여 주시고……." 뭐 그런 내용일 것이 분명하다.

그런데 놀라운 것은 그런 의식이 비가 오나 눈이 오나 하루도 빠짐없이 그것도 통상의 종교의식보다 훨씬 더 진지하고 경건하며 규칙적으로 진행된다는 사실이다. 흔히 날씨가 나쁘거나 귀찮은 생각이 들면 보통 사람들은 적당한 핑계를 대고 교회에 빠지거나 불공을 미루는데 어머니의 신앙에선 그런 것을 용납하지 않는다. 그도 그럴 수밖에 없는 것이 '우리 자식 출세'라는 달성해야만 할 지상목표가 있는데 신령님께 기도하는 것을 어찌 하루라도 빼먹을 수가 있겠는가.

그러한 어머니의 종교적 행사는 청주로 이사와 맏형이 암으로 앓아누워 할 수 없이 기독교로 '개종'하시기까지 근 30년이나 지속되었다. 그런데 또 한 가지 놀라운 사실은 기독교라는 제도적 종교로 신앙이 바뀐 것을 제외하고는 새벽 4시에 어김없이 일어나 목욕재계하고 경건히 대상(?) 앞에 앉아 기도하는 절차에는 조금도 변함이 없으셨다는 것이다. 아마 어머니가 보기에는 신령님이든 예수님이든 모두가 전지전능하시고 무소부재하시니 언제 어디서든 간절히 기도만 하면 그 기도를 들어주시는 데는 큰 차이가 없었을 것이다.

단지 차이가 있다면 기독교로 개종하시고부터는 항상 성경책을 손에서 놓으신 적이 없다는 것과 장독대 대신에 교회당에 나가시는 것 뿐이다. 또 하나 차이가 있다고 한다면 그동안 여러 손주들이 생겨 그들 하나하나 빼놓지 않고 모두 기도하려니 기도시간이 훨씬 더 길어졌다는 점이다. 그럴 수밖에 없는 게 아들 며느리 외에도 손주, 증손주까지 모두 40명 가까이 되니 그들 하나하나에 대해 모두 기도한다고 한번 생각해보라.

어머니의 그와 같은 평생에 걸친 애절한 기도에 분명히 하나님도 감동하신 것 같다. 지성이면 감천이라고들 하지 않는가. 우리 육남매 모두가 적어도 어머니의 기도와 소망대로 이루어졌다 해도 과언은 아니다. 하나하나 모두 크게 출세했다고까지는 말할 수 없겠으나 그런대로 정년퇴직할 때까지 직장들 잘 다녔고, 아들 딸 잘 길러 시집, 장가 잘 보낸 다음 아직도 무병건강하게 잘들 살고 있으니 어머니의 소망이 이루어진 것이 아니고 무엇인가. 단지 흠이 하나 있다면 맏아들이 불효스럽게도 당신 앞에서 먼저 세상을 떠났다는 것이다.

먹고살기조차도 힘들었던 당시 시골농촌과 당신만이 지니고 있었던 그 척박한 가족사회적 환경을 극복하고 오늘의 우리를 만들어주셨다는 점에서 우리 어머니는 남다르시다. 비록 쌀뒤주의 바닥이 드러날 정도로 식구들 먹일 양식이 모자라면서도 시주받으러 온 스님, 밥 얻으러 온 불쌍한 거지 한 번 빈손으로 보내신 적이 없을 정도로 인간적이고 인정 많으신 분이셨다.

며느리, 손주며느리들을 포함하여 그 많은 입들에서 시도 때도 없이 별의별 말들도 많았으련만 입이 워낙 무거우셔 서로 간 갈등 한 번 있어 본 적이 없게 하신 참 어른이셨고, 명절 때가 되면 그 많은 손주들 이름 하나하나까지 모두 기억하시며 덕담해주시기를 잊지 않으셨던 어머니셨기에 우리 어머니는 아직도 우리 집안 모든 사람들로부터 칭송의 대상이 되고 있으시다.

삶이 괴롭고 힘들어 비록 속으로 눈물 흘리고 가슴이 타들어가 숯덩이가 될지언정 결코 자식들이나 남에게 내색 한 번 하신 적이 없었고 자식들이 좀 잘되었다 해서 결코 교만하시지 않고 시종일관 겸손한 생을 살아오셨기에 우리 형제들과 전 식구들이 아직도 머리 숙여 어머니를 존경하고 있다. 아니 우리를 아는 주변 모든 사람들도 이 점에 대해서는 하등 차이가 없다.

세상 어떤 어머니인들 자식을 향한 모성애가 없을 것이며 어떤 어머니인들 자식 출세시키기를 싫어하겠는가. 그러나 어떤 고난에도 굴하지 않고 그렇게 철두철미하게 오직 '내 자식들' 출세만을 위해 불철주야 고군분투하신 그런 자식사랑이 과연 쉬운 일이겠는가. 또 평생을 두고 시골 장독대며 깊은 산 속이며 교회당을 가리지 않고 하나님이든 신령님이든 가리지 않고 우리 자식들 잘되게 해달라고 철부지처럼 무조건 매달리는 그런 순진무구한 모성애라는 게 세상에 어디 흔하겠는가.

난 지금도 그런 훌륭한 어머님을 우리들에게 보내주신 하나님께 조용히 감사의 기도를 드리고 있다. 그리고 우리 형제들은 요즘 어머님의 기일을 맞아 다시 한번 더 그분의 명복을 간절히 빈다.

39
가을의 문턱에서

오늘이 10월 20일이니 절기로 본다면 가을의 한가운데에 와 있는 셈이다. 이곳 내가 머물고 있는 홍천 명동리 앞 오리농의 넓은 들판도 이미 벼를 베어 텅 빈 곳과 아직 베지 않아 누런 논을 그대로 간직한 논들이 여기저기 볼품없이 널려 있다.

지난여름 우리 경영대학 학생들의 농활대들이 그토록 신나게 피 뽑기 하며 휘젓고 다니던 저 먼 최 이장의 논은 아직도 푸른색을 띠고 있다. 아마 늦벼라 채 익지 않아 콤바인이 들어설 준비가 되어 있지 않은 모양이리라.

내가 새로 지어 둥지를 튼 집 앞 너른 들은 다행히 서울사람들에 의해 계약재배되고 있는 오리농단지이기 때문에 지난여름 내내 그 독한 농약냄새 맡지 않고도 지낼 수 있었다. 어디 그뿐이랴. 논두렁이 이곳저곳에서 온종일 꽥꽥거리며 벌레며 잡초를 열심히 찾아다니던 귀여운 새끼오리 떼들을 간간히 볼 수 있어 낯선 이곳의 농촌생활이 심심치가 않아서 좋았다.

그러나 지금은 그런 오리논들의 벼가 거의 다 익어 황금색을 띠게 되면서 벼 타작을 위해 콤바인이 들어서기 시작하고 있다. 따라서 그 귀엽던 새끼오리들도 성계가 되어 어디론지 모두 팔려가고 지금은 그들이 노닐던 논두렁이 사이를 스산한 가을바람 만이 스쳐 지나가고 있다. 이미 그들은 자랄 대로 다 자라 모두 도축장으로 실려 갔단다.

여름 내내 그들은 그야말로 제 할 일을 충성스레 다하고는 또다시 잔인한 우리 인간들의 식탐을 위해 장렬한 죽음을 맞이하는 셈이다. 그 뜨거운 여름 한철 내내 불평 한마디 않고 벼논 주인을 위해 열심히 봉사한 다음 그것도 부족해 사람들의 먹잇감으로 몸을 던져주다니. 아니 그들의 죽음은 그들 스스로가 선택한 것은 결코 아닐 것이기에 더욱 슬픈 생각이 든다. "자, 네 할 일은 다했으니 너희들은 이제 내 밥이 돼주어야겠다." 마치 어느 동화책에나 나올 법한 마귀할멈이 생각난다.

오리논들에 물대기가 끝난 탓인지 집 앞 보(洑)의 물꼬를 터놓아 물이 빠지니 그동안 물이 차 있던 건너편 길 아래 언덕 밑바닥이 휑하게 드러나니 때맞춰 백로며 두루미들이 물고기 사냥하느라 여기저기 날갯짓을 하며 야단을 치고 있다. 이곳 새로 이사 온 집은 뒤로는 가파른 산을 등지고 앞으론 꽤 넓은 개울이 가로놓여 있고 그 너머로 벼논들이 펑퍼짐하게 펼쳐져 있다. 면소재지 인근에 위치해 있기 때문에 슈퍼며 의원이며 농협 등 편의시설이 가까워 편리한 점은 있지만 집 앞 개울 건너편으로 커다란 도로가 나 있다 보니 좀 시끄러운 게 흠이다. 경운기며 트랙터며 승용차들이 적지 않게 왕래하다 보니 조용하고 한적한 맛은 좀 떨어질 수밖에 없다.

또 뒤로 결코 낮지 않은 산을 등지고 있다 보니 요즘 같은 가을 철로 접어들면서는 한여름철에 비해 해가 일찍 떨어져 상대적으로 하루 중 햇볕 없는 시간이 길고 그만큼 겨울 추위도 일찍 찾아온 다는 문제점이 있다. 그동안 여름 한철 시원하게 지냈으니 해가 좀 일찍 져 그늘시간이 길어졌다 해서 불평할 생각은 조금도 없다. 어차피 세상만사라는 게 명(明)과 암(暗), 행(幸)과 불행(不幸), 호(好)와 불호(不好) 등 서로 대조되는 일들이 교차해서 찾아오게 되어 있는 것이 아닌가.

가을, 이것은 분명히 새싹이 움트는 희망찬 봄과는 대조되며 한 창 왕성한 성장기의 여름철과도 큰 차이가 있다. 자연의 모든 것 들이 잠든 음울한 겨울은 아니라 해도 결국은 그것을 준비하는 계 절이 아닌가. 짙푸르던 풀잎이며 나뭇잎들도 하나 둘 형형색색으로 물들어 집 앞 저 멀리 겹겹이 드리운 온갖 높고 낮은 산과 들은 울긋불긋 수놓아져 있다. 그와 때를 같이해 여름 한철 그 바삐 노 닐던 나비며 온갖 새들이며 개구리들도 하나 둘 제 갈 길들을 찾 아가기 시작하는 등 분명 가을은 그런 쓸쓸한 계절이 아니던가.

그런가 하면 가을은 여름 내내 피땀 흘려 지은 곡식들을 거둬들 이는 추수의 계절이기도 하다. 그렇게 본다면 가을은 어두운 측면 과 밝은 측면을 동시에 지니고 있는 일 년 사계절 중 이중성을 지 닌 단 하나의 계절이기도 하다.

그러고 보니 이 가을도 내 인생의 계절과 절묘하게 일치하는 듯하다. 지금 내 나이 만 65세. 정년을 지난 2월 말에 맞이했으니 나이테 하나 더 두를 날도 얼마 남지 않아 보인다. 만약 인생에도 정년이 있다고 한다면 그건 과연 몇 년 후가 될 것인가. 요즘 한국 남성의 평균나이가 75세요 앞으로 10년 후의 평균수명이 80세까지 이른다 해도 고작 15년밖에 남지 않았다. 그러니까 아주 길게 잡아도 내 여생은 고작 15년 정도가 남은 셈이다. 그렇다면 나역시 이쯤해서 내 인생의 가을걷이를 시작할 때가 되지 않았는가. 나는 과연 지난 65년이라는 결코 짧지 않은 삶 동안 무엇을 해 왔으며 지금까지 무얼 이루어놓았는가.

안타깝게도 이루어놓은 것보다는 채 못 이루었거나 실패로 끝난 것들만 머릿속에 굵직굵직하게 남아 맴돌고 있다. 자식농사, 파트너농사, 커리어농사, 사람농사 어느 것 하나 제대로 내세울 만한 것이 없다. 2남 2녀라는 그럴듯한 자식농사 역시 그 가운데 하나는 채 꽃도 피기 전에 꺾여 먼 나라로 보내고 말았고, 나머지들도 부실하게 영글어서인지 마음에 안 든다. 내피는 기껏해야 1~2% 정도만 이어받은 것 같다. 어려서부터 제대로 물주며 가꾸지 못한 내 자신의 탓도 있겠지만 애당초 토질이 그다지 좋지 못한 척박한 땅에 뿌려진 씨앗들이라 그러려니 하고 위안을 삼고 있다.

인생파트너농사는 최악이다. 모두가 실패작이고 말라죽지 않으면 쭉정이뿐이다. 처음부터 단추가 잘못 끼워졌으니 나중 단추인들 제대로 맞겠는가. 아니면 흔히 말하는 사주팔자가 그렇게 태어난 때문이리라 생각해본다. 어찌 나약한 우리 인간이 감히 하늘이 정해준 운명을 거스를 수가 있단 말인가. 마치 칼잡이 앞에 얌전히 누워 그의 처분만을 조용히 기다리고 있는 순한 어린 양처럼 운명의 여신 앞에서 순종하는 길 외에 또 다른 무엇이 있었단 말인가. 그러는 중 어느덧 해도 서산에서 뉘엿뉘엿 져가고 있지 않은가. 한참 젊은 혈기라면 그러한 운명의 도전에 과감히 맞서 보기라도 하겠지만.

커리어농사 역시 불만족스럽긴 마찬가지다. 교육, 연구, 봉사 중 어느 것 하나 제대로 이루어놓은 것이 없다. 가장 죄스럽고 후회스러운 부분이다. 다니던 회사에 사표 내고 유학이랍시고 미국행을 선택하긴 했지만, 처음부터 돈 한 푼 없이 빈털터리로 낯선 외국에서 접시 닦기 하면서 공부한다는 것이 어디 그리 만만한 일인가. 지금 생각하면 그런 무모한 용기는 도대체 어디서 나왔는지 모르겠다.

더구나 70년대 초의 미국이란 나라가 어떠했는가. 제2의 오일쇼크에 장기간의 불경기로 외국학생이 장학금을 받아 공부한다는 건 하늘의 별 따기만큼이나 어렵지 않았는가. 다행히 첫 학기 성적이 월등해 대학원 나머지 1년 반 동안 주정부장학금을 받아 편안히 공부할 수는 있었다. 그러나 학위과정이 남아 있지 않았는가. 천신만고 끝에 학위과정을 아르바이트로 절반은 마쳤지만 중도 포기할 수밖에.

교학상장(教學相長). 실제의 내 깊이 있는 공부는 지난 1976년 교단에 서기 시작하면서 시작되었고 실제로 그 덕에 그나마 나머지의 커리어를 무사히 마칠 수 있었던 게 사실이다. 그러나 지금도 학생들에게 한없이 미안한 생각이 든다. 내 개인적인 크고 작은 불운한 일들로 인해 결코 만족스럽지 못한 강의만을 해줄 수밖에 없었기 때문이다. 가정을 비롯한 주변의 사회적·경제적 환경이 한 남자의 커리어에 얼마나 크나큰 영향을 미치게 되는가를 새삼 느껴본다.

한마디로 지난 30여 년간 모든 것이 허망하고 위축된 그리고 실패와 좌절로 점철된 그런 못난 삶을 이어왔다. 그렇다고 해서 이제 인생가을의 문턱에 와 서 있는 나로서 결코 슬퍼하거나 후회하고 싶지는 않다. 어차피 이들 내 과거 삶을 수놓은 사사건건들 모두도 하늘이 나에게 내려주신 전체 삶의 소중한 모자이크들에 불과하다고 보기 때문이다.

반 컵 남은 물을 두고 '반 컵밖에……' 아니면 '반 컵이나……' 중 어느 관점을 택하느냐의 차이에 해당하지 않을까. 그런 모자이크들로 어떤 인생예술품을 만들어내느냐 하는 것은 전적으로 내 손에 달려 있지 않았던가.

삶은 우연과 필연의 복합적 결과라고 한다지만 나의 경우는 모든 것이 신에 의해 일방적으로 주어진 행로를 그냥 무기력하게 따라오기만 한 듯한 그런 생각이 든다. 내 개인적인 의지보다는 신의 의지로 결과된 것이 대부분이라는 생각을 떨칠 수 없기 때문이다. 내가 태어나 자란 환경에서부터 사범학교를 거쳐 대학에 들어가고 유학 후 들어가게 된 직장에 이르기까지의 모든 삶의 각 단계가 내 의지와는 거의 상관없이 '보이지 않는 그 무엇'에 의해 결정되었음을 확신할 수 있다. 그 보이지 않는 손(invisible hand)은 곧 신이 아니고 무엇이겠는가.

찢어지게 가난했던 시골농부의 아들 그것도 무모하리만큼 엄했으면서도 결코 내 생각으로는 교육적이랄 수 없었던 아버지와 자식 교육밖에 모른 극진했던 모성애의 어머니 사이에서 태어난 것부터가 그랬다. 개성 강한 육남매들 중 넷째로 태어나 그저 그런 정도의 가족 우애 속에 어렵사리 살면서 아버지에게 불효해가며 진학해 오늘에 이른 것도 그렇고 갈구는 했으나 당시 실력에 비추어 가능성이 거의 없었던 사범학교와 대학에 들어간 것도 결코 하늘의 뜻과 무관하다고 할 수는 없다.

더욱이 내가 대학 때부터 원했던 직업은 평범한 회사원이나 공무원 정도였지 대학교수라는 것은 꿈에도 생각지 못했던 것이 사실이다. 그것이 잘된 것인지에 대해서는 아직도 확신할 수는 없지만.

어디 그뿐인가. 불운의 첫 만남과 그 후 이어진 불운, 불운, 불운의 가정은 물론이고, 지방에서 이곳 수도권의 대학으로 오게 된 것도 모두가 내 의도와는 큰 상관없이 하늘에 의해 일방적으로 전개된 일들이다.

그렇다, 이 세상 누구나 모두 나름대로의 주어진 인생행로가 있는 것이 아니겠는가. 기독교식으로는 하느님의 역사고 통속적으로는 사주팔자 말이다. 그것을 어떻게 받아들이느냐에 따라 행복도 될 수 있고 아니면 불행도 될 수 있는데, 이는 곧 우리들 인간의 몫이지 않겠나. 그래도 조용한 시골 전원주택 하나 마련해놓고 이렇게 잡글이나마 써가며 인생타령이나 할 수 있는 여유가 있다는 것이 행복이라면 크나큰 행복이 아니겠는가. 아직도 10~15년이나 남은 긴 여생이 있는데, 그동안 무엇인들 못 하겠는가. 10년이면 강산도 변한다고 하는데, 이제부터 또 다른 삶을 계획하는 설렘을 맛보아도 괜찮지 않은가.

서쪽 하늘녘에 기울어져 가는 태양은 아직도 한 뼘이나 남아 있으니 그동안 꽤 많은 일을 할 수 있지 않을까. 낮에는 아직도 파란색을 띠고 있는 이곳저곳의 밭두덩이에 열무며 고추며 온갖 채소를 가꾸고, 아침저녁 강아지 한두 마리 데리고 산이며 들로 다니며 심신을 단련하는 일은 또 얼마나 좋은가.

잘생긴 토종닭 몇 마리 뒷산에 풀어놓아 기르며 그들이 틈틈이 선사해주는 영양가 높은 유정란으로 영양보충하고 텃밭에 심어놓은 고추며 상추 따다 고추장 찍어 밥 한술 먹는 재미도 제법 쏠쏠하다는 것은 직접 겪어본 사람만이 알리라.

한낮 텃밭에서 뒹굴며 흘린 땀 시원한 생수로 목욕하고 늦가을 귀뚜라미 소리 들으며 멸치 안주에 소주 한잔 들이키는 맛을 과연 어디에다 비교할 수 있을까. 가을 밤하늘을 보라. 온갖 반짝이는 별들과 촘촘히 수놓은 은하수들이 엮어가는 대역사는 그냥 쳐다보고만 있어도 그 무한하고 다채로운 우주의 신비로움에 감탄하지 않을 수 없다. 그것도 좀 지루하다 싶으면 조용한 서재의 책상머리에 앉아 간간히 문틈으로 새어나오는 늦가을의 풀벌레소리 들으며 설익은 잡글이나마 긁적거리는 것도 과히 싫지는 않을 터이다.

아니면 인간의 삶과 죽음, 신, 종교 철학 등에 관한 책들을 그저 아무 부담 없이 이것저것 손에 잡히는 대로 읽는 것도 이 깊어가는 가을밤을 보내기에는 안성맞춤이다.

난 이제 내 인생의 또 다른 봄을 설계하려는 마음에 가슴 설레고 있다. 돌아오는 봄이 정녕 예전에 맞이하던 그런 가슴 설레고 희망찬 것은 못 되겠지만, 그래도 꽤 긴 여생을 위한 것이니 어찌 아니 흥분되겠는가. 누가 아는가. '운이 나빠' 100살까지 산다고 하면 그 이상 좋은 일이 어디 있을까마는, 설령 단 5~10년의 여생이라 해도 그 역시 하느님의 뜻이니 겸허히 받아들일 수밖에. 또다시 가슴 설레게 하는 '사후의 삶'이 날 기다리고 있지 않은가.

소크라테스가 죽음을 앞두고 말한 것처럼 죽음이란 또 다른 세상으로의 새로운 여행이니 그 역시 기다려지고 흥분되는 일이 아니겠는가. 이제 좌절의 노추는 저 멀리 떨쳐버리고 우아한 노미(老美)를 장식하며 힘찬 발걸음을 디뎌보자.

40
또 하나의 만남

서윤아!

오늘이 2009년 2월 20일이니 너와 헤어진 지 만5년이 다 된듯 하구나. 그간 지난 2004년 2월 26일을 어찌 한시라도 잊을 수가 있었겠니. 너를 그토록 비명에 떠나게 만든 죄인이 바로 이 아비 일진대, 너를 잠시라도 잊고 지낸다는 건 있을 수가 없지. 지난 12일 전 너희 모녀가 잠들어 있는 청원군 가덕공원 묘지에 둘째 외삼촌과 함께 다녀왔다.

서윤이는 그동안 어떻게 지냈어? 엄마는? 그토록 엄마를 그리워 했던 너 그리고 그토록 너 때문에 차마 눈을 감지 못했던 네 엄마가 이제 하늘나라에서 재회를 했으니 소원풀이를 한 셈이구나. 보고 싶음의 괴로움을 느끼지 않아서 좋고 그 지독스럽던 뇌종양으로 인한 고통을 더 이상 겪지 않아도 되니. 이처럼 너와 네 엄마를 떠나보낸 비통함으로 하루하루를 소일하고 있는 이 아빠보다는 훨씬 더 낫지 않니? 이 순간 또 이 아빠의 눈에서는 하염없이 눈물이 흐르고 있구나. 용서해줘 이 아빠를, 서윤아!

아빠는 지난 2007년 2월 말일부로 그동안 봉직해오던 대학에서 정년퇴직한 후, 일주일에 하루씩 강의만 나가고 있단다. 명예교수라는 직함은 죽을 때까지 지니게 되어 퍽 다행한 일이지만 강의는 3년간만 할 수 있게 되어 있단다. 그런데 말이 3년이지 나이가 드니 체력적으로든 심리적으로든 노쇠현상이 급격히 찾아와서 그런지 지금 생각으로는 앞으로 1년만 더 나가려 해. '늙은이 모습'으로 젊은 교수들 대하기도 그렇고 초라하게 강당에 서기도 그렇게 예전처럼 당당하지가 못해. 자격지심일 수도 있지만. 물론 생활비에는 좀 도움이 되는 것도 사실이야. 그래도 연금으로 그럭저럭 지낼 수 있으니 너무 걱정하지 마. 너는 그곳에서도 항상 아빠 걱정뿐이란 걸 난 잘 알고 있어.

서윤아, 요즘 그곳 하늘나라 생활은 어떠니? 이 아빠도 머지않아 너와 네 엄마를 만나는 기쁨에 가끔 조금은 흥분감마저 느끼곤 하지만 그곳에서는 그 지긋지긋했던 학원이니 기말시험이니 수능이니 하는 것도 없을 테고, 언제 어디서든 네가 하고 싶은 것만 마음대로 할 수 있으니 좋겠구나. 엄마에게도 안부 전하렴!

아빠가 「내 딸에게 보내는 편지」를 통해 서윤이와 작별인사를 나눈 것이 지난 2004년 8월이니 5년여 만에 다시 서면을 통해 얘기를 나누는 것 같구나. 또 하나의 '만남'이란 주제가 그래서 나온 거란다.

그동안 이 아빠에게는 몇 가지 큰 변화가 있었단다. 그중에 제일 큰 것이 정년퇴임이겠고 나머지는 모두가 주거지를 옮겼다는 것이야. 우선 지난 2004년 9월 서초구 우면동으로 이사해 2년을 살고 지난 2006년 11월 이곳 강동구 길동으로 이사와 지금까지 살고 있지.

너의 떠나간 흔적들을 매일같이 접하는 괴로움을 조금이나마 덜어보려는 생각에서 서둘러 우면동으로 이사했었지. 자연히 살던 아파트를 싸게 처분할 수밖에 없었지만, 이곳 길동으로 이사 온 데는 너와의 아픈 추억들에서 아주 더 멀리 떨어지려는 목적 외에 또 다른 이유가 있었지. 전원주택이 있는 홍천에서 좀 더 가깝게 살려는 편의성과 아파트를 줄여 노후에 경제적인 궁핍에서 탈피하고 싶은 경제성 등 두 가지 큰 이유 때문이야.

또 이곳은 주변에 산이 많아 얼마나 좋은지 몰라. 동래의 일자산을 비롯하여 검단산, 아차산, 남한산이 모두 10~20분 거리에 있고 도봉산, 수락산, 예봉사도 접근성이 매우 좋아. 단 살아생전 너와 언젠가 한 번 올랐고 또 너에 관한 조그마한 '추도표지물'이 놓여 있는 청계산과는 너무 멀어지게 된 것은 큰 단점이야.

전원주택도 그동안 두 번을 옮겼지. 기초공사 때부터 너와 같이 왔다 갔다 하던 삼성리에서 2년 정도를 산 후 고송리를 거쳐 지금은 홍천 양덕원이라는 곳에 자리를 잡고 있지.

언제나 '이젠 이곳에서 정착해야지.' 하며 이사하지만 번번이 나름대로의 사정이 생겨 또다시 이사하곤 하게 되는구나. 강화집이 생각나지? 낙뢰로 집이 전소되어 할 수 없이 자리를 옮길 수밖에 없게 되지 않았니? 언제나 그런 식이란다.

사주에 '이사 수'가 많다고 해서 그런지는 모르나, 마치 어떤 '이사신(移舍神)'이라는 것이 있어서 그 신이 아빠를 제멋대로 이곳저곳으로 끌고 다니며 고생시키고 있지나 않는가 하는 느낌이 들어. 잘못하면 남들로부터 꼭 '부동산투기꾼'이 아닐까 하는 의심을 받을 수도 있어. 지금까지 평생을 두고 부동산을 팔고 사는 일을 수도 없이 반복하고 있으니 말이야. 돈 벌기 위해 그토록 여러 번 이사했다면 지금쯤 큰 부자가 되어 있을 텐데 그렇지 못하구나.

아빠에게 있어 전원생활은 거의 '신앙'이나 마찬가지야. 또 그것은 스포츠요, 수양을 위한 수단이 되고 있단다. 한번 얘기했지? 네가 태어나기 전부터 겪었던 마음고생을 조금이나마 시골생활로 덜어보려고. 그런데 아빠의 여생에 한 번만 더 옮길 생각이야. 게다가 지금 집은 속닥한 맛이 없어. 아빠 나이에 지금처럼 값비싼 주택에서 쪼들리며 살 이유도 없잖아. 그래서 지금 살고 있는 곳에서 차로 1시간 거리에 있는 시동리라는 곳에 아주 작은 땅을 하나 계약해두었지만 최종적인 것은 좀더 두고 보아야만 하겠다. 현재의 집이 팔리는 대로 집도 아주 작은 규모로 지어 수시로 문 잠그고 다니며 홀가분하게 살다가 서윤이에게로 가려고 해. 서윤이와 서윤이 엄마를 만난다는 생각에 요즘처럼 '죽음'이란 것이 기다려지고 그래서 그것이 조금은 흥분되는 그런 단어가 된 적이 없어.

서초구 우면산 정상에 가면 '소망탑'이라고 해서 조그마하게 주먹만 한 작은 돌들을 돌무덤처럼 주어다 쌓아 놓은 탑이 있단다. 그 탑이 아빠가 우면동에 살 때 서윤이와 네 엄마와 가끔 정담(情談)을 나누는 장소로서 아주 안성맞춤이었지.

한번 오를 때마다 그 탑을 꼭 10바퀴씩 돌며, 나대로 서윤이와
의 대화에 푹 빠졌었지.

"서윤아, 안녕? 영희야, 안녕?"

"서윤아, 미안해, 용서해줘."

"아무쪼록 너희 모녀가 행복하게 잘 지내"

"기다려, 나도 곧 갈게. 소주에 삼겹살 안주 준비해놓는 것 잊지 마!"

"넌 시험공부, 수능시험 걱정 안 해서 좋겠다."

"거기도 이 세상에 있는 것 모두 다 있다는데, 아무 걱정하지
말고 네가 하고 싶은 건 모두 해보렴!"

"컴퓨터 게임도 실컷 하고."

뭐 이런 대화를 나누곤 했지. 일주일에 3~4번씩은 올라갔지. 내
가 살던 아파트와 바로 접해 있으니까. 그런데 왕복 3km 정도밖에
되지 않아 산행이라고까진 할 수 없어서 운동량이 충분치 못했다
는 게 흠이라면 흠이야. 그래도 서윤이나 엄마를 만날 수 있었으
니 얼마나 좋으니.

청계산 기증목 1,030번.

"서윤아, 천국에서 영원한 행복을……, 아빠가."

지난해 서초구청이 주민들로부터 받은 기증목들로 청계산에 오
르는 계단을 설치하고 그 대신 기증자들이 원하는 간략한 메시지
를 전면에 실어주도록 한 적이 있었는데 아빠가 배정받은 번호가
바로 이것이란다.

"천(1000)국에서 셋(3)이서 영(0)원히"

서윤이가 보기엔 어떠냐. 그럴듯하지? 그냥 내가 임의로 의미를 부여해보았는데, 우연의 일치라고 보기엔 너무 멋있지 않니? 막내 고모부와도 가끔 같이 올라간 적이 있고 아빠 혼자도 가끔 가서 그 계단에 잠시 앉아 우리 서윤이 생각에 잠겼다가 다시 정상으로 올라가곤 한단다. 꽤 높이 있어서 좋긴 하지만 아주 정상 근처는 아니야. 그런데 또 10년생쯤 되어 보이는 참나무 한 그루가 바로 그 표지물 옆에 서 있어서 너무 좋아.

사촌오빠 현이가 일을 그르치고 그의 친구 임 모 목사라는 사람마저도 믿을 수 없음이 밝혀진 다음부터는 서윤이 추도물에 대해서는 처음부터 다시 생각하기로 했어. 아빠가 죽은 후 그것의 영구보전도 불확실할 뿐만 아니라 거액을 투자해서 그런 시설물을 설치해둔다는 것에 대해 우리 서윤이의 생각은 어떨까 하는 것도 다시 고려해보고 싶기도 하고.

서윤이의 생각은 아마,

"아빠, 그러실 필요가 어디 있어요? 결국은 아빠와 하늘나라에서 같이 만나게 되는데."

하는 것이 아닌가 싶어. 아빠가 서윤이를 만나기 전이라도 단순한 사진 외에 뭔가 살아 있어 잠시나마 서윤이의 생생한 상징물로 삼을 수 있는 게 없을까 하는 생각이 들던 차에 나무를 생각하기에 이르렀지. 흔히 말하는 '수목장' 같은 거지 뭐. 그렇다고 해서 거창하고 껄끄러운 의미의 나무는 아니고. 한 그루에 꽤 비싼 돈을 들여 다섯 그루의 작고 예쁘게 자란 소나무를 홍천 집 우물가 데크 옆에 정성껏 심어놓았지.

그런데 이들이 고산(高山) 바위틈에서 자랐던 습성 때문인지 적응을 잘하지 못하고 군데군데 퍼런 이파리 몇 개만 남아 있을 뿐 말라 죽기 직전에 있어. 막걸리를 주면 좋다고 하던데 한번 시험해보려 해. 어차피 새 터전이 될 시동에 눌러앉으려 하니 차라리 수종을 보다 생명력이 강한 것으로 다시 선택하여 영구 보전될 수 있도록 모든 계획을 다시 세우는 것이 좋을 것 같아.

　서울 아파트 아빠 서재의 좌측 벽 쪽에는 우리 서윤이 여전히 두 무릎 위에 양쪽 팔꿈치를 고인 채 다소곳이 소파에 앉아 아빠의 글 쓰는 모습을 쳐다보고 있단다. 오늘 이렇게 서윤이와 만나려고 그랬는지 작년 어느날 밤 꿈에는 엄마가 없어졌다고 엉엉 울고 서 있는 어린 우리 서윤이를 둘러업고 온 동네를 헤매는 꿈을 꾼 모양이구나. 달래기 위해 어떤 아줌마가 사서 손에 들려준 아이스크림도 내던지며 오직 어디론가 멀리 살아진 엄마만을 부르며 아빠 등에서 구슬프게 울고 있었지. 현실과는 안 맞지만 우리 서윤이가 생시(生時) 엄마를 얼마나 그리워했으면 저런 모습이 아빠의 꿈에까지 나타났을까 하는 생각이 들더구나. 용서해줘, 서윤아!

　서윤아, 아빠 인생의 해도 뉘엿뉘엿 지고 있구나. 그런 만큼 엄마와 서윤이를 만나게 되는 또 다른 세상의 해도 곧 동쪽 하늘을 훤히 밝히게 되지 않겠니? 그런 희망이 있기에 그것은 노쇠해가는 이 아빠의 심신에도 마치 봄 가뭄 속의 한줄기 소나기처럼 생기를 북돋아주고 있단다. 요즘은 강의, 연구, 논문쓰기 등 학교의 공식 업무에서 해방되었기 때문에 거의 매일같이 인근의 산에 오르고 있어. 서윤이에게 가는 그날까지 건강해야 되지 않겠니?

철두철미하게 어리석었고 온갖 실패의 편린들로 어설프게 수놓아진 이 아빠의 현재 및 지난 과거의 삶의 조각품에 대해 결코 하느님께 원망할 생각은 하지 않는단다. "하느님이 우리 인생을 결정해주시는 것이 아니라 우리 스스로가 훌륭한 인생을 선택하기를 기다리신다."라고 한 어느 신학자의 말이 생각난다. 모두가 아빠가 스스로 선택한 결과로 보려 노력하고 있단다. 그래도 우리 서윤이처럼 천사와 같은 딸과 잠시나마 같이 살도록 해준 서윤이 엄마와 하느님께 감사하고 있단다.

지난번의 작별인사가 그랬듯이 이번의 이 만남 역시 앞으로 또다른 만남의 계기가 될 것을 서윤이에게 약속하며 이만 매듭을 지어야만 하겠구나. 서윤이가 미국 생활 할 때 항상 부르짖던 말 기억나지? "Dream will come true!" 엄마에게도 안부 전해주고. 안녕!

주 봉 ───

조지워싱턴대학교 경영대학 유학
경북대학교, 효성여자대학교, 중앙대학교, 동국대학교, 인하대학교 강사 및 교수 역임
경영학 박사

세상 속 이야기들

초판인쇄 | 2009년 5월 15일
초판발행 | 2009년 5월 15일

지은이 | 주 봉
펴낸이 | 채종준
펴낸곳 | 한국학술정보㈜
주 소 | 경기도 파주시 교하읍 문발리 파주출판문화정보산업단지 513-5
전 화 | 031) 908-3181(대표)
팩 스 | 031) 908-3189
홈페이지 | http://www.kstudy.com
E-mail | 출판사업부 publish@kstudy.com

등 록 | 제일산-115호(2000. 6. 19)
가 격 | 18,000원

ISBN 978-89-534-2893-5 03810 (Paper Book)
      978-89-534-2894-2 08810 (e-Book)

이담 Books 는 한국학술정보㈜의 지식실용서 브랜드입니다.